阅读之前 没有真相

午 夜 文 库

阿加莎·克里斯蒂

赫尔克里·波洛系列

阿加莎·克里斯蒂
Agatha Christie (1890—1976)

无可争议的侦探小说女王，侦探文学史上最伟大的作家之一。

阿加莎·克里斯蒂原名为阿加莎·玛丽·克拉丽莎·米勒，一八九〇年九月十五日生于英国德文郡托基的阿什菲尔德宅邸。她几乎没有接受过正规的教育，但酷爱阅读，尤其痴迷于歇洛克·福尔摩斯的故事。

第一次世界大战期间，阿加莎·克里斯蒂成了一名志愿者。战争结束后，她创作了自己的第一部侦探小说《斯泰尔斯庄园奇案》。几经周折，作品于一九二〇年正式出版，由此开启了克里斯蒂辉煌的创作生涯。一九二六年，《罗杰疑案》由哈珀柯林斯出版公司出版。这部作品一举奠定了阿加莎·克里斯蒂在侦探文学领域不可撼动的地位。之后，她又陆续出版了《东方快车谋杀案》《ABC谋杀案》《尼罗河上的惨案》《无人生还》《阳光下的罪恶》等脍炙人口的作品。时至今日，这些作品依然是世界侦探文学宝库里最宝贵的财富。根据她的小说改编而成的舞台剧《捕鼠器》，已经成为世界上公演场次最多的剧目；而在影视改编方面，《东方快车谋杀案》为英格丽·褒曼斩获奥斯卡大奖，《尼罗河上的惨案》更是成为几代人心目中的经典。

阿加莎·克里斯蒂的创作生涯持续了五十余年，总共创作了八十余部侦探小说。她的作品畅销全世界一百多个国家和地区，累计销量已经突破二十亿册。她创造的小胡子侦探波洛和老处女侦探马普尔小姐为读者津津乐道。阿加莎·克里斯蒂是柯南·道尔之后最伟大的侦探小说作家，是侦探文学黄金时代的开创者和集大成者。一九七一年，英国女王授予克里斯蒂爵士称号，以表彰其不朽的贡献。

一九七六年一月十二日，阿加莎·克里斯蒂逝世于英国牛津郡沃灵福德家中，被安葬于牛津郡的圣玛丽教堂墓园，享年八十五岁。

阿加莎·克里斯蒂 侦探作品年表

波洛系列

1920　The Mysterious Affair at Styles《斯泰尔斯庄园奇案》
1923　Murder on the Links《高尔夫球场命案》
1924　Poirot Investigates《首相绑架案》
1926　The Murder of Roger Ackroyd《罗杰疑案》
1927　The Big Four《四魔头》
1928　The Mystery of the Blue Train《蓝色列车之谜》
1932　Peril at End House《悬崖山庄奇案》
1933　Lord Edgware Dies《人性记录》
1934　Murder on the Orient Express《东方快车谋杀案》
1935　Three-Act Tragedy《三幕悲剧》
1935　Death in the Clouds《云中命案》
1936　The ABC Murders《ABC谋杀案》
1936　Murder in Mesopotamia《古墓之谜》
1936　Cards on the Table《底牌》
1937　Dumb Witness《沉默的证人》
1937　Death on the Nile《尼罗河上的惨案》
1937　Murder in the Mews《幽巷谋杀案》
1938　Appointment with Death《死亡约会》
1938　Hercule Poirot's Christmas《波洛圣诞探案记》
1940　Sad Cypress《H庄园的午餐》
1940　One, Two, Buckle My Shoe《牙医谋杀案》
1941　Evil Under the Sun《阳光下的罪恶》
1943　Five Little Pigs《五只小猪》
1946　The Hollow《空幻之屋》
1947　The Labours of Hercules《赫尔克里·波洛的丰功伟绩》
1948　Taken at the Flood《顺水推舟》
1952　Mrs. McGinty's Dead《清洁女工之死》
1953　After the Funeral《葬礼之后》
1955　Hickory Dickory Dock《山核桃大街谋杀案》
1956　Dead Man's Folly《弄假成真》
1959　Cat Among the Pigeons《鸽群中的猫》
1960　The Adventure of the Christmas Pudding《雪地上的女尸》

阿加莎·克里斯蒂 侦探作品年表

1963	The Clocks《怪钟疑案》
1966	Third Girl《第三个女郎》
1969	Hallowe'en Party《万圣节前夜的谋杀》
1972	Elephants Can Remember《大象的证词》
1974	Poirot's Early Stories《蒙面女人》
1975	Curtain—Poirot's Last Case《帷幕》

马普尔小姐系列

1930	The Murder at the Vicarage《寓所谜案》
1932	The Thirteen Problems《死亡草》
1942	The Body in the Library《藏书室女尸之谜》
1943	The Moving Finger《魔手》
1950	A Murder Is Announced《谋杀启事》
1952	They Do It with Mirrors《借镜杀人》
1953	A Pocket Full of Rye《黑麦奇案》
1957	4.50 from Paddington《命案目睹记》
1962	The Mirror Crack'd from Side to side《破镜谋杀案》
1964	A Caribbean Mystery《加勒比海之谜》
1965	At Bertram's Hotel《伯特伦旅馆》
1971	Nemesis《复仇女神》
1976	Sleeping Murder《沉睡谋杀案》
1979	Miss Marple's Final Cases《马普尔小姐最后的案件》

其他系列及非系列

1922	The Secret Adversary《暗藏杀机》
1924	The Man in the Brown Suit《褐衣男子》
1925	The Secret of Chimneys《烟囱别墅之谜》
1929	Partners in Crime《犯罪团伙》
1929	The Seven Dials Mystery《七面钟之谜》
1930	The Mysterious Mr. Quin《神秘的奎因先生》
1931	The Sittaford Mystery《斯塔福特疑案》
1933	The Witness for the Prosecution and Other Stories《控方证人》
1934	Why Didn't They Ask Evans?《悬崖上的谋杀》

阿加莎·克里斯蒂 侦探作品年表

1934　The Listerdale Mystery《金色的机遇》
1934　Parker Pyne Investigates《惊险的浪漫》
1939　Murder Is Easy《逆我者亡》
1939　And Then There Were None《无人生还》
1941　N or M?《桑苏西来客》
1944　Towards Zero《零点》
1945　Sparkling Cyanide《闪光的氰化物》
1945　Death Comes as the End《死亡终局》
1949　Crooked House《怪屋》
1950　Three Blind Mice and Other Stories《三只瞎老鼠》
1951　They Came to Baghdad《他们来到巴格达》
1954　Destination Unknown《地狱之旅》
1958　Ordeal by Innocence《奉命谋杀》
1961　The Pale Horse《灰马酒店》
1967　Endless Night《长夜》
1968　By the Pricking of My Thumbs《煦阳岭的疑云》
1970　Passenger to Frankfurt《天涯过客》
1973　Postern of Fate《命运之门》
1991　Problem at Pollensa Bay《神秘的第三者》
1997　While the Light Lasts《灯火阑珊》

出版前言

纵观世界侦探文学一百七十余年的历史,如果说有谁已经超脱了这一类型文学的类型化束缚,恐怕我们只能想起两个名字——一个是虚构的人物歇洛克·福尔摩斯,而另一个便是真实的作家阿加莎·克里斯蒂。

阿加莎·克里斯蒂以她个人独特的魅力创造着侦探文学史上无数的传奇:她的创作生涯长达五十余年,一生撰写了八十余部侦探小说,她开创了侦探小说史上最著名的"黄金时代";她让阅读从贵族走入家庭,渗透到每个人的生活中;她的作品被翻译成一百多种文字,畅销全球一百五十余个国家,作品销量与《圣经》《莎士比亚戏剧集》同列世界畅销书前三名;她的《罗杰疑案》《无人生还》《东方快车谋杀案》《尼罗河上的惨案》都是侦探小说史上的经典;她是侦探小说女王,因在侦探小说领域的独特贡献而被册封为爵士;她是侦探小说的符号和象征。她本身就是传奇。沏一杯红茶,配一张躺椅,在暖暖的阳光下读阿加莎的小说是一种生活方式,是惬意的享受,也是一种态度。

午夜文库成立之初就试图引进阿加莎的作品,但几次都与版权擦肩而过。随着午夜文库的专业化和影响力日益增强,阿加莎·克里斯蒂的版权继承人和哈珀柯林斯出版公司主动要求将版权独家授予新星出版社，并将阿加莎系列侦探小说并入午夜文库。这是对我们长期以来执着于侦探小说出版的褒奖，是对我们的信任与鼓励，更是一种压力和责任。

新版阿加莎·克里斯蒂作品由专业的侦探小说翻译家以最权威的英文版本为底本，全新翻译，并加入双语作品年表和阿加莎·克里斯蒂家族独家授权的照片、手稿等资料，力求全景展现"侦探女王"的风采与魅力。使读者不仅欣赏到作家的巧妙构思、离奇桥段和睿智语言，而且能体味到浓郁的英伦风情。

阿加莎作品的出版是一项系统工程，规模庞大，我们将努力使之臻于完美。或存在疏漏之处，欢迎方家指正。

新星出版社
午夜文库编辑部

… Agatha Christie

Over the next few years, we plan to celebrate two very important Agatha Christie anniversaries. In 2015, it is the 125th anniversary of her birth in Torquay, South Devon, England, and in 2020 it will be 100 years after her first book, THE MYSTERIOUS AFFAIR AT STYLES, featuring her famous detective, Hercule Poirot, was published. This is therefore a very appropriate moment to publish a new edition of her works, and I am delighted that HarperCollins has chosen to work with New Star on these new editions. New Star is China's top crime publisher, and has a strong and dedicated editorial staff and a continued passion for Agatha Christie, making them the ideal partner. It is the right time to make these classic books available in modern translations and so to bring Agatha Christie's books anew to her many fans in China, giving them a new reason to re-read these much-loved stories, as well as introducing them to a whole new audience. How delighted Agatha Christie would have been that her stories (as she called them) are still giving so much pleasure to so many people all over the world!

I think there are two very remarkable things about Agatha Christie's stories. The first is that they are so adaptable. It doesn't really matter which language they appear in, the stories and the plots still give the same thrill, still provide the same puzzles, and the characters still have the same attraction. Readers in China will I am sure enjoy Hercule Poirot and Miss Marple just as much as we do in England, and readers in China will still be transfixed by the surprises and horrors of AND THEN THERE WERE NONE, one of the great classics of 20th century detective fiction, as we are here.

Agatha Christie

The second is that the stories give a wonderful picture of England, particularly rural England, at the time Agatha Christie lived. She wrote books from 1920 until 1970 but it is sometimes hard to tell which part of her life each book was written in. Her characters and the life they lived were very much the same. The life we all live is changing very quickly these days but the Agatha Christie world stays the same. Perhaps the Miss Marple stories provide the best example of this, and in some ways, THE BODY IN THE LIBRARY and NEMESIS are quite similar, despite the fact that thirty years elapsed between the time they were written.

Perhaps I might end by mentioning three Agatha Christies (other than the ones mentioned above) which I think demonstrate why she is so popular, even in the twenty-first century. The first is MURDER ON THE ORIENT EXPRESS, one of the most famous with one of the most ingenious and human plots. Read this on one of your long train journeys in China! Next is A MURDER IS ANNOUNCED, a Miss Marple which was her 50th book. It has my favourite murderer in it! And last is ENDLESS NIGHT a story about evil and how it affects three young people, written at the time when I knew her best, and understood how deeply she cared and sympathised with young people and the world they lived in.

Whichever are your favourites I hope you enjoy these stories that New Star are introducing to you again. I think it is a great publishing event.

Mathew

Grandson of Agatha Christie
Chairman of Agatha Christie Ltd

致中国读者

(午夜文库版阿加莎·克里斯蒂作品集序)

在未来的几年中,我们将要筹备两个非常重要的关于阿加莎·克里斯蒂的纪念日。二〇一五年是她的一百二十五岁生日——她于一八九〇年出生于英国的托基市,二〇二〇年则是她的处女作《斯泰尔斯庄园奇案》问世一百周年的日子,她笔下最著名的侦探赫尔克里·波洛就是在这本书中首次登场。因此,新星出版社为中国读者们推出全新版本的克里斯蒂作品正是恰逢其时,而且我很高兴哈珀柯林斯选择了新星来出版这一全新版本。新星出版社是中国最好的侦探小说出版机构,拥有强大而且专业的编辑团队,并且对阿加莎·克里斯蒂的作品极有热情,这使得他们成为我们最理想的合作伙伴。如今正是一个良机,可以将这些经典作品重新翻译为更现代、更权威的版本,带给她的中国书迷,让大家有理由重温这些备受喜爱的故事,同时也可以将它们介绍给新的读者。如果阿加莎·克里斯蒂知道她的小故事们(她这样称呼自己的这些作品)仍然能给世界上这么多人带来如此巨大的阅读享受,该有多么高兴啊!

我认为阿加莎·克里斯蒂的作品有两个非常重要的特征。首先它们是非常易于理解的。无论以哪种语言呈现,故事和情节都同样惊险刺激,呈现给读者的谜团都同样精彩,而书中人物的魅力也丝毫不受影响。我完全可以肯定,中国的读者能够像我们英国人一样充分享受赫尔克里·波洛和马普尔小姐带来的乐趣;中国读者也会和我们一样，读到二十世纪最伟大的侦探经典作品——比如《无人生还》——的时候，被震惊和恐惧牢牢钉在原地。

第二个特征是这些故事给我们展开了一幅英格兰的精彩画卷，特别是阿加莎·克里斯蒂那个年代的英国乡村。她的作品写于二十世纪二十年代至七十年代间，不过有时候很难说清楚每一本书是在她人生中的哪一段日子里写下的。她笔下的人物，以及他们的生活，多多少少都有些相似。如今，我们的生活瞬息万变，但"阿加莎·克里斯蒂的世界"依旧永恒。也许马普尔小姐的故事提供了最好的范例：《藏书室女尸之谜》与《复仇女神》看起来颇为相似，但实际上它们的创作年代竟然相差了三十年。

最后，我想提三本书，在我心目中（除了上面提过的几本之外）这几本最能说明克里斯蒂为什么能够一直受到大家的喜爱。首先是《东方快车谋杀案》，最著名，也是最机智巧妙、最有人性的一本。当你在中国乘火车长途旅行时，不妨拿出来读读吧！第二本是《谋杀启事》，一个马普尔小姐系列的故事，也是克里斯蒂的第五十本著作。这本书里的诡计是我个人最喜欢的。最后是《长夜》，一个关于邪恶如何影响三个年轻人生活的故事。这本书的写作时间正是我最了解她的时候。我能体会到她对年轻人以及他们生活的世界关心至深。

现在新星出版社重新将这些故事奉献给了读者。无论你最爱的是哪一本，我都希望你能感受到这份快乐。我相信这是出版界的一件盛事。

阿加莎·克里斯蒂外孙

阿加莎·克里斯蒂有限责任公司董事长

马修·普理查德

二〇一三年二月二十日

阿加莎·克里斯蒂侦探小说全集⑱
沉默的证人
Dumb Witness

[英]阿加莎·克里斯蒂 著
苏国梁 译

新 星 出 版 社　NEW STAR PRESS

献给亲爱的彼得,
最忠诚的朋友,最亲密的伴侣,
万里挑一的好狗

目录

1	第一章	利特格林别墅的女主人
13	第二章	亲戚们
21	第三章	事故
30	第四章	艾米莉·阿伦德尔小姐写了一封信
34	第五章	赫尔克里·波洛收到一封信
42	第六章	我们到利特格林别墅去
52	第七章	乔治饭店的午餐
59	第八章	利特格林别墅的内部
79	第九章	重现小狗的皮球事件
90	第十章	拜访皮博迪小姐
103	第十一章	拜访特里普姐妹
112	第十二章	与波洛讨论案情
120	第十三章	特雷萨·阿伦德尔
130	第十四章	查尔斯·阿伦德尔
140	第十五章	劳森小姐
157	第十六章	塔尼奥斯夫人

目 录

164	第十七章　塔尼奥斯医生
172	第十八章　柴火堆里的黑人
181	第十九章　拜访珀维斯先生
193	第二十章　再访利特格林别墅
203	第二十一章　药剂师；护士；医生
216	第二十二章　楼梯上的女人
232	第二十三章　塔尼奥斯医生来访
241	第二十四章　特雷萨的否认
250	第二十五章　我坐在椅子上回想
258	第二十六章　塔尼奥斯夫人拒绝袒露实情
270	第二十七章　唐纳森医生来访
275	第二十八章　又一个被害人
282	第二十九章　利特格林别墅里的审讯
297	第三十章　写在最后

第一章　利特格林别墅的女主人

阿伦德尔小姐死于五月一日。虽然她这次没病太久就去世了，但在这个名叫贝辛市场的小镇上，她的死讯并没有引起太大的波澜。艾米莉·阿伦德尔从十六岁起就住在这里，终年七十多岁，是家族中五个兄弟姐妹里最后一个去世的。镇上的人都知道她多年饱受疾病折磨，就在十八个月前，一场类似的病就差点儿要了她的命。

阿伦德尔的死讯没让众人吃惊，不过另一件事做到了。她的遗嘱引来了种种不同的反应，震惊、兴奋、强烈的谴责、盛怒、绝望、不满和少不了的流言飞语。在数周甚至数月的时间里，贝辛市场的人们几乎没有换过话题！每个人对这事都有自己的解读，杂货店的琼斯先生相信"血浓于水"。而邮局的兰福瑞夫人则惹人生厌地一遍一遍重复着："这背后肯定有鬼！记着我说的，准没错！"

遗嘱直到四月二十一日才拟定，这一事实为人们的猜测平添了不少乐子。更有趣的是，就在前一天，艾米莉·阿伦德尔还和她的近亲们一起庆祝复活节银行假日。人们意识到，那些最不光彩的推测是时候登场了，这为贝辛市场乏味的日常生活增添了些乐趣。

有这么一个人，她虽然不愿承认，但明眼人一看就明白，她知道的内情远比她肯承认的要多得多。这人就是威廉米娜·劳森小姐，阿伦德尔的贴身女仆。不过她声称自己和其他人一样对这件事一无所知，还强调宣读遗嘱的时候，自己也被惊得目瞪口呆。

当然，没多少人买她的账，不管她是否真如自己所说的那样，对此事毫不知情。知道背后真相的人也只有一个，那就是阿伦德尔小姐自己。艾米莉·阿伦德尔习惯隐藏自己的内心，即使对她的律师，也从不解释原因，只是安排吩咐。只要能清楚地传达自己的意愿，她就心满意足了。

从阿伦德尔平日的含蓄自持可以看出，她个性如此。无论从哪个角度看都不难发现，她身上凝聚着她这代人的典型特征，兼有时代的美德和缺陷。她颐指气使，常常表现得十分专横，同时又是个极度热心肠的人。她言辞犀利，做起事来却温柔友善。外表多愁善感，但内里心思缜密。贴身女仆换过一个又一个，虽然每个都饱受她毫不留情面的欺辱，但同时也承蒙她的慷慨。她还是个家庭责任感极强的人。

复活节前的那个周五，艾米莉·阿伦德尔正站在利特格林别墅的门厅里指使着劳森小姐忙东忙西。

艾米莉·阿伦德尔年轻时容貌姣好，如今是个保养得当的漂亮老妇人，腰板挺直，做事麻利。微黄的肤色好像在警示她少吃油腻的食物。

阿伦德尔说：

"喂，米妮[①]，你把他们都安置到哪儿了？"

"呃，让我想想——希望我没做错——塔尼奥斯医生和他夫

[①] 米娜的昵称。

人住有橡木家具的那间房，特雷萨住贴蓝色墙纸的那间，查尔斯先生住原来的育婴房——"

阿伦德尔打断了她的话：

"安排特雷萨去住育婴房，查尔斯住蓝色这间。"

"哦，好的——很抱歉——我还以为育婴房对特雷萨来说太不方便……"

"特雷萨住这间正好。"

在阿伦德尔那个年代，女人永远是次要的，男人才是社会的主角。

"知道孩子们不能来我真的很遗憾。"劳森小姐略带伤感，小声嘟囔着。

她很喜欢孩子，也非常擅长照顾他们。

"四个客人对我们来说已经很多了，"阿伦德尔说道，"无论怎么说，贝拉都太宠孩子了，他们常常失控，根本不听大人的话。"

米妮小声说：

"塔尼奥斯夫人是个称职的母亲。"

"贝拉的确是。"阿伦德尔表示赞同。

劳森长叹一口气，说：

"住在士麦那那种穷乡僻壤，对她来说肯定很不容易。"

艾米莉·阿伦德尔回应道：

"她自己铺的床自己睡。"

在引用完这句维多利亚时代的名言之后，她继续说：

"我现在要到村子里去一趟，订购周末聚会需要的东西。"

"哦，阿伦德尔小姐，还是我去吧，我是说……"

"别说废话了，我看还是我自己去比较好，跟罗杰斯这人打交道，你得嘴巴厉害点儿才行，而米妮，你的毛病正是说话太没有力度。鲍勃！鲍勃！这狗跑哪儿去了？"

一只硬毛小猎犬从楼梯上一溜烟跑下来，兴奋地绕着女主人转圈，不时发出既愉快又期待的叫声。

女主人带着狗出了别墅前门，沿着小路向大门走去。

劳森小姐站在门厅里看着她们，微微张开嘴，傻傻地笑着。身后突然有个声音冷冷地说：

"小姐，你给我的枕套根本不是一对儿。"

"什么？我可真糊涂啊……"

米妮·劳森再次投入到繁忙的家务事里。

在鲍勃的陪伴下，艾米莉·阿伦德尔像王室出巡一样走在贝辛市场的主路上。

说是王室出巡可一点儿也不为过。她每进一个店铺，店主都急忙上前恭迎。

她可是利特格林别墅的女主人阿伦德尔小姐，是这些店主嘴里"最老的主顾"，"真正的老一派，现如今可没几个像她这样的人了"。

"早晨好，小姐。请问我能为你做些什么——不够嫩吗？啊，实在很抱歉，我本以为这是块不错的脊肉呢——好的，没问题，阿伦德尔小姐，一切都听你的——不，我绝对不会把坎特伯雷那儿来的肉给你送去的，阿伦德尔小姐——是的，你放心，阿伦德尔小姐，所有的事情我都会亲力亲为。"

鲍勃和屠夫的狗，施波特，正绕着对方缓缓地打转，它们颈部的毛倒竖着，轻声低吼。施波特体型粗壮，看不出是什么品种。它知道自己绝对不能和顾客的狗打架，但允许自己用声音巧妙地暗示对手，要是没人管着，它会把对方打成怎样的一堆肉酱。

鲍勃也不是好欺负的角色，同样在向对方发出警示。

艾米莉·阿伦德尔厉声唤道:"鲍勃!"便继续前行。

蔬果店里的情形就像是两个天体碰撞。另有一位老妇人,体型浑圆,尊贵的气质丝毫不输阿伦德尔,她说:

"早啊,艾米莉。"

"早,卡罗琳。"

卡罗琳·皮博迪说:

"正张罗着等你的小辈们过来?"

"没错,全都要来。特雷萨、查尔斯和贝拉。"

"这么说,贝拉回来了,是吗?先生也和她一起?"

"是的。"

虽然是个再简单不过的问答,却暗示着两位女士都心知肚明的事。

这是因为艾米莉·阿伦德尔的外甥女,贝拉·比格斯,嫁给了一个希腊人。而艾米莉·阿伦德尔家的人,都是"虔诚做礼拜的人",不跟希腊人通婚。

皮博迪小姐用安慰的话语含糊地(这种事当然不能正大光明地谈论)说:

"贝拉的丈夫头脑很好,而且风度迷人。"

从店里出来,皮博迪小姐继续问:

"特雷萨和唐纳森家的小伙子订婚是怎么回事?"

阿伦德尔耸了耸肩。

"时下的年轻人都太随便了。我看这婚恐怕要订很久了——就算最后真有了什么结果,他可没钱。"

"当然,特雷萨自己有钱。"皮博迪小姐说道。

阿伦德尔略微死板地回应:

"一个男人可不能指望靠妻子的钱过活。"

皮博迪小姐咯咯笑起来，声音洪亮中带着沙哑。

"现如今他们好像并不介意这样做。你和我都跟不上时代了，艾米莉，不过有一点我倒很好奇，特雷萨这孩子究竟看上了他什么。尽是些矫揉造作的男人！"

"我相信，他肯定是个聪明的医生。"

"那副夹鼻眼镜——还有他那呆板木讷的说话方式。要是在我年轻那会儿，准会叫他可怜的呆头鹅！"

皮博迪小姐停顿了一下，陷入往日的回忆——那些干劲十足，蓄着络腮胡的小伙子……

她叹息一声，说：

"让查尔斯那小子来看看我——如果他愿意的话。"

"当然，我会告诉他的。"

两位女士就此告别。

她们相识已经超过五十年。皮博迪小姐知道艾米莉的父亲阿伦德尔将军一生中那些令他懊悔的过错，也很清楚托马斯·阿伦德尔的婚姻给他妹妹带来了怎样的震撼。对年轻这一代之间的麻烦事，她看得很清楚。

不过她们俩从没和对方谈起过这些话题。她们都扮演着支柱的角色，维系着家族的尊严和团结，对家庭琐事向来闭口不谈。

阿伦德尔小姐步行回家，鲍勃安静地踏着碎步跟在她脚旁。对艾米莉·阿伦德尔自己来说，她承认家族里的年轻一代让她很不满，只不过她不可能在别人面前承认。

拿特雷萨来说，自她二十一岁起继承了属于自己的财产，就完全逃脱了阿伦德尔的掌控。之后更是声名狼藉，照片常常上报。她加入了伦敦一个激进的年轻人组织——这个组织常常搞些反常的聚会，偶尔还会沦落到治安法庭。艾米莉·阿伦德尔绝对不能容忍家族里的任何一分子与这样的坏名声扯上关系。事实上，她极度反对特雷萨的生活方式。至于这年轻姑娘订婚的事，她感到些许困惑。一方面，她不认为傲慢自负的唐纳森医生高攀得上阿伦德尔家族；另一方面她也很不安，因为她意识到，对一个文静的乡下医生来说，特雷萨可能是最不合适的选择。

叹息一声后，她又想到贝拉。乍看之下，贝拉身上好像没什么好挑剔的，她是个本分的女人——一个忠诚的妻子和称职的母亲，在行为举止方面简直可以当作榜样——同时也蠢极了！连贝拉也无法得到她完全的认可。因为她嫁给了一个外国人——不单单是个外国人——而且还是一个希腊人。在阿伦德尔小姐充满偏见的想法中，希腊人几乎和阿根廷人或土耳其人一样糟。事实上，塔尼奥斯医生不仅举止优雅，而且医术高明，不过这只能进一步加深了这位老妇人对他的偏见。她从不信任所谓的魅力和轻浮的恭维。也就是由于这个原因，她也不太喜欢他们的两个孩子。他们都遗传了父亲的长相——一点儿英国味儿都没有。

接下来是查尔斯……

是啊，查尔斯……

就算把双眼蒙起来不看事实也没有用。查尔斯，虽然很迷人，却很难让人信任。

艾米莉·阿伦德尔又长叹了一声。她觉得自己突然累了，老了，绝望了。

她估计自己大概也活不了多久了。

这不禁让她想起多年前立的那份遗嘱。

留给仆人们的部分，捐出去做慈善的部分，还剩下一大部分，那笔可观的数目平分给她仅有的三个家人。

她觉得这样分配正确且公平。突然，她脑海里闪出个念头，有没有什么办法能保护贝拉的那部分钱不让她丈夫沾光……她必须问问珀维斯先生。

她转身走进利特格林别墅的大门。

查尔斯和特雷萨是坐车来的——塔尼奥斯夫妇坐的是火车。

兄妹俩先到。查尔斯，身材高挑，容貌俊美，用略带轻佻的口吻说：

"你好啊，艾米莉姑姑，近来可好？你看上去真不错。"

接着，他吻了吻她。

特雷萨面色冰冷，把她年轻的脸贴到阿伦德尔干瘪的面颊上。

"最近好吗，艾米莉姑姑？"

在姑姑眼里，特雷萨看上去可不太好。她的面容被厚厚的妆粉遮掩住了，看上去有些憔悴，眼睛周围满是纹路。

他们在客厅喝茶。贝拉·塔尼奥斯戴着时髦的帽子，头发一绺绺散落着，帽子的角度很不合适。她直愣愣地望着表妹特雷萨，想把表妹的衣着全部记下来，好去模仿。可怜的贝拉，一直对穿衣打扮颇有热情，却缺乏品位。特雷萨的衣服大都很昂贵，款式略微新潮，而且她有着完美的体型。

而贝拉呢，从士麦那回到英国，便迫不及待地以便宜的价格和拙劣的手工模仿特雷萨高雅的衣着。

塔尼奥斯医生留着大胡子，看上去开朗又愉快，这会儿正和阿伦德尔小姐聊天。他的声音饱满而温柔——很容易让听者不由自主地沉浸其中。阿伦德尔小姐这会儿也难以自已地被迷住了。

劳森小姐慌乱地忙活着。她不停地跑上跑下，递盘子，添茶加点。查尔斯有着极好的修养，不止一次站起来搭把手，而劳森似乎并不领情。

享用完茶点，一众人来到花园里散步。查尔斯在他妹妹耳边低声说道：

"劳森好像不怎么喜欢我。很奇怪，不是吗？"

特雷萨略带嘲讽地说：

"的确奇怪。原来这世上真有人能抵挡你那致命的诱惑啊？"

查尔斯咧开嘴笑了——笑容非常迷人——接着说：

"还好这人是劳森。"

花园里，劳森小姐和塔尼奥斯夫人走在一起，关切地询问孩子们的事。听到这个话题，贝拉一改愁云惨雾的脸色，神情明快起来。她甚至忘了盯着特雷萨看，开始急切又充满生气地讲起玛丽说船上发生了一件怪事。

她发现米妮·劳森是个很有同情心的听众。

这时一个戴着夹鼻眼镜的金发青年从屋里走出来。他表情略带尴尬。阿伦德尔小姐礼貌地和他打了招呼。

特雷萨说：

"嗨，雷克斯！"

她一把挽起他的手臂，两个人漫步走开了。

查尔斯做了个鬼脸，跑去和园丁聊天，他们打小就是"亲密战友"。

当阿伦德尔小姐再次回到屋里时，查尔斯正在和鲍勃玩。它站在楼梯顶端，叼着一只球，尾巴温柔地来回摇摆。

"来吧，伙计。"查尔斯说。

鲍勃后腿趴在地上，用鼻子把球一点儿一点儿拱到楼梯边缘，一下子推下去，接着兴奋地一跃而起。球顺着楼梯缓缓地弹落到楼下,查尔斯接住,再扔给鲍勃。鲍勃利落地张嘴接住。又重复刚才的表演。

"这是它惯常的娱乐项目。"查尔斯说。

艾米莉·阿伦德尔面带微笑。

"它能玩上好几个小时。"她说。

她走进客厅,查尔斯也跟着一起走了。鲍勃失望地叫了一声。

查尔斯望着窗外,说:

"快看特雷萨和那个小伙子,他们可真是一对奇怪的情侣。"

"你觉得特雷萨这回是认真的吗?"

"哦,她简直为他疯狂!"查尔斯很有把握地说道,"品位真独特,但谁又能怎么样呢,我猜他看特雷萨的时候肯定把她幻想成标本,而不是个活生生的人。特雷萨可能也觉得挺新奇。可惜这家伙没什么钱。特雷萨的品位可贵着呢。"

阿伦德尔小姐嘲讽地回应道:

"我一点儿都不怀疑她能改变自己的生活方式——只要她想!说到底,她自己还是有收入的。"

"哈?哦,是,当然。"查尔斯心虚地瞄了她一眼。

当天晚上,当大家聚集在客厅里等待晚餐时,楼上突然传来一串急促的脚步声,伴随着咒骂,查尔斯满脸通红地走进来。

"对不起,艾米莉姑姑,我晚了吗?你的那只狗让我差点儿摔了一跤。它把球留在楼梯口了。"

"真是个粗心大意的小东西。"劳森小姐弯下腰,对鲍勃骂道。

鲍勃满不在乎地看了她一眼,把头转开了。

"我知道,"阿伦德尔小姐说,"这危险极了。米妮,快去把球捡起来收好。"

劳森小姐匆匆照做。

餐桌上的大部分时间里，塔尼奥斯医生都是谈话的焦点。他讲了很多在士麦那生活的趣事。

聚会提前结束了。劳森小姐拿着毛毯、眼镜、一个天鹅绒布大包和一本书，随着女主人走进卧室，愉快地同她聊着天。

"真是太有趣了，塔尼奥斯医生。真是个好伴儿……不是说我想过那种生活……人们总得把水烧开了再喝吧，我想……还有羊奶，或许吧——那味道实在很难让人认同——"

阿伦德尔厉声说：

"别犯傻了，米妮。你告诉艾伦明早上六点半要叫我起床了吗？"

"哦，是的，阿伦德尔小姐。我让她不要备茶，但你难道不觉得——你知道，那个南桥教区的牧师——绝对虔诚的人，曾经很明确地告诉我，没有规定早上一定要斋戒——"

阿伦德尔小姐再一次打断她的话。

"我从没有在做晨祷前吃过东西，也不打算破这个例。你想怎么做是你的事。"

"哦，不……我不是说，我确定——"

劳森小姐显得慌张不安。

"把鲍勃的项圈摘了。"阿伦德尔小姐说。

劳森赶紧照做。

她继续试图取悦主人，说：

"很愉快的夜晚，不是吗？大家似乎都乐在其中。"

"哼，"阿伦德尔说，"一个个还不是为了得到点儿什么才来的。"

"哦，亲爱的阿伦德尔小姐——"

"我的好米妮，无论如何我都不是个傻子！我只想知道谁会先开口。"

这个问题并没有困扰她太久。早上九点，当她和米妮做完晨祷回来时，塔尼奥斯夫妇正在客厅里，两个姓阿伦德尔的兄妹却不见踪影。早餐过后，其他人都走开了，阿伦德尔小姐继续坐在那里，拿出个小本子记账。

大约十点左右，查尔斯走进来。

"对不起，姑姑，我迟到了。但是特雷萨更过分，到现在还没睁眼呢。"

"早餐十点半就会撤走，"阿伦德尔小姐说，"我知道，时下大家都不怎么替仆人们考虑，但这在我的房子里是不允许的。"

"好的。这才是择善固执的家风！"

查尔斯坐在她旁边，吃了些牛腰。

他的笑容一如既往的迷人。艾米莉·阿伦德尔也不由自主地回以宠溺的微笑。

在这个迹象的鼓舞下，查尔斯决定放手一搏。

"你看，艾米莉姑姑，我又要给你添麻烦了。我现在手头真的很紧，你能帮帮我吗？一百英镑就足够了。"

他姑姑的脸色可不太好看，透着一丝无情。

艾米莉·阿伦德尔从不害怕表达自己的想法，她确实也这么做了。

劳森小姐急匆匆地穿过门厅，差点儿和正要出去的查尔斯撞个满怀。她好奇地看了他一眼。当她走进客厅时，发现阿伦德尔小姐笔直地坐在那里，脸色发红。

第二章　亲戚们

查尔斯轻快地跑上楼梯,敲了敲妹妹的房门。里面随即应声让他进去。

特雷萨正躺在床上,打着哈欠。

查尔斯坐在床边。

"你可真是个会装傻的女人啊。"他佯装赞赏地评价道。

特雷萨急忙问:

"到底怎么回事?"

查尔斯咧嘴一笑。

"可真敏锐啊你,不是吗?不过,我还是抢先了一步,小丫头。想在你之前试试我的办法。"

"然后呢?"

查尔斯摊了摊手,给她一个否定的答案。

"没成!艾米莉姑姑狠狠地教训了我一顿,讽刺说,她压根没对她最爱的家人聚在自己身边的理由有过什么幻想。她还说,她可能要让最爱的家人们失望了,因为她除了对他们的爱,没什么别的能给。"

"你应该再等等。"特雷萨嘲讽地说。

查尔斯又咧开嘴笑了起来。

"我这不是害怕你或塔尼奥斯夫妻俩抢先嘛。这次,我亲爱的特雷萨，我想是够呛了。老艾米莉可不是个傻子。"

"我早就知道她不是。"

"我甚至还试着恐吓了她。"

"你这话什么意思？"特雷萨连忙问道。

"我告诉她，她已经被人盯上了，时刻都有可能被人杀了。毕竟她没办法带着钱去天堂，为什么现在不松松手呢？"

"查尔斯，你真是个蠢货！"

"不，我不是。我只是运用了点儿心理学。拍这老小姐的马屁不会得到任何好处。她宁愿你来硬的。而且我说得很有道理。反正她死了以后钱就是我们的了——提前预支一点儿又何妨！不然提早送她上天堂的诱惑，我可把持不住。"

"她明白你的意思了？"特雷萨问，精致的嘴唇轻蔑地向上翘起。

"我不确定。她不肯承认，只是用不太好听的话感谢了我的忠告，说她能把自己照顾好。我说：'既然这样，那好吧，我可是警告过你了。'她说：'我会放在心上的。'"

特雷萨生气地说：

"天哪，查尔斯，你真是个不折不扣的蠢货！"

"去他的，特雷萨，我承认自己的确有些急躁！这老小姐正在用钱滚钱——别的什么都不用做。我保证她花的还不到收入的十分之一呢——剩下那么多她打算怎么花？她又不像我们——年轻，有的是时间享受生活——她竟然还打算活到一百岁来折磨我们……我现在就想开始享受……你也一样……"

特雷萨点了点头。

她屏住呼吸，用低沉的声音说：

"他们不会了解——老人们不会……他们也无法了解……他

们根本不懂什么是生活!"

兄妹俩就这么静默了几分钟。

查尔斯起身。

"哎,亲爱的,祝愿你能成功。不过我相当怀疑。"

特雷萨说:

"我还是等着雷克斯想出什么法子来吧。如果我能让老艾米莉意识到他多么有才华,能给他个出头的机会,而不是默默无闻地做个普通的医生,那是多么重要……哦,查尔斯,我们只需要几千英镑,就能彻底改变我们现在的生活!"

"希望你能如愿,虽然我觉得没什么希望。你之前那段狂放的生活的确花了不少钱。我说,特雷萨,你不认为可怜的贝拉和可疑的塔尼奥斯能得到什么,对吗?"

"我看不出钱能给贝拉带来什么好处。她的衣服像个破布袋子,品位完全上不了台面。"

"哦,"查尔斯含糊地说,"我想,她还指望为那两个一无所有的穷孩子争点儿什么呢,送他们去上学、矫正牙齿、上音乐课。重点不是贝拉——是塔尼奥斯,我敢打赌,他肯定眼红,希腊人绝对是这样。你知道他已经快把贝拉榨干了吧?把钱都拿去投机做生意,结果赔了个精光。"

"你觉得他能从老艾米莉那儿得手?"

"只要我从中作梗,他就没戏。"查尔斯咧开嘴,笑着说。

他从房里出来,晃晃悠悠地走下楼梯。鲍勃正在门厅里,一看到查尔斯就赶忙凑上去。小狗很喜欢他。

它跑向客厅门口,回头望着查尔斯。

"怎么了?"查尔斯问道,大步跟上去。

鲍勃急匆匆地跑进客厅,满怀期待地坐在一张小写字台旁。

查尔斯一路跟随。

"到底是怎么回事?"

鲍勃摇着尾巴,两眼紧盯着写字台的抽屉,不时发出哀求的叫声。

"里面有你想要的东西?"

查尔斯拉开最上面的抽屉。他扬起了眉毛。

"宝贝儿,宝贝儿。"他说。

抽屉一边有一沓钞票。

查尔斯从中间拿起一沓数起来。他笑着抽出三张一镑和两张十先令的钞票,装进口袋,再把剩下的小心翼翼放回原位。

"这可真是个好主意,鲍勃,"他说道,"你叔叔我总算有钱花了,一点儿现金还是很管用的。"

查尔斯关抽屉的时候,鲍勃不满地低吠了一声。

"不好意思,老伙计。"查尔斯道歉。他拉开下面一个抽屉。鲍勃的球就躺在抽屉的角落里。他拿了出来。

"给你,好好玩去吧。"鲍勃接住球,欢快地跑出客厅。楼梯上立刻传来球弹落的声音。

查尔斯大步走进花园。真是个阳光明媚的早晨,空气中有紫丁香的香气。

阿伦德尔小姐让塔尼奥斯医生坐在她身旁。他正在谈论英式教育对孩子的好处——卓越的教育品质,还说着他多么遗憾自己没有能力供孩子们享受这样奢侈的教育。

查尔斯带着恶意得到满足的快感,微微一笑,漫不经心地加入谈话,巧妙地把话题引到完全不相干的主题上。

艾米莉·阿伦德尔对着他微笑,笑容十分亲切。他甚至幻想,她是否被自己的策略逗得很开心,借由这笑容鼓励他继续。

查尔斯瞬间来了精神,说不定,在他离开之前——

他是个无可救药的乐天派。

下午,唐纳森医生开车来接特雷萨,去当地一个名叫沃斯姆大教堂的景区游览。他们一路逛着,从教堂走到了树林里。

雷克斯·唐纳森滔滔不绝地讲着自己的研究理论和实验成果。虽然特雷萨一点儿也不懂,但还是一边出神地听,一边自顾自地琢磨:

"雷克斯真是太聪明了——怎么会这么讨人喜欢!"

她的未婚夫停了一下,怀疑地问:

"我想我讲的这些对你来说太枯燥了,特雷萨。"

"亲爱的,这简直太让人激动了,"特雷萨用笃定的语气说,"快继续啊,你从被感染的兔子身上采了些血——"

不一会儿,特雷萨叹了一口气,说:

"你的工作对你很重要,亲爱的。"

"当然。"唐纳森医生回答。

这对特雷萨来说很难理解。她的大部分朋友都没有工作过,即使有,也是大吐苦水,不停地抱怨。

她又想起之前想过一两次的事。她爱上雷克斯·唐纳森简直是这世上最不可思议、最不合适的事了。这种事——这种疯狂至极、荒诞无稽的事——怎么会发生在自己身上?真是个无解的问题。然而已经真真切切地发生在她身上了。

她微微皱起眉头,自顾自地琢磨。她和她周围的伙伴曾经那么开心——那么愤世嫉俗。对他们来说,情爱当然是人生的必需品,但何苦要如此严肃认真地对待?爱过之后,生活不是还得继续。

但是她对雷克斯·唐纳森的感情不同,她爱得更深沉。她本能地意识到，没了雷克斯，生活将无法继续……她需要他，那感觉直白且深刻。有关他的一切都让她着迷。他的沉静，他的淡漠，与她狂热又慌乱的生活是那么不同；他清晰、冷静又富有逻辑的科学思维，还有一点是她说不清、道不明的：在他那谦虚、略微有点儿学究式的外表下，隐藏着一股神秘的力量，而她，本能地感受到了。

雷克斯·唐纳森很有天赋——事实上，他的专业研究才是他人生的重心，而她只能占一部分而已——必不可少的一部分——这一事实让他在她眼里更具魅力。在她习以为常的、自私寻欢的情爱生活中，她发现自己第一次甘愿退居其次。生活的前景让她着迷，为了雷克斯，她愿意做任何事——任何事！

"钱可真是件惹人厌的麻烦事，"她任性地说，"只要艾米莉姑姑一死，我们就能立刻结婚，你就能搬到伦敦来，找一个装满试管和豚鼠的实验室，再也不用为那些得了腮腺炎的孩子和肝脏不好的老人而烦恼了。"

唐纳森说：

"没什么特殊情况的话，你姑姑应该还能活很多年——只要她自己注意保养。"

特雷萨泄气地说：

"我知道……"

宽敞的双人床房间里摆着复古的橡木家具，塔尼奥斯医生对夫人说：

"我已经给你打了个很好的基础，亲爱的，接下来是轮到你上场的时候了。"

他一边说，一边举着复古样式的铜罐，把水倒进有玫瑰图样的瓷盆里。

贝拉·塔尼奥斯正坐在梳妆台前，忍不住地纳闷，她已经把发型梳得和特雷萨一模一样了，为什么看起来完全不如她好看！

她停了一会儿，才回答：

"我不认为我想——向艾米莉姨妈开口要钱。"

"这可不是为了你自己，贝拉，这是为了我们的孩子。你也清楚我们之前搞投资，运气不太好。"

他背对着她，没看见她瞟他一眼时的眼神——那眼神即诡秘又犹豫。

她仍旧不冷不热地表达着自己的坚持：

"不管怎么说，我还是不愿意……艾米莉姨妈可不好对付。她会慷慨相助，但是不喜欢被别人要求。"

塔尼奥斯医生擦干手，从盥洗台边走过来。"说真的，贝拉，这么固执可不像你。说到底，我们为什么来这儿你还不清楚吗？"

她小声嘟囔着：

"我没有——我从没说过——反正来这儿不是为了要钱……"

"可是你同意，如果我们想给孩子们更好的教育，除了你姨妈能帮帮忙之外，我们别无选择。"

贝拉·塔尼奥斯没有作答，只是不自然地挪了挪身子。

但她脸上带着温顺、执拗的表情。每一个娶了愚蠢妻子的聪明丈夫都知道，这表情意味着他们离成功还很远。

她说：

"兴许艾米莉姨妈自己会张口——"

"或许吧，不过目前我没看到什么迹象。"

贝拉说：

"要是能把孩子们带来就好了。艾米莉姨妈肯定会情不自禁地喜欢上玛丽，还有爱德华，他是那么聪明。"

塔尼奥斯冷冷地说：

"我不觉得你姨妈是个喜欢小孩的人。兴许小孩没来反而正好。"

"哦，雅各，可是——"

"是的，没错，亲爱的。我知道你的感受。但这些干巴巴的英国老小姐——呸，她们根本不是人。为了玛丽和爱德华，我们要竭尽所能，不是吗？帮帮我们，这对阿伦德尔小姐来说不过是举手之劳。"

塔尼奥斯夫人脸颊通红，转过身去。

"哦，求你了，求你了雅各，还不到时候。我敢保证这么做很不明智。我宁可——宁可不要。"

他用听起来依然愉快的语气回答道：

"不管怎样，贝拉，我想——我想你还是会照我说的做……通常都是，你知道——到头来……是的，我想这次你会照我说的做……"

第三章　事　故

那是个星期二的下午。花园的侧门开着。阿伦德尔小姐站在门槛上，朝花园小径的方向给鲍勃丢球。小猎犬一路追着球跑。

"再来一次，"艾米莉·阿伦德尔说，"来次漂亮的。"

球再一次贴着地面飞蹿出去，鲍勃在后面全速追赶。

阿伦德尔小姐弯下腰，把球捡起来，鲍勃把球放在她脚边，她走进屋里，它也紧跟着。她关上侧门，走进客厅，鲍勃还是寸步不离，直到她把球收进抽屉。

她抬眼看了看壁炉台上的表。正好六点半。

"鲍勃，我看，晚餐前还是休息一会儿吧。"

她走上楼梯，回到卧室。鲍勃陪伴着她。她躺在盖着印花棉布的沙发上，鲍勃就卧在她脚边，阿伦德尔小姐深深地叹了口气。她很高兴今天已经周二了，她的客人们明天就都走了。这个周末没能揭露出她以前不知道的事。只让她确信要把一些早就知道的事都铭记在心。

她对自己说：

"我越来越老了，大概是……"紧接着，语气变得似乎有点儿震惊，"我老了……"

她躺在那儿闭目养神了大概半个小时，年长的客厅女仆艾伦打来热水，阿伦德尔小姐起身准备去吃晚餐。

唐纳森医生晚上会和大家一起用餐。艾米莉·阿伦德尔希望能有机会近距离好好观察观察他。对她来说，这件事还是很难相信，富有异国风情的特雷萨竟然打算嫁给这个看上去既呆板又迂腐的年轻人。当然，这样性格的年轻人愿意娶特雷萨，也的确很古怪。

随着晚餐的进行，她觉得自己没能更好地了解唐纳森医生。他很有礼貌，举止得体，同时，在她看来，也无聊至极。她心里其实很同意皮博迪小姐的判断。接着，她脑海中闪过一句话："还是我们那个年代的小伙子比较好。"

唐纳森医生并没有待很久，十点钟左右就起身离开了。他走之后，艾米莉·阿伦德尔宣布自己要上床睡觉了。她上楼后，年轻人也接着回到各自的房间。他们今晚看起来都很镇静，似乎有所保留。劳森小姐在楼下执行她今天最后的任务——放鲍勃出去遛遛，把壁炉里的火熄了，架好护栏，卷起壁炉前的地毯，以防失火。

五分钟后，她上气不接下气地来到女主人的房间。

"我想我把该拿的都拿来了，"说着，她把毛线、工具袋和一本从图书馆借来的书放下，"希望这书不错。你列出来的书她那儿一本都没有，不过她保证你会喜欢这本。"

"那姑娘是个傻子，"艾米莉·阿伦德尔说，"她对书的品位是我见过最差的。"

"哦，亲爱的。我很抱歉——或许我应该——"

"又说废话，这又不是你的错，"艾米莉·阿伦德尔仁慈地补充道，"我希望今天下午你也过得愉快。"

劳森小姐的脸色一下子亮了起来。她看上去热切极了，充满朝气。

"哦，是的，太感谢你了。你能给我放假简直太仁慈了。我的下午过得非常有趣。我们玩了占卜板，真的，它能写出最有趣的事来。我们从中收到了一些信息……当然，和我们预先的设定并不完全相符……茱莉亚·特里普做得最成功，得到了很多自动写出来的信息。有些是来自亡灵的启示——这真的让人很感恩——能被允许和过世的人交流……"

阿伦德尔小姐微微一笑：

"最好别让牧师听到你的话。"

"哦，可这是真的，亲爱的阿伦德尔小姐，我深信不疑——真的深信不疑——这种事没有什么错，我只希望朗斯戴尔先生能验证一下。在我看来，如果不去调查就一味指责，是心胸狭窄的表现。茱莉亚和伊莎贝尔·特里普都是如此虔诚的降灵术信徒。"

"虔诚到快不必呼吸了。"阿伦德尔小姐说。

她不太喜欢茱莉亚和伊莎贝尔·特里普两姐妹。她觉得她们的穿着十分滑稽，她们吃未经烹饪的蔬菜水果，这种饮食习惯也让她觉得荒谬，她们的行为举止更是做作。在她看来，她们没有传统，没有根基——事实上——没有教养！不过看她们假正经的模样倒也有趣，而她说到底还是个心地善良的人，不会嫉妒她们的友谊带给米妮的愉悦。

可怜的米妮！艾米莉·阿伦德尔带着复杂的感情和轻蔑的态度看着自己的贴身女仆。曾有过无数个没什么大脑的中年女人服侍过她——都大同小异：善良，大惊小怪，怯懦，而且差不多都没什么头脑。

而今晚，可怜的米妮看上去真的很兴奋。她眼中充满神采，在房间里神志不清地到处乱摸，根本不知道自己在做什么，她的双眼看起来明亮极了，仿佛在闪光。

她相当紧张，结结巴巴地说：

"我——我很希望你今天也能在那儿……我想，你知道，我感觉你还不太相信这些。但今天晚上，真的有一条信息——给E.A.，这两个首字母非常清晰。是一个去世多年的人捎来的信息——一个长相俊美的军人——伊莎贝尔看得很清楚。一定是亲爱的阿伦德尔将军。多美好的信息啊，充满爱和抚慰，还说只要耐心容忍，就能得到一切。"

"这么多愁善感的话，爸爸可说不出来。"阿伦德尔小姐说。

"哦，但是就算最亲的人也会变，不是吗——在另一个世界。爱和理解就是一切。接着占卜板画出了一把钥匙的形状——我猜，应该是咱家布勒柜橱的钥匙——你说会是吗？"

"布勒柜橱的钥匙？"艾米莉·阿伦德尔的声音有点儿急促，好像很感兴趣。

"我估计是的。我想里面或许放了些重要的文书——就是那一类的东西。之前有个真真切切的例子，有人得到了信息，让他去某件家具里找，结果就发现了遗嘱。"

"布勒橱柜里可没有遗嘱，"阿伦德尔说，她紧接着打住这个话题，"快去睡吧，米妮。你看上去累极了，我也是。过些时候我们找个晚上，请特里普姐妹过来。"

"哦，那真是太好了！晚安，亲爱的，你确定没什么需要的了？希望这么多客人没让你累着。我一定要嘱咐艾伦，明天好好给客厅透透气，抖一抖窗帘——他们留下的烟味太重了。要我说，让他们在客厅里抽烟，你可真是太仁慈了！"

"我总要对这些现代作风让步的，"艾米莉·阿伦德尔说，"晚安，米妮。"

米妮离开房间后，艾米莉·阿伦德尔开始琢磨，这些降灵术之类的把戏对米妮是否有好处。她两眼突出,看起来坐立不安,兴奋极了。

布勒橱柜的事倒真的挺奇怪,艾米莉·阿伦德尔上床时想着。她回想起很多年前的一幕,嘴角泛起冷笑。爸爸去世后被发现的那把钥匙,以及打开橱柜门时像瀑布一样滚落的空白兰地瓶子!像这样的小事,米妮·劳森和特里普姐妹根本不可能知道,这不禁让她怀疑,降灵术这种事到底是不是真的不存在……

她躺在有四根帷柱的大卧床上,睡意全无。最近,她发现自己越来越难入睡了。但对于格兰杰医生那个试试安眠药的建议,她嗤之以鼻。安眠药是给那些软弱的人吃的,这些人连手指尖上的一点点疼痛或一点点牙疼都无法忍耐,当然无法忍受这不眠的漫漫长夜里的烦闷。

通常这种时候,她会起床,在房子里悄无声息地逛逛,拿本书,把玩装饰品,重新插一瓶花,写一两封信。在这样的午夜时刻,她觉得这幢房子和四处漫游的自己一样,充满生气。这种午夜的漫游从不会让她不快。好像魂灵们也跟着她并行,那是她的姐妹们,阿拉贝拉、玛蒂尔达和阿格尼丝。还有她哥哥托马斯,多可爱的人啊!还像被那个邪恶的女人迷住之前一样。甚至查尔斯[①]·拉弗顿·阿伦德尔将军的鬼魂也会来。他的举止如此优雅,在家中却是个暴君,时常欺凌自己的女儿,对她们大呼小叫,但同时,他在印度叛变中的经历和他无所不知的学识,也是她们引以为傲的资本。如果碰到他"真的不太好"(正如他的女儿们婉转地描述的一样)的时候,她们又该怎么办呢?

她的思绪又回到侄女的未婚夫身上,阿伦德尔小姐想:"他

---

① 此处疑为作者笔误。

大概连酒都不会喝！大晚上喝大麦汤，还敢说自己是个男人！大麦汤！枉费我开了一瓶爸爸的特酿葡萄酒。"

查尔斯倒是丝毫没浪费那瓶酒。哦，要是查尔斯是个值得信赖的人。要是没人知道他——

她的思绪断了……想起了周末发生的一些事情……

现在回想起来似乎隐隐地让人不安……

她尝试让自己不再这么忧虑了。

这很不健康。

但没什么用。

她用胳膊肘撑起身子，借着微弱的火光——睡觉时她常会在小碟子里留一簇微光——看了看时间。

一点了，可她还是一点儿困意都没有。

她下床穿好拖鞋，换上暖和的晨衣。想去核查一下每周收到的书，好准备明天一早付款。

像影子一样，她悄悄走出房门，沿着走廊过去，一盏小夜灯整夜都开着。

走到楼梯口，她正要伸手去抓扶手，却不知怎么的突然绊了一下，她试着找回平衡，但失败了，一头栽下楼梯。

她跌落的声音和她的惊叫声，把整幢沉睡的别墅都惊醒了。房门纷纷打开，灯都亮了起来。

劳森小姐从楼梯口的房间里一下子跳出来。

她发出几声痛心的尖叫，一路跑下楼梯。人们一个接一个出现——查尔斯打着哈欠，穿着华丽的晨衣。特雷萨裹着一身黑色的丝绸。贝拉穿着海军蓝的和服，头发上插着些梳子，用来"固定波浪"。

艾米莉·阿伦德尔头晕目眩地瘫在地上。她的肩膀很疼,还有脚踝——全身上下都剧烈地疼痛。她意识到身边站满了人,愚蠢至极的米妮·劳森正一边哭喊,一边毫无意义地比画着,而特雷萨那双深色的眼睛看上去好像吓坏了,贝拉则正如她料想的那样,张着大嘴呆立在那里,查尔斯的声音不知从哪个方向传来——听起来那么远——

"是那该死的狗的玩具皮球!一定是它把球留在这里,结果姑姑就正好踩到了。看见了吗?就在这儿。"

然后她意识到,有个专业人士过来了,把其他人都赶到一边,跪在她身边,敏捷地用熟练的手法轻轻地触摸她。

她感到释然。这下子应该没事了。

塔尼奥斯医生用坚定可靠的语气说:

"不,一切都很好。没有骨折……只是受到了严重的震荡,还有擦伤——当然,还有严重的惊吓。但她很幸运,没什么更严重的问题。"

他让其他人退后一点儿,轻松地把她抱起来,进了卧室。然后扶着她的手腕数了数心跳,接着点了点头,派米妮(这家伙还在不停地哭,惹得大家都很烦躁)去拿白兰地,再烧些开水灌热水瓶。

疑惑、震惊和疼痛的折磨让她此时很感激雅各·塔尼奥斯。知道自己正被有把握的人照顾着,她感到很安心。此刻他让她觉得很笃定——很有信心——正是医生应该给予病人的。

有什么事——她还没能弄明白——含糊不清却隐隐地让人忧虑,但现在无法思考了。她会喝了白兰地,然后照他们说的,老老实实上床睡觉。

但她确定这中间肯定漏了什么事——某个人。

好吧好吧,她不想了……肩膀的疼痛折磨着她——她一口喝下不知谁递过来的什么东西。

她听见塔尼奥斯医生说——依旧是那种抚慰、笃定的声音——"她很快就会没事了。"

她闭上了双眼。

一个熟悉的声音把她惊醒——一声温柔又低沉的吠叫。

她瞬间清醒了。

鲍勃——淘气的鲍勃!是它正在前门外面叫——以它特有的那种"在外面一整晚,实在太惭愧了"的叫声,听起来很压抑却又夹杂着高音,充满希望地一遍遍重复着。

阿伦德尔小姐竖起耳朵。啊,对,这样就没事了。她能听见米妮下楼把它放进来。她听见前门打开时的嘎吱声,伴随着疑惑的低语——米妮那毫无震慑力的斥责——"哦,你这个淘气的小狗崽——真是个淘气的小鲍勃——"她听见餐具室的门打开,鲍勃的床就在橱柜下面。

突然,艾米莉意识到,刚才事故发生时,她潜意识里不停纠结的"遗失的一环"是什么。是鲍勃。刚才那场骚乱中——她先摔倒——人们纷纷跑过来——通常这种情况下,鲍勃会在餐具室里越叫越响,以引起人们的注意。

原来这就是让她不安的事情。不过现在都可以解释了——鲍勃昨晚被放出去后,故意不知羞耻地疯玩去了。它总时不时地犯这种错——尽管它事后道歉的方式总是那么完美周全。

这下就都对了,是吗?好像还有什么地方让她觉得不安,一直在她脑中萦绕。她的意外——是有关她意外跌落的什么事。

啊，对，有人说了什么——查尔斯——说鲍勃把球留在楼梯口，她不小心踩到才跌落的……

球之前在那儿——他把它捡起来拿在手上……

艾米莉·阿伦德尔头疼起来。她的肩膀因为疼痛而抽搐。满是擦伤的身体也折磨着她……

但在疼痛的折磨中，她的头脑很清醒。她不再因为惊吓而神志不清，记忆渐渐清晰起来……

她在脑海里回顾昨晚六点后发生的所有事情……一步一步地再现……一直到她走到楼梯口，开始往下掉……

突然，一个可怕到让她不愿相信的猜想闪过脑海……

当然——肯定是这样——她肯定是搞错了……人在意外发生后总容易产生奇怪的幻想。她努力——及其努力——去回想当时踩到的鲍勃的球，回想它圆滑的形状……

但她发现没有。

相反——

"肯定是因为紧张，"艾米莉·阿伦德尔说，"可笑的幻想。"

但她那敏感、精明、维多利亚式的思维不允许这件事就这么过去。维多利亚做派的人从来不是愚蠢的乐天派。他们能用最安心的态度设想最坏的情况。

艾米莉·阿伦德尔就相信最坏的情况。

第四章　艾米莉·阿伦德尔小姐写了一封信

这天是周五。

所有的亲戚都走了。

他们按照最初计划的那样,在周三那天一个个离开,他们都说可以留下帮忙照顾,但还是一个接一个地被拒绝了。阿伦德尔小姐解释说她更愿意"享享清静"。

在他们走后的两天里,艾米莉·阿伦德尔总是令人担忧地陷入沉思。她常常听不见米妮·劳森对她说的话,只是瞪着眼睛望着劳森,简单地命令她再说一遍。

"看样子是受了惊吓,可怜的人啊。"米妮·劳森说。

她以一种经历灾难后的阴郁腔调继续说下去,那语气好像能给听者乏味的生活增添数不尽的光彩。

"我敢说,她也许永远都没办法恢复了。"

另一方面,格兰杰医生则积极地鼓励阿伦德尔小姐。

他告诉她,到了这周末,她就可以下楼了;说她连一根骨头都没跌断,真是太丢脸了;说她哪像个病人的样子啊,要是病人都像她这样,他们这些做医生的干脆趁早关门不干了。

艾米莉·阿伦德尔也兴致满满地回应着,她和老医生格兰杰一直是好战友。他恐吓她,她违抗他——对方的陪伴总是让他们很愉快!

而现在，看着医生步履蹒跚地走出去，这位老妇人躺在床上不禁皱起眉头来，想着——想着——心不在焉地回应米妮·劳森那些善意的牢骚，然后突然恢复意识，用刻薄的语气回她两句。

"我可怜的小鲍勃，"劳森小姐弯下腰，对着鲍勃小鸟一般叫嚷着，鲍勃正躺在女主人床脚的毯子上，"要是小鲍勃知道它对自己这可怜到家的女主人所做的一切，会不会很伤心？"

阿伦德尔小姐打断她：

"别犯傻了，米妮。你那英国式的正义感哪儿去了？难道你不知道，这个国家的任何一个罪犯在被定罪之前，都被认为是无辜的吗？"

"哦，可我们不是已经知道——"

艾米莉再次打断她：

"我们还什么都不知道呢。所以别在这儿坐立不安的了，米妮。一会儿抓抓这儿，一会儿动动那儿。难道你不知道在病人的房间里该怎么做吗？出去，把艾伦叫过来。"

劳森小姐顺从而安静地离开了。

艾米莉·阿伦德尔看着她，感到些许自责。像米妮这样的人能这样服侍她，已经竭尽全力了。

接着她的眉头又皱起来。

她非常不开心。她可是个精力充沛、意志坚强的老妇人，在知道事情的来龙去脉后，她很讨厌无所作为。但鉴于现在情况特殊，她还没决定自己究竟该走哪一步。

有时候她也会怀疑自己的感官和记忆。可是又没有人——没有任何一个人——能让她放心交谈。

半小时后，劳森小姐小心翼翼地踮着脚，端着牛肉汤进来，发现女主人正躺着休息，两眼紧闭。劳森小姐正犹豫要不要叫醒她，艾米莉·阿伦德尔突然说了两个词，那声音充满力量又十分笃定，劳森小姐差点儿把杯子摔到地上。

"玛丽·福克斯。"阿伦德尔小姐说。

"亲爱的，盒子[①]？"劳森小姐问道，"你是说你要一个盒子吗？"

"我看你真是快聋了，米妮。我压根儿没提什么盒子。我说玛丽·福克斯，我去年在切尔特纳姆遇见的那个女人。她是埃克塞特大教堂一位教士的姐姐。把杯子端过来。你把汤都洒到托盘里了。进屋的时候别蹑手蹑脚的，你不知道那动作有多烦人。现在赶快下楼去，把我伦敦的电话簿拿来。"

"你需要我帮你查吗？电话或地址？"

"如果我需要的话会告诉你的，照我说的做就行了。把它拿过来，再把我的书写文具放到床边。"

劳森小姐立刻照做。

在她做完主人吩咐的所有事情，正要离开卧室时，艾米莉·阿伦德尔出人意料地说：

"你是个忠诚、善良的人，米妮。别太在意我的吠叫。我虽然吠得难听，但下口很轻。你对我真的很好，也很耐心。"

劳森小姐走出房门，面色粉红，嘴巴像吐水泡一样语无伦次地吐出一些词。

阿伦德尔小姐起身坐在床上，开始写信。她写得很慢，很仔细，时常停下来思考，在词句底下画线强调。她一再检查——因为她所受的学校教育让她绝对不能浪费纸张。最终，她满意地舒了口气，在结尾处签名，叠好信放进信封。她在信封上写了个名

---

①箱子 box 与福克斯 fox 发音相近。

字,紧接着又拿出一张空白的纸。这次她先打了个粗略的草稿,又重新读了一遍,做了些改动和删除,然后仔细抄了一份。她认真阅读了整封信,认为自己清楚地表达了要说的事情,感到很满意。她把信纸叠好,放进信封,写上威廉·珀维斯的名字和地址:哈彻斯特、查尔斯沃思与珀维斯律师事务所,珀维斯先生收。

她拿出第一个信封,写上收信人赫尔克里·波洛,然后翻开电话簿找到相应的地址,写在信封上。

传来一声轻轻的敲门声。

阿伦德尔小姐急忙拿起刚写完地址的那封给赫尔克里·波洛的信,扔进她的文具箱。

阿伦德尔小姐不想引起米妮的好奇——她实在太爱管闲事了。

她应声"进来",然后松了一口气,躺回枕头上。

她已经开始采取行动了。

第五章　赫尔克里·波洛收到一封信

当然，以上我所讲述的这些事，在我知道的时候，已经过去很久了。但在仔细询问过这一家人后，我想，我已经记录得相当详尽了。

波洛和我收到阿伦德尔小姐的信之后，便被卷入了这个事件。

我仍能很清楚地回忆起那天的情形。那是七月末一个酷热的早晨，没什么风。

波洛早晨阅读信件时有个很特殊的程序。他把信一一拿起，仔细检查过后，熟练地用拆信刀划开。详细地读过之后，再把信放进巧克力罐旁边的四沓信封中的其中一沓里（波洛早餐习惯喝热巧克力——多惹人讨厌的臭毛病啊）。这一切就像机器作业一样规律！

他这一系列动作是那么流畅，哪怕稍有停顿，都会引起旁人注意。

我坐在窗边，看着往来的车辆。刚从阿根廷回来不久，再一次置身于伦敦的喧嚣之中，总能发现让我特别兴奋的事情。

我转过头，微笑着说：

"波洛，我——谦虚的'华生'——想提出一个非常大胆的推论。"

"洗耳恭听，我的朋友，你的推论是什么？"

我摆出个架势，装出自大的语气，说：

"你今天早晨收的信中，有一封特别有趣！"

"你简直是歇洛克·福尔摩斯啊！对，你说的一点儿也没错。"

我大笑。

"看吧，我知道你的套路，波洛。只要你把一封信读上两遍，就说明肯定有什么引起了你的兴趣。"

"你自己判断，黑斯廷斯。"

我的朋友微笑着把信递过来。

我饶有兴致地接过信来看了一眼，立即摆了个痛苦的鬼脸。这信通篇都是用一种老式的、蜘蛛一样的笔迹写成，不仅如此，足足两页纸，到处都是勾画涂抹的痕迹。

"我必须读吗，波洛？"我抱怨着。

"呃，当然不是，这又不是你的义务，当然不用。"

"那你能告诉我信里讲了什么吗？"

"我更希望你能看过之后自己下判断。但如果你觉得枯燥的话，就不用劳烦了。"

"不，不，我想知道到底是怎么回事。"我抗议道。

我的朋友嘲讽地说：

"那对你来说几乎不可能。事实上，信里什么都没说。"

因为认定他是在夸大其词，我便不再废话，全神贯注投入信件中。

M.赫尔克里·波洛

亲爱的波洛先生，

经过再三地犹豫和踌躇，我决定写（最后这个字被划掉了）我鼓起勇气写信给你，希望你能就我这件绝对私密的事情帮帮忙（"绝对私密"底下画了三条线）。很不好意思，我一开始并不知道你是谁。直到埃克塞特的福克斯小姐向我提起你，尽管福克斯小姐和你本人并不相识，她和我提过，她姐夫的姐姐（很抱歉地说，这人的名字我真的回想不起来了）曾盛赞你，说你十分善良，有着极准确的判断力（"盛赞"底下也画了线）。当然，我当时并没有询问你调查的事件的性质，但据福克斯小姐说，是件痛苦且私密的事（"痛苦且私密的事"底下重重地画了线）。

我停止辨认这蜘蛛一样难认的字体。

"波洛，"我说，"我一定要继续吗？她到底有没有说到重点？"

"继续，我的朋友，一定要耐心。"

"耐心！"我抱怨着，"这简直就像一只蜘蛛掉进了墨水瓶，然后在信纸上走出来的花纹一样！我记得我曾姨母玛丽的笔迹，简直和这个一模一样！"

我再一次埋首，专心致志地继续读下去。

鉴于现在两难的处境，我突然想起你可能愿意帮我做必要的调查工作。这件事，正如你即将知道的，需要你以最高度的警惕来对待，而我，事实上——简直都不知道该如何描述，我有多么真诚地盼望和祈祷（"祈祷"底下画了两条线）这件事是——是我自己完完全全误读了。人们有时总是把一些很容易解释清楚的事情赋予过多的意义。

"我没漏掉一页吧？"我困惑地嘟嚷着。

波洛笑起来。

"没有，你没有。"

"因为这看上去不太合理，她到底想讲些什么？"

"继续看下去。"①

事情是这样的，正如你即将要知道的——哦，这些话我还是略去不说了。哦！从这儿开始。以目前的情况，我确定你是第一个知道这件事的，让我和贝辛市场的人商量这件事是不可能的（我返回去看了看信首。伯克郡，贝辛市场镇，利特格林别墅），但是，与此同时，相信你能理解我现在的不安（"不安"底下画了线）。最近几天我不停地责怪自己太过沉溺于幻想了（"幻想"底下画了三条线），却控制不住地心慌。我可能把这事看得太重了，毕竟，这只是件琐事（"琐事"底下画了两条线），但我的不安还在。我很清楚地知道，不应该再去想这事了。可它侵吞了我的思维，影响了我的健康，鉴于我不能向任何人透露一丁点（"不能向任何人透露一丁点"底下用粗线标出来）。以你的聪慧，肯定会说，当然，这整件事不过是无稽之谈。事实真相没准儿能给出完全清白的解释（"清白"底下画了线）。然而，无论这事多么琐碎，自从小狗的皮球那件事发生后，我的怀疑和焦虑与日俱增。因此，我很想听听你的观点和对这事的见解。这样的话，我敢肯定，能减轻不少我心里的负担。方便的话，你是否能告知我你的收费标准，以及你对这事的建议？

我必须再提醒你一遍，任何人都不能知道这事。事实

---

①原文为法语。

上，我知道，这种琐事没什么重要的，但我的健康状况真的不太好，我的脑子（"脑子"底下画了三条线）也大不如从前。我很肯定，为这种事烦心，对我来说很不健康，我想得越多，就越发确定自己是对的，没出什么差错。当然，我压根就不该想着对"任何人"（画线）提及"任何事"（画线）。

希望早日收到你对这事的建议。

此致，你忠诚的，
艾米莉·阿伦德尔

我翻过信纸，仔细地查阅每一页。"但是，波洛，"我催他快点儿告诉我，"这到底是怎么回事？"

我的朋友耸耸肩。

"的确，怎么一回事呢？"

我极不耐烦地拍着信纸。

"这女人真是！为什么这个阿伦德尔夫人——或是小姐不能——"

"我想，应该叫小姐。这是一封典型的只有未婚的老小姐才能写出来的信。"

"没错，"我说，"肯定是个十足的老小姐，天天只会庸人自扰。她为什么不直说呢？"

波洛叹了口气。

"正如你所说——这就是因为在思考过程中没有使用合理的方法和次序，没了方法和次序，黑斯廷斯——"

"确实，"我急忙打断，"她大脑里负责思维的小灰细胞估计早就没了。"

"我可不会那么说,我的朋友。"

"我会。写这样一封信究竟有什么意义?"

"微乎其微——的确。"波洛补充道。

"这真是一段冗长的、没有任何意义的废话,"我继续说,"没准儿是因为担心她那只肥胖的小狗——肯定是只气喘吁吁的哈巴狗,要不就是只叫个不停的京巴!"我好奇地看着我的朋友,"而你,竟然还把这封信从头到尾读了两遍。我真不理解你,波洛。"

波洛笑了。

"如果是你,黑斯廷斯,是不是就直接把它扔进废纸篓了?"

"恐怕是。"我对着那封信皱了皱眉,"我想我大概又犯傻了,和往常一样,但我真没看出什么蹊跷!"

"不过这信里有一点非常有趣——一下子就把我吸引住了。"

"等等,"我喊道,"先别说,看我能不能自己找出来。"

我是有点儿幼稚,或许吧。把信从头到尾又仔仔细细地检查一遍,还是摇了摇头。

"没有,什么都没发现。这个老妇人好像被吓着了,我看出来了——再说,人年龄大了本来就容易受惊吓!没准儿什么事都没有——没准儿真有什么事,可我不觉得你像你自己说的那样,看出什么来了。除非你的本能——"

波洛举起手来,有些生气地说:

"本能!你知道我有多讨厌这个词!你在暗指什么?'我得到了神助'是吗?我一辈子都不会这样!我,我推理。我运用脑子里那些灰色的小细胞。这信里有一点非常有趣,而你,黑斯廷斯,完完全全把它忽略了。"

"哦,好吧,"我无精打采地说,"我买账了。"

"买账了？买什么账了？"

"这只是一种说法。意思就是我允许你指出我究竟蠢在何处，然后自得其乐。"

"你不蠢，黑斯廷斯，只是不够细心。"

"好吧，快说吧。有趣的地方到底在哪儿？我想，就和'小狗的皮球那件事'一样，有趣的地方就是压根儿没什么有趣的！"

波洛不理会我的俏皮话。他平静而沉稳地说：

"有趣的地方就是日期。"

"日期？"

我拿起信，左上角写着"四月十七日"。

"是啊，"我慢慢地说，"这太奇怪了，四月十七日。"

"而今天是六月二十八日。很奇怪，不是吗？两个多月前。"

我疑惑地摇摇头。

"这可能不代表什么。也许只是个笔误。她本想写六月，结果写成四月了。"

"即便是那样，距离写信的时候也已经十或十一天——这很奇怪。而且从事实来看，你这么猜想是不对的。看看墨水的颜色。写信的时间绝对远远超过十或十一天。不，可以说四月十七日这个日期是可以肯定的。但为什么没有紧接着寄出来？"

我耸了耸肩。

"很简单，这老小姐改主意了。"

"那她为什么不把信销毁？为什么留着，等两个月以后再寄出来？"

我不得不承认这很难回答。事实上，我无法找出一个合理的解释。我只是摇了摇头，什么都没说。

波洛点点头。

"你明白了吧——这就是关键！是的，毫无疑问，这一点很令人好奇。"

"你要回信吗？"我问。

"当然了，我的朋友。"

除了波洛的笔在纸上发出的沙沙声，整个房间安静极了。这是个炎热无风的早晨。尘土和柏油的气味从窗外飘进来。

波洛从桌前站起来，把写好的信拿在手上。他打开抽屉，拿出一个方形的小盒子，从里面取了张邮票，用一块小海绵把邮票沾湿，准备贴在信封上。

突然，他的动作停止了，邮票还在手里。他用力摇头。

"不对，"他惊叫，"这么做是错的。"说罢，他把信撕得粉碎，扔进废纸篓。

"这事不应该这么处理！我们亲自去，我的朋友。"

"你是说去贝辛市场？"

"没错。为什么不呢？在伦敦待着难道不觉得窒息吗？为什么不去享受一下乡下令人愉快的空气？"

"好吧，如果你非这么说的话，"我说，"我们开车去吗？"

我有一辆二手的奥斯汀。

"太棒了。今天兜风再合适不过了。可以不用戴厚围巾了，轻薄的大衣，丝质的围巾——"

"老兄，你不是去北极！"我抗议道。

"要小心别得了风寒。"波洛一副说教的口吻。

"在这种天气？"

波洛完全没理会我的异议，穿上一件淡褐色的大衣，脖子上围着白色的丝帕。他小心地把沾湿的邮票翻过来放在吸墨纸上晾干，然后我们一起出了门。

第六章　我们到利特格林别墅去

我不知道波洛穿着大衣戴着围巾是什么感觉,在车开出伦敦之前,我觉得自己快被烤熟了。这样炎热的夏天坐在敞篷车里,挤在车阵中,可不是什么清爽凉快的事。

可是车一开出伦敦,在大西路上加速,我的精神一下子高涨起来。

我们开了足足一个半小时,接近十二点时才到达这个名叫贝辛市场的小镇。小镇原先在主干道旁,北边三英里外一条新修的现代化公路使它偏离了主交通线,这也使它那沉寂的老式高雅气质得以保留。镇里宽阔的主干道和集市广场好像在说:"这里曾经是个重要的地方。对于任何讲道理、有教养的人来说,依旧还是。让这个高速的现代世界唠叨它那些时髦的公路去吧。我可是美丽与统一的完美结合,自建成以来就是要忍受一切的。"

在大广场中间有个停车场,不过只有零零星星几辆车停在那里。我把奥斯汀停好,波洛脱去他那件完全多余的外套,把自己的小胡子整理到完美的状态,既对称又华丽。我们准备好便出发了。

第一次尝试性的问路没能得到往常一样的回答,"不好意思,这一带我也不太熟。"贝辛市场好像从没来过陌生人!就是这种感觉!不知不觉,我发现,波洛和我(尤其是波洛)已经引起了人们的注意。在这个有着深厚传统护卫、气氛古典愉悦的英国市场小镇，我们的出现显得尤为突兀。

"利特格林别墅？"回答我们的是个男人，身材魁梧，眼睛很大，他若有所思地打量着我们，"沿着这条街直直往下走就到了，肯定能找着，在左边。没有门牌，不过它是银行过去的第一幢，"他又重复道，"肯定能找着。"

他紧盯着我们上路。

"天哪，"我抱怨道，"不知道为什么我总觉得自己在这地方很显眼。至于你，波洛，你本来就是地地道道的外国人。"

"你觉得他们注意到我是个外国人了——对吗？"

"就像胸前挂了块牌子一样明显。"我向他保证。

"可我的衣服是英国裁缝做的。"波洛打趣道。

"不单单是衣服，"我说，"不可否认，波洛，你的气质实在太显眼了。我常想，这难道不会给你的职业生涯造成阻碍吗？"

波洛叹了口气。

"这是你脑子里预设的错误想法，侦探就必须戴着假胡子，躲在电线杆后面！假胡子那种把戏是最低劣的侦探玩的。我亲爱的朋友，鼎鼎有名的赫尔克里·波洛只需要坐在椅子上思考就够了。"

"这话完美地解释了为什么在这个热的要死的早晨，我们会走在这条热得要死的街上。"

"回得妙，黑斯廷斯。我得承认，这是你头一回让我无从辩驳。"

我们很容易就找到了利特格林别墅，但迎接我们的却是惊诧——房屋经纪商的广告牌。

当我们盯着牌子的时候，一声狗吠引起了我们的注意。

灌木丛很稀疏，所以很容易就能看见那只狗。它是只硬毛小猎犬，毛显得过长。它四只爪子张开，紧贴着地，身子微微偏向一侧，它的叫声显得很享受，好像很满意自己表达友好的方式。

"我是只很称职的看门狗，对吧？"它好像在说，"别介意，这只是为了好玩！当然也是我的职责。只要让路过的人知道院子里有只狗就行了！这早晨可真无聊啊。真希望能找点儿事做。你们打算进来吗？希望如此。我都快无聊死了，有个人聊聊天也不错。"

"嘿，好伙计。"我向前伸出拳头，说道。

它从栅栏中钻出头来，谨慎地嗅着，紧接着，尾巴温柔地摇起来，发出几声短促的、不连贯的吠叫。

"还没正式介绍过呢，当然，这是必须的！我看，你应该知道接下来该怎么做。"

"真是个好伙计。"我说。

"汪。"小狗愉快地叫了一声。

"怎么样，波洛？"我停止了和狗的互动，望向我的朋友。

他脸上浮现出非常古怪的表情——一种我看不透的表情。用最恰当的词描述，大概是"极力压抑着兴奋"。

"小狗的皮球事件，"他小声说道，"看来，至少，我们已经找到一只狗了。"

"汪。"我们的新朋友观望着。它坐下来，大大地打了个哈欠，满脸期待地看着我们。

"接下来怎么做？"我问。

狗好像也在问同样的问题。

"当然是，去这个——叫什么来着——'加布勒和斯特雷奇公司'。"

"显而易见。"我表示赞同。

我们按原路返回,身后,我们的犬类朋友发出几声不满的吠叫。

加布勒和斯特雷奇公司位于集市广场。我们走进昏暗的办公室,一个脖子臃肿、眼睛无神的女人接待了我们。

"早上好。"波洛礼貌地问道。

年轻女人正在打电话,她指了指椅子,波洛走过去坐下。我又找来一张,搬到前面。

"我不能保证,我确定,"年轻的女人神情茫然地对着电话里说,"不,我不知道利率多少……你说什么?哦,自来水,我想应该有,当然,我并不确定……我确定……不,他出去办事了……不,我不能保证……是的,当然,我肯定会问他的……对……八一三五?不好意思我恐怕没记下来。哦……八九三五……三九……哦,五一三五……好的,我会请他带给你的……六点之后……哦,不好意思,六点之前……十分感谢。"

她放下听筒,在吸墨纸上草草写下五一三九,然后看着波洛,眼神中略带询问,同时也显得毫不关心。

波洛立刻开了口。

"我注意到镇郊那幢房子正在出售。我想它叫,利特格林别墅。"

"什么?"

"那幢待租或是待售的房子,"波洛缓慢又清晰地重复,"利特格林别墅。"

"哦,利特格林别墅啊,"年轻的女人含糊地回答,"你是说利特格林别墅吗?"

"正是我说的,没错。"

"利特格林别墅，"年轻的女人说，接着绞尽脑汁想了一会儿，"哦，我想加布勒先生一定知道。"

"我能见见他吗？"

"他出去了。"年轻的女人用一种微弱的、贫血病人似的口吻回答，那语气像是在说："我赢了一分。"

"你知道他什么时候回来吧？"

"我不能确定，我想。"年轻的女人说。

"你能理解吧，我正在这附近找房子。"波洛说。

"哦，是嘛。"年轻的女人一副事不关己的表情。

"而利特格林别墅正好就是我想找的那种，你能给我些详细资料吗？"

"详细资料？"

"利特格林别墅的详细资料。"

她极不情愿地拉开抽屉，拿出一沓散乱的文件。

她叫了一声："约翰。"

"什么事，小姐？"

"咱们有没有关于——你刚才说是哪幢？"

"利特格林别墅的详细资料。"

"这儿不是贴着一张大海报吗？"我指了指墙上。

她冷漠地看着我，二对一，她似乎在琢磨，这是场不公平的竞赛。她赶忙搬来援兵。

"约翰，你对利特格林别墅一无所知，是吧？"

"是的，小姐。档案里应该有。"

"我很抱歉，"年轻的女人找都没找就说，"我想，我们可能已经把所有资料都寄出去了。"

"那太可惜了。"

"你说什么?"

"太遗憾了。"

"我们在赫梅尔安德那儿倒是有幢不错的小平房,两张床,一间客厅。"

她的语气丝毫没有热情,带着一种愿意完成老板交予她的任务的意味。

"不了,谢谢你。"

"这屋子还带一间半独立的小温室。我可以给你那房子的相关资料。"

"不用了,谢谢你,我只想知道利特格林别墅你们租多少钱。"

"利特格林别墅不出租,"年轻女人为了再得一分,放弃之前所说过的、对利特格林别墅一无所知的立场,"只出售。"

"广告牌上写着'可租可售'。"

"那我就不清楚了,但那房子只售不租。"

双方的舌战在门打开时中止,一个灰色头发的中年男子急匆匆走进来。他以好胜的目光扫了我们一眼,两眼直放光。接着扬起眉毛,像是在期待雇员能给自己一个解释。

"这位是加布勒先生。"年轻女人介绍道。

加布勒先生兴致勃勃地打开内室的门。

"先生们,快到里面来谈。"他把我们引进来,大手一挥,请我们就座,而他自己则坐在办公桌的另一边,面对着我们。

"那么,我能为你二位做些什么呢?"

波洛不依不饶地重复道。

"我想看看利特格林别墅的详细资料——"

还没等他说完,话头就被加布勒先生抢了过去。

"哈！利特格林别墅——是有这么一处房产！这可是个真正的大便宜。刚上市不久。我可以向二位绅士保证，我们从没有以这种价格卖过那样等级的房子。品位也在轮流转啊。现在的人厌倦了偷工减料，他们想买货真价实的好东西。这可是幢真材实料的好房子。漂亮的房产——品位——格调——纯正的佐治亚式建筑。这年头人们就喜欢这样——偏好有些年份的房子，你应该知道我的意思吧。啊，没错，利特格林别墅估计很快就会出手。肯定会被抢购。抢购！上个星期六就有一位国会议员来看过。他很满意，这周末会再过来。还有个搞证券交易的先生也很感兴趣。现如今人们都喜欢到乡下来寻个清静，离主干道远远的。也许有人会喜欢那种地方的房子，但我们这儿吸引的可是有格调的人。这房子正是这样。格调！你不得不承认，过去那个时代的人才真正懂得如何给上流绅士盖房子。没错，利特格林别墅不会在我们的待售列表上待太久的。"

加布勒先生——在我看来真是名不虚传——停下来稍稍喘了口气。

"这房子最近几年经常转手吗？"波洛问道。

"恰恰相反。上一个家庭在这儿住了超过五十年。那家人姓阿伦德尔，在我们这个镇上非常受尊敬。真正的老派贵族。"

他猛地站起来，打开门大声喊道：

"利特格林别墅的详细资料，詹金斯小姐。赶快拿过来。"

他又回到书桌前。

"我需要一个离伦敦差不多这么远的房子，"波洛说，"要在乡下，但不是那种死气沉沉的乡下，你明白我的意思吧——"

"当然——完全明白。太过偏僻了也不行。首先仆人们就很不乐意。而这儿呢，既有住在乡下的优点，又没有乡下的缺点。"

詹金斯小姐快步进来,手里拿着一张打字机打出的文件,放在老板桌上,在老板点头示意过后退了出去。

"这就是了,"加布勒先生一边说,一边老练地浏览着文件,"有特色的老式建筑:四间客房,八间卧室和起居室,日常办公的房间,宽敞的厨房,外屋也很大,马厩什么的。自来水,老式花园,维护费很便宜,总共占地三英亩,还有两个凉亭。价格是两千八百五十英镑上下。"

"你能给我写个准许参观的证明吗?"

"没问题,我尊敬的先生。"加布勒先生挥笔开始写,"请问你的姓名和住址?"

令我感到惊讶的是,波洛把自己的名字说成了帕罗提。

"我们手里还有两处房产,我想你可能会感兴趣。"加布勒先生补充道。

波洛让他把那两处也加了上去。

"我们什么时候都能去看吗?"他问道。

"当然了,尊敬的先生。屋里有仆人守着。我可以打电话过去确认一下。你是想现在直接过去,还是等到午餐后?"

"吃过午餐后再去比较好。"

"没问题——没问题。我会打电话告诉他们你两点左右到——嗯?你看这样可以吗?"

"谢谢。你刚才提到前屋主——阿伦德尔小姐,你是这么说的没错吧?"

"劳森。劳森小姐。这是现在屋主的名字。我很遗憾,阿伦德尔小姐不久前刚去世。所以这房子才会上市。而且我可以向你保证,这房子肯定会被抢购。毫无疑问。私下说一句,如果你真想出价,我可以抓紧时间定价卖给你。就像我刚才告诉你的,已经有两位先生看中这幢房子了，指不定哪天就接到他们其中一个的出价了。你看，他们俩都知道对方看中了这房子。而竞争无疑会催人抓紧。哈，哈！我可不想到时候让你失望。"

"这位劳森小姐看样子很着急出手，我想。"

加布勒先生压低音量，悄悄地说：

"没错。那地方对她——一个独居的中年妇女来说，太大了。她想赶快脱手，在伦敦买幢房子。的确很好理解。这也就是为什么这房子的价格低得如此离谱。"

"没准儿，她还能接受杀价呢？"

"没错，先生。赶快出价，把这笔生意占了。如果你相信我，把成交的价格降到刚才我说的那么多，应该不是什么难事。我简直不知道为什么，甚至有点儿荒谬了！这年头要盖这样一幢房子得足足六千英镑，少一便士也不行，这都没算地价和屋前空地的价格。"

"阿伦德尔小姐死得很突然，是吗？"

"哦，我可不会这么说。老了——老了。她去世的时候已年过七十。而且她病了很久。是她家里最后一个走的——你认识这家人，是吗？"

"我的确认识几个同姓的人，有亲戚住在这一带。我想应该是同一个家族的。"

"很有可能。这家有四个姐妹。其中一个很晚才嫁人，剩下的三个一直住在这里。真正的老派贵族。艾米莉小姐是她们中最后一个去世的，镇上的人都很尊敬她。"

他俯过身，把证明递给波洛。

"请你考虑好了再来告诉我一声，行吗？当然，那屋子里很多地方可能都需要改得时髦点儿。这可想而知，但就像我常说的那样：'一两个浴室算得了什么？轻轻松松就能搞定。'"

我们告辞了，离开前最后听到的是詹金斯小姐空洞的声音：

"先生，塞缪尔斯太太刚才打电话过来，她等着你回电——荷兰五三九一。"

根据我的记忆，这既不是詹金斯小姐记在吸墨纸上的号码，也不是那通电话里最后确定的号码。

我坚信，一定是因为刚才加布勒先生强迫她找利特格林别墅的资料，詹金斯小姐在报复他。

第七章　乔治饭店的午餐

再次来到集市广场时,我评价加布勒先生,说他真是人如其名!波洛回以赞同的微笑。

"要是知道你不会回去了,他肯定会很失望,"我说道,"他大概觉得自己已经把那房子卖给你了。"

"的确,是啊,恐怕到时候他会有种受骗的感觉。"

"我看咱们还是先吃个午餐再回伦敦吧,或是你想在回去的路上找个更像样的地方?"

"亲爱的黑斯廷斯,我可没打算这么快就离开贝辛市场。我们来这儿的事还没办完呢。"

我盯着他。

"你是说——可是,伙计,再怎么做也是徒劳了。那老妇人已经死了。"

"正是。"

他说这两个字的口气让我愈发不解地盯着他。很显然,那封毫无联系的信始终在他脑海中挥之不去。

"波洛,她这一死,"我语气轻柔,"做这些还有什么用呢?她什么都不能告诉你了。无论困扰着她的是什么,都随着她的死结束了。"

"你多么随意地就把事情推到一边去了!告诉你,在波洛停手之前，没有任何事情能说结束就结束！"

就以往的经验，我早该意识到，与波洛争执没有任何意义。可我还是毫不谨慎地继续说：

"但她这一死——"

"正是，黑斯廷斯，正是——正是——正是……你不停重复问题的关键，又愚钝地一再忽视它的重要性。你还没看出问题的关键吗？阿伦德尔小姐死了。"

"可亲爱的波洛，她的死再正常和普通不过了！其中没有任何蹊跷和难以解释的事。那个叫加布勒的家伙是这么说的。"

"他还说利特格林别墅只卖两千八百五十英镑，是个大便宜。你是不是也像福音一样照单全收、深信不疑？"

"当然不是，我明白加布勒先生所说所做都是为了卖房子——没准儿那房子从头到脚都得翻新。我敢保证他——更确切地说是他的顾客——愿意接受比这数字低得多的价格。像这样面朝街的佐治亚时期的老房子估计很难脱手。"

"不错，既然你明白，"波洛说，"就别再说什么'但是加布勒先生是这么说的'！好像他是个得道的先知，从不说谎似的。"

在我正要提出进一步抗议时，我们走进了乔治饭店的大门，波洛加重语气"啧"了一声，结束了交谈。

我们被引到咖啡厅，这里格局雅致，窗户紧闭，空气中弥漫着不新鲜食物发出的腐味。一个年长的侍者招待我们，他的呼吸很缓、很重。我们似乎是午餐时间仅有的客人。我们吃了些上好的羊肉，大片新鲜多汁的卷心菜和一些无精打采的马铃薯。紧随着上来的是些味道寡淡的烩水果和奶油冻。在吃了些干酪和饼干后，侍者端上来两杯被叫做咖啡的可疑液体。

这时波洛拿出房子的参观证明，向侍者打听问路。

"是的,先生。这些地方我大部分都知道。赫梅尔唐离这儿大概三英里——在贝纳姆街——是个很安静的地方。内勒农场离这儿一英里。过了'国王头'那幢房子不远有条小路可以直接通到那儿。贝塞庄园?不好意思,我没听说过这地方。利特格林别墅就在附近,几分钟步行就能到。"

"啊,我想刚才在外面我已经看到它了。应该就是利特格林别墅。那房子应该维护得不错——对吧?"

"哦,是的,先生。那房子的状况很好——屋顶、排水管和其他部分。不过,当然都是老式的,那房子从没翻新过。花园美得像幅画,阿伦德尔小姐多喜欢她的花园啊。"

"这房子的主人应该是,我看看,一个叫劳森的女士。"

"没错,先生,是劳森小姐。她曾是拉伦德尔小姐生前的贴身女仆,这老妇人去世时把所有东西都留给了她——房子和其他所有一切。"

"当真?我估计,她应该没什么能继承遗产的亲戚吧。"

"呃,先生,事实正相反。她还有甥侄一辈的亲戚在世。不过,是劳森小姐一直陪着她。所以……就是这么一回事。"

"不管怎样,我估计,除了那房子,她应该也没多少钱吧?"

我时常发现,直接的问题往往得不到明确的回应,而错误的假定总是可以立即得到反驳式的回答。

"远非如此,先生。的确远非如此。所有人都被这老妇人留下的数目吓着了。遗嘱上明确写了钱的数目和所有别的东西。看上去,这么多年来她似乎没把收入花光。钱的数目大概是三四十万英镑。"

"这可真让我大吃一惊,"波洛惊叫道,"这简直像童话一样——不是吗?贫穷的女仆一夜之间变得腰缠万贯。劳森小姐,她还年轻吗？还能不能尽情享受这飞来的横财？"

"哦，不，先生，她是个中年人了。"

他在说"人"的时候故意发音清晰，说得很巧妙。很显然，前贴身女仆，劳森小姐，在贝辛市场算不上什么人物。

"她的侄子侄女们肯定失望透了。"波洛打趣道。

"没错，先生。我估计他们肯定震惊极了。丝毫没有料到。贝辛市场的人都很感慨。有些人觉得不把遗产留给自己的血亲是不对的。当然，另一些人认为每个人都有权利按自己的意愿行事。当然，这两种看法各有各的道理。"

"阿伦德尔小姐在这里住了很多年了，对吗？"

"是的，先生。她、她的姐妹们，在她们之前，是她们的父亲，老阿伦德尔将军。当然，我并不记得他，但我确信他是个了不得的人物，曾经参与平定印度暴乱。"

"他有好几个女儿？"

"我记得有三个，如果没记错的话，当中有一个结了婚。没错，玛蒂尔达小姐，阿格尼丝小姐和艾米莉小姐。玛蒂尔达小姐是最先去世的，接着是阿格尼丝小姐，最后是艾米莉小姐。"

"是最近的事？"

"五月初——或者也许是四月末。"

"她生病有一段时间了吧？"

"断断续续，时好时坏的。她身体一直不好，一年前就差点儿因为黄疸病死掉。之后一段时间她的面色一直像橙子一样黄。没错，生命中最后的五年她身体一直不算好。"

"你们这儿应该有医术不错的医生吧？"

"没错，有格兰杰医生，他在这里行医已经将近四十年了，这里的大部分人都去找他看病。他有点儿神经兮兮的，总爱胡思乱想，但的确是个非常出色的医生。他有个年轻的同事，唐纳森医生。他更新派，有些人更喜欢找他看病。当然，还有哈丁医生，不过他没多少主顾。"

"阿伦德尔小姐的医生应该是格兰杰医生吧？"

"哦，是的。他曾经把她从生死关头救回来很多次，他是那种不管你想不想继续活下去，都会软硬兼施要你继续活的医生。"

波洛点点头。

"搬到一个新地方，要先好好了解了解这里，"他说，"一个好的医生大概是最重要的。"

"你说得太对了，先生。"

波洛接着要来了账单，结了账并附上一份相当可观的小费。

"谢谢，先生。非常感谢，先生。我真希望你能在这里定居，先生。"

"我也希望。"波洛心口不一地回道。

我们离开乔治饭店。

"这下满意了吗，波洛？"走回街上，我问。

"完全不，我的朋友。"

他朝着意想不到的方向转去。

"波洛，你这是要去哪儿？"

"去教堂，我的朋友。那儿应该挺有趣，黄铜器具——古老的纪念碑。"

我摇头表示怀疑。

波洛花了短暂的时间仔细审视教堂内部。尽管旅游指南把它称作早期垂直式建筑，但因为经历了维多利亚时代刻意的破坏性修补，如今能吸引人的地方已所剩无几。

接下来，波洛漫无目的地游荡到教堂墓园，漫不经心地读着墓碑上的碑文，喃喃评论着谁家死了几口人，偶尔又因为某些罕见的姓名发出惊叹。

当他最后驻足时，我并不惊讶，很明显，他找到了一开始就想找的东西：

一块直立的大理石墓碑上刻着碑文，部分模糊不清了：

神圣的

约翰·拉弗顿·阿伦德尔将军之墓

公元一八八八年五月十九日逝世

享年六十九岁

"倾尽全力，为上帝而战"

及

玛蒂尔达·安·阿伦德尔

公元一九一二年三月十日逝世

"我愿重生，继续追随父亲"

及

阿格尼丝·乔治娜·玛丽·阿伦德尔

公元一九二一年十一月二十日逝世

"问过之后便会有收获"

接下来一段文字很明显才刻上去不久。

及

艾米莉·哈丽艾特·拉弗顿·阿伦德尔

公元一九三六年五月一日逝世
"你终会如愿"

波洛站在碑前看了一会儿。

他轻声低语：

"五月一日……五月一日……而直到今天，六月二十八日，我才收到她的信。你还没发现吗？黑斯廷斯，这一点难道不需要解释清楚吗？"

我意识到了，需要。

换句话说，我意识到，波洛已经下定决心，这件事必须要解释清楚。

第八章　利特格林别墅的内部

离开教堂的墓园后，波洛毫不犹豫地径直走向利特格林别墅。我琢磨着，他的角色应该还是个未来的买主。他手中拿着几张参观许可，利特格林别墅那张在最上面，推开大门，沿着小路径直走向别墅的前门。

这次没看见我们的猎犬老朋友，但能听见它在别墅里吠叫的声音，尽管离得有点儿远——我猜，应该是在厨房的角落。

一串脚步声穿过门厅，来到门前。紧接着，一个五六十岁、面色和善的女人出现在我们面前，显然是那种如今已经很少见的老式仆人。

波洛把参观证明递上去。

"是的，先生。中介已经来过电话了，请这边走，先生。"

那些我们第一次来侦察时紧闭的百叶窗如今也全部敞开，迎接我们的参观。据我观察，这房子里的一切都一尘不染、井然有序。我们的向导显然是个非常尽责的女人。

"这是晨间起居室，先生。"

我赞许地环顾了一下。房间舒适极了，几扇长窗向着街道。里面摆放着精致、坚固、古旧的家具，大部分是维多利亚式的，但其中也有一个齐本德尔式的书柜和一组格外吸引人的赫波怀特式的椅子。

波洛和我表现得好像真是来看房子的,静静地站着。时而愁云满面,时而低声嘟囔着"真不错""真是间不错的房子""你说这是晨间起居室?"

女仆领着我们穿过门厅,进到另一边与之对应的房间里,这一间要大得多。

"这是餐厅,先生。"

这一间是地道的维多利亚式装潢——笨重的桃花心木大餐桌,几乎呈紫色的桃花心木大橱柜,柜面上雕刻着成串的水果,结实的皮面餐椅。墙上挂着一些肖像,很显然是前屋主的。

小猎犬继续躲在某个隐蔽的角落里吠叫。此刻,那声音突然大了许多。

一串越来越大的叫声表明这小家伙一路飞奔着穿过门厅。

"谁进到房间里来了?我要把他撕个粉碎。"很显然是他这段"歌唱"的潜台词。

它到了门口,不停地四处嗅着,动作幅度很大。

"哦,鲍勃,你这个淘气的家伙,"我们的向导惊呼道,"先生,不用理会它,它不会伤害人。"

确实没错,鲍勃发现入侵者后,彻底改变了态度,它急急冲进来,友好地向我们引荐自己。

"见到你们我真的很高兴,真的。"它不停地嗅着我们的脚踝,好像在说,"请原谅我的吵闹,好吗?但我得尽职尽责不是吗?你知道,必须得时刻警惕进来的人。其实这日子无聊极了,我还巴不得来个访客瞧瞧呢。你也有自己的狗吧?我猜。"

最后一句是对我说的,我俯下身子轻拍它。

"真是个可爱的小家伙,"我对女仆说,"不过,毛需要修剪修剪了。"

"没错,先生,通常一年修剪三次。"

"这是只老狗吗?"

"哦,不,先生。鲍勃还不到六岁。大部分时间它还像只小狗崽似的,常常叼着厨师的拖鞋,神气地四处游行。听了刚才的叫声你可能不会相信,可它非常温顺,它唯一会追着咬的人是邮差,邮差对它怕极了。"

鲍勃此刻正在侦查波洛的裤腿,悉心全部检查完后,它长长地哼了一声。("嗯,还不差,但不是个真正喜欢狗的人。")接着转向我,头高高地昂着,满怀期待地看着我。

"我不明白为什么狗总是爱追邮差,真的。"我们的向导继续说。

"这是推理的结果,"波洛说,"狗是讲究推理的动物,又很聪明,它完全站在自己的角度做出推论。有些人可以进入屋子,有些不行——狗立刻就记住了。很好,谁是那个一天来访两三次,不停按铃的人——又从来没被允许进入屋子里呢?很显然,是邮差。从屋主的观点来看,这是个不受欢迎的客人,总被拒之门外,又因为受命在身,不得不一而再、再而三地回来尝试。于是狗的任务就显而易见了,辅助自己的主人把这个不受欢迎的客人赶走,如果需要的话,可以下口咬。很合乎逻辑的推理过程。"

他对着鲍勃笑了笑。

"那它应该非常聪明,我想。"

"哦,它是的,先生。鲍勃啊,几乎和人没什么两样了。"

她推开另一扇门。

"这是客厅,先生。"

一看到客厅,过去屋主留下的气氛立刻涌现出来。空气中弥漫着一股淡淡的百合香。印花棉布显得很老旧,上面玫瑰花环的图纹也已经退色了。墙上挂着一些版画和水彩画。还有很多精美的瓷器——纤弱的牧羊人和牧羊女。精美的双线刺绣靠垫。精致的银相框里陈列着退色的旧照片。屋里还摆着许多嵌工精细的盒子和茶罐。最吸引我注意的，是玻璃台面下压着的一对薄绢纸剪成的妇人。一个摇着纺车，另一个坐着，膝上卧着一只猫。

我被一种奇特的氛围笼罩着，一种已逝时光的氛围——悠闲、雅致的时光，"绅士和淑女"的时光。这是个不折不扣的"隐居之所"。淑女小姐坐在这儿做着手中的针线活儿，要是家里最受宠的男人在这里吸支烟，事后不知要怎么好好地抖抖窗帘通通风呢！

此时鲍勃吸引了我的注意力。它坐在一张有两个抽屉的桌子前，一副全神贯注的模样。

它注意到我的目光，立刻短促、哀怨地叫了一声，然后把目光移向桌子。

"它想要什么？"我问。

我们对鲍勃表现出如此大的兴趣，显然让女仆很高兴，可以看出她非常喜欢这小家伙。

"想要它的球，先生。一直都收在那个抽屉里，所以它就坐在那里向人请求。"

她换了一种语气，用假音对鲍勃喊道：

"已经不在这儿了，小家伙。鲍勃，球在厨房呢，就在厨房里，小鲍勃。"

鲍勃调转视线，不耐烦地盯着波洛。

"这女人是个傻子，"它好像在抱怨，"你看上去是个头脑不错的家伙。球都是收在固定的地方——这个抽屉就是其中之一。这里面总是放着一个球，所以此时此刻里面也肯定有。这很符合逻辑，不是吗？"

"球已经不放在那儿了，小家伙。"我说。

它怀疑地看着我。接着，我们走出屋子，它很不情愿地在后面跟着，一副不相信的模样。

接下来，女仆带着我们参观了各式各样的碗橱，楼梯下的衣帽间，一间小餐具室。"女主人过去常在这儿插花，先生。"

"你照顾女主人很长时间了吧？"波洛问。

"二十二年了，先生。"

"就你一个人吗？"

"我和厨师，先生。"

"她跟着阿伦德尔小姐也很久了？"

"四年，先生。原先的老厨师去世了。"

"这么说，要是我买下这房子，你也会继续留在这里，对吧？"

她脸微微红了。

"你真是太仁慈了，先生，但我想，我应该退休了。女主人留给我一笔可观的小钱，你瞧，我就要搬去和我哥哥一起住了。目前只是给劳森小姐行个方便而已，照顾这房子直到出售。"

波洛点点头。

在突如其来的片刻安静中，传来了声响。

"砰，砰，砰！"

这单音节的声音越来越响，似乎是从楼上传来的。

"是鲍勃，先生。"她微笑着说，"它找到球了，正把球推下楼梯呢。它最喜欢的小游戏。"

我们到了楼梯底下，一个黑色的橡皮球正"砰"的一声，落在最后一阶楼梯上。我接住球抬头看。鲍勃正卧在那里，四只脚爪大剌剌地张开,尾巴温柔地摇摆着。我把球扔给它,它一口利落地接住,饶有兴趣地啃咬了一两分钟,然后用鼻子轻轻地顶着球向前,推向楼梯边缘,直到球再次滚落,它一边看着自己的成果,一边欣喜地摇着尾巴。

"它可以这样玩上好几个钟头,先生。这是它惯常的游戏,玩一整天也不腻。行了吧,鲍勃,这两位先生还有正事要做呢,不能一直陪你玩。"

狗真不愧是友好交际的伟大促进者。我们对鲍勃的兴趣和喜爱完全打破了这位称职的仆人本来的僵硬态度。当我们来到楼上的卧室时,她喋喋不休地向我们讲述鲍勃多么机灵。球被留在楼梯底下。当我们经过鲍勃身边时,它厌恶地瞥了我们一眼,高傲地大步跑下楼梯去捡球。我们右转,我又瞥见它嘴里叼着球,慢悠悠地往上爬,那步调好像是个年迈的古稀老人,被不知敬老尊贤的家伙逼着劳动那把老骨头似的。

我们在卧室间来回参观之际,波洛开始向女仆打探。

"这儿曾住过四位阿伦德尔小姐,是吗?"他问道。

"最初的时候,是的,先生。但那是在我之前的事情。我来的时候只有阿格尼斯小姐和艾米莉小姐,没过多久阿格尼斯小姐就去世了。她是家族中最小的一个,竟然比她姐姐早走,真想不到啊。"

"我想,她应该不如她姐姐那么健壮吧?"

"很奇怪,先生,事实不是那样。我的阿伦德尔小姐,艾米莉,一直是身体最弱的一个,她一生都在和医生打交道。阿格尼斯小姐一直健康强壮,却是先走的那个,艾米莉小姐身体孱弱,却是家族中活得最久的一位。世事难料啊。"

"的确奇怪,这样的事竟然还常常发生。"

波洛开始滔滔不绝地讲着一个完全虚构的（我完全确信）生病的叔叔的故事，我着实不想浪费口舌在这儿重复了。这故事倒也完全起了作用。讨论死亡这样的话题总是让人更容易打开话匣子。现在波洛可以向女仆发问了，若是在二十分钟前，同样的问题一定会引来怀疑和敌意。

"阿伦德尔小姐这次病了很久，而且很痛苦，是吗？"

"不，我不这样认为，先生。她的确病了很久，如果你懂我的意思——从两年前开始，她那时病得很重。黄疸。脸色橙黄，眼睛发白——"

"啊，是的，的确会这样。"（紧接着波洛讲了一个他表哥的故事，这位碰巧也得了黄疸。）

"的确，正如你所说，先生。可怜的人啊，当时病得太严重了，想尽办法都压不下去。依我看，当时连格兰杰医生也觉得她撑不下去了。但是他采取的办法很有效——恐吓，你知道。'下决心要长眠不醒，再去给自己定做个墓碑了？'他总是这么说。而她则回答：'我还有一丝斗志，医生。'接着格兰杰医生说：'这就对了，这才是我想听的。'我们曾请来一位医院的护士，她坚决认为阿伦德尔小姐已经没希望了。有一次甚至对格兰杰医生说，她觉得不应该再操心，继续强迫这位老人家吃东西了。医生把她好好斥责了一番。'胡说八道！'他说，'强迫她？你必须威胁她把这些有营养的东西吃下去。'什么时候喝牛肉汁，什么时间服用白兰氏鸡精，还有几茶匙白兰地，诸如此类的东西。最后他说了一句我永生难忘的话。'你还年轻，小姑娘，'他说，'你不了解这些上了年纪的人在面对死亡时，有一种多么顽强的抗争精神。你们这些年轻人会死是因为你们对活着这件事没有兴趣。任何一个年过七十的人都是一个斗士——一个有意志力继续活下去的人。'他说的一点儿也没错,先生。我们总说老年人多么了不起。他们充满活力,并且能保持身体各项机能运作。但是,就像医生说的,那正是他们能活那么久、那么老的原因。"

"你的话非常深刻——非常深刻!阿伦德尔小姐是这样的吗?很有活力?对生活充满热情?"

"哦,是的,没错,先生。她虽然身体状况不怎么样,但头脑非常清楚。就像我说的,她战胜了病魔——着实让护士大吃一惊。病好后她像个清高的年轻人,领口和袖口总是整理得很整齐,时刻有人陪着,每天坚持喝茶。"

"看样子恢复得不错。"

"是的,的确是这样,先生。当然,起初女主人进食必须很注意,所有东西必须得蒸熟煮透了才行,不能有油,也不能吃鸡蛋。对她来说简直单调极了。"

"重要的是她康复了。"

"是的,先生,当然病情有些反复,我把这种情况叫做胆汁的毛病。过了一段时间她就不太注意饮食了——但也一直没什么大碍,直到最后一次发病。"

"和两年前一样吗?"

"是的,同样的病,先生。可怕的黄疸病——又是那可怕的橙黄色脸色——病得非常严重,其他情况也都一模一样。不过,恐怕这一切都是她自找的,我可怜的人啊。吃了太多不该吃的东西。发病那天晚餐她吃了咖喱,你知道那东西脂肪和蛋白质含量很高,而且很油腻。"

"她的病是突然发作的,没错吧?"

"呃,看上去似乎是这样,先生,但格兰杰医生说这病已经潜伏一阵子了。着了凉,天气变幻莫测的,又吃了太多脂肪和蛋白质含量高的食物。"

"她的贴身女仆——是劳森小姐没错吧——不是应该劝她别吃这些食物吗?"

"哦,我不觉得劳森小姐能多说什么。阿伦德尔小姐可不会听命于任何人。"

"她上一次犯病时,有劳森小姐在身边照料吗?"

"不,劳森小姐是在那之后来的,跟在阿伦德尔小姐身边快一年了。"

"在她之前,估计阿伦德尔小姐换过很多个贴身女仆吧?"

"哦,有过很多,先生。"

"她的贴身女仆都没有你们这些家仆待得久。"波洛说着,嘴角泛起微笑。

女人的脸一下子红了。

"哎,你瞧,先生,这可不一样啊。阿伦德尔小姐不太说话,也不知道怎么回事儿,事情就——"她停住了。

波洛端详了她一会儿,张口说道:

"我大致了解这些老妇人的心理。总是渴望些新鲜的东西,不是吗?我想,更替仆人应该是因为她已经把这些人身上的新鲜感都探索完了吧。"

"呃,先生,你可真是个明眼人啊,真是一针见血。每当来了新的贴身女仆,阿伦德尔小姐总是饶有兴致地开始追问——生平、童年、去过哪儿、知道些什么新奇事,等到她都了解完了——呃,我想她确切的用词应该是'乏味'。"

"正是这样。说句咱们两人之间的话,这些做别人贴身女仆的人,一般都不会很有趣,不是很会逗乐,没错吧?"

"没错。的确是这样,先生。她们都是些精神匮乏的可怜虫,大部分都是。不时又表现得愚蠢至极。应该这么说,阿伦德尔小姐很快就摸清她们了,然后她就会换个新人。"

"尽管如此,她平常应该很喜欢劳森小姐吧?"

"哦,我不这么觉得,先生。"

"难道劳森小姐在各方面都没什么突出的?"

"我不会这么说,先生。但她的确是个十分普通的人。"

"你应该挺喜欢她的,对吧?"

女仆微微耸了耸肩,说道:

"谈不上什么喜欢不喜欢的。她总是大惊小怪——就是个普通的老女仆,满脑子降灵术之类的无聊东西。"

"降灵术?"波洛警觉地问道。

"没错,先生,降灵术。在黑暗的角落支张桌子,然后一群人围坐着,过世的人会回来和你对话。要我说,这完全就是反宗教——搞得好像我们不知道人死后灵魂有合适的居所,而且不太可能从那儿离开一样。"

"照你这么说,劳森小姐是个降灵术的信徒了!阿伦德尔小姐也相信吗?"

"劳森小姐巴不得她相信呢!"对方语气很冲地答道,带着一丝恶意得以满足的快意。

"那她不是了?"波洛继续问。

"女主人可聪明着呢。"她轻蔑地说,"你听好了,我并不是说她不觉得好玩。'我愿意信服。'她兴许会这么说。但她经常看着劳森小姐,那眼神好像在说:'小可怜啊,都被骗成什么样了!'"

"我明白了,她压根儿不信这一套。却不失为一个娱乐自己的好方法。"

"没错,先生。有时候我常想,阿伦德尔小姐是不是——想要图些乐子,做些在黑暗中推推桌子之类的把戏。看着其他几个人一本正经的样子。"

"其他几个人?"

"劳森小姐和特里普姐妹。"

"那么,劳森小姐是个非常虔诚的信徒了?"

"简直像信奉福音一样,先生。"

"而阿伦德尔小姐很喜欢劳森小姐,应该是这样没错吧?"

这是波洛第二次这么问,得到的也是同样的答案。

"呃,很难说是,先生。"

"但肯定是这样,"波洛说,"她把所有的东西都留给劳森小姐了,不是吗?"

谈话的气氛骤变。刚才那个滔滔不绝的人消失了,取而代之的是行事恰当的仆人。女人挺起腰板,语气中不夹杂一丝感情色彩,但带着些许对自己刚才亲昵行为的自责:

"女主人怎么处理她的钱和我们下人无关,先生。"

我感觉波洛把事情搞砸了。费尽心机才让女仆表现出友好的态度,结果这一下子就把刚才的优势全丢了。他也足够明智,没有立刻做任何事情去"收复失地"。陈词滥调地点评了卧室的大小和数目之后,他走向楼梯口。

鲍勃早就不知跑哪儿去了,但是走到楼梯口时,我滑了一下,险些摔倒。我抓住扶栏,稳了稳身子,低头一看,原来是不小心踩到鲍勃的球了,一定是它刚才玩过留在楼梯口的。

女仆连忙道歉。

"太抱歉了,先生。都是鲍勃的错。它把球留在那儿了。在深色的地毯上很难看见。总有一天得害死人,可怜的女主人就因为这个原因狠狠地摔过一回。差点儿丧命。"

波洛在楼梯上突然停下脚步。

"你刚才说,她发生过意外?"

"是的,先生。鲍勃把球留在那儿——它总是那样,女主人从屋里出来,踩在上面就滑倒了,一头栽到楼梯下面,差点儿要了她的命。"

"她伤得重吗?"

"并没有你想象得那么重。照格兰杰医生的话说,她真是幸运极了。头部轻微撞伤,背部有些扭伤,当然还有些擦伤和严重的惊吓。那之后她卧床了一个星期,好在病得不太严重。"

"这是很久之前的事情吗?"

"就是她死前一两周的事情。"

波洛俯下身子从地上捡起他掉落的某个东西。

"不好意思——我的钢笔——啊,没错,在这儿。"

他站起身来。

"它可真不小心,这个鲍勃少爷。"他说。

"啊,它并不懂,先生,"对方用一种宠溺的语气说道,"它很通人性,但是你不能期望它样样都懂。要知道,女主人在夜里常常睡不好,会下楼在房里四处走动。"

"她常常这样?"

"大部分夜里都会。但是她绝对不会让劳森小姐或其他人打扰她。"

波洛转身再次来到客厅。

"这房间可真漂亮啊,"他说,"不知道有没有地方放我的书柜,黑斯廷斯,你觉得怎么样?"

我困惑极了,再三斟酌后才答道:"这很难说。"

"没错,尺寸这东西用眼睛量可不准。拿着我的尺子,帮我量量这儿的宽度,我好记下来。"

我顺从地接过波洛递来的尺子,在他的指示下丈量各种尺寸,他则把尺寸都记在一个信封的背面。

我正纳闷他为什么不把尺寸写在小笔记本上,而是采用这种毫不工整,也不符合他行事作风的方法,他把信封递给我,说道:

"应该都记对了,没错吧?我想你最好还是确认一下。"

上面一个数字也没写,而是写着:"等会儿我们再上楼的时候,假装你想起一个重要的约会,问她能否借用电话。让她带着你去,然后尽可能把她拖住。"

"都正确无误,"我把信封塞进口袋,"依我看,两个书架的尺寸也都很合适。"

"还有件事情得确定一下,我想。如果不麻烦的话,我想再上去看看主卧室,我不太确定床的间距。"

"当然,先生。一点儿也不麻烦。"

我们再次来到楼上。波洛量了量墙的一部分,接着开始高声谈论床、衣柜和书桌相应的位置,我看了看表,做了个夸张的开场,惊呼道:

"天哪,你知道现在已经三点了吗?安德森会怎么想啊?我得赶快给他打个电话。"我转向女仆,"不知我能否用一下电话,如果有的话。"

"啊,当然可以,先生。就在门厅尽头的小房间里,我带你去。"

她急匆匆地和我一同下楼,指给我电话的位置,然后在我的请求下,在电话簿上帮我找到一个号码。最终我打给这位——

住在哈彻斯特附近一个小镇的安德森先生。幸运的是他正好出去了,这样我就能留言说不要紧,之后再致电!

从小屋出来后,波洛从楼上下来了,站在门厅里,眼中微微射出兴奋的神采。我不明白为什么,但我确定,他现在的确很兴奋。

波洛说:

"你的女主人从楼梯上摔下来那次,一定吓坏了。事后她是不是一直念念不忘鲍勃和它的球?"

"你这么问可真有意思,先生。这事的确让她很不安。哦,就在她去世之前,已经神志不清了,还不停念叨鲍勃和它的球,好像还有张半打开的画什么的。"

"半打开的画。"波洛若有所思地说。

"当然了,先生,我完全不明白这话是什么意思。估计她已经神志不清了,胡言乱语而已。"

"稍等——我还需要再去一下客厅。"

他在客厅里来回走动,仔细检查着装饰品。一个带盖的瓷罐子吸引了他的注意。在我看来,这算不上一件特别精美的瓷器。带着典型的维多利亚式幽默——罐子上画了一幅粗糙的画,一只斗牛犬带着哀伤的神情坐在门外,底下写着一行字:整夜在外,没带钥匙。

对于波洛的品位,我是丝毫不怀疑的,无可救药的中产阶级情调。看样子,他似乎完完全全对这件瓷器着了迷。

"整夜在外,没带钥匙。"他自顾自地说,"太有意思了,这实在是!难不成我们的鲍勃少爷也是这样?时常在外面待一整晚?"

"很少,先生。哦,非常少。鲍勃是只非常非常听话的狗。"

"它的确是。但就算最听话的狗也——"

"哦,确实是这样没错,先生。它偶尔一两次会跑出去,大概凌晨四点左右才回来,它会坐在门前不停吠叫,直到来人放它进来。"

"一般都是谁负责放它进来——劳森小姐?"

"呃,谁听见谁就放它进来,先生。上次,也就是女主人发生意外的那晚,是劳森小姐给它开的门。鲍勃大概是凌晨五点左右回来的。劳森小姐在它制造噪声前急匆匆地开了门,生怕惊扰了女主人,她肯定太过担心鲍勃,劳森小姐一直没告诉她鲍勃跑出去了。"

"我知道了。她认为这些事还是别让阿伦德尔小姐知道为好?"

"她是这么说的,先生。她说:'它肯定会回来。它总是如此,但阿伦德尔小姐要是知道了,肯定会担心它再也不回来了。'所以我们什么都没说。"

"鲍勃喜欢劳森小姐吗?"

"呃,要我说,应该是不屑一顾。你能明白我的意思吧,先生?狗这种动物很会玩这种把戏。她对鲍勃很好,总叫它好狗狗、乖狗狗。而它总是轻蔑地看着她,好像对她所说的完全不在乎。"

波洛点了点头。"我知道了。"他说。

突然,他做了一件让我震惊不已的事。

他从口袋里拿出一封信——他早晨收到的那封。

"艾伦,"他说,"你知不知道任何关于这封信的事?"

艾伦的表情发生了明显的变化。

她的下巴垂下来,以一种近似滑稽的困惑眼神盯着波洛。

"呃,"她急着说,"从来都不知道!"

或许，这回答欠缺了些逻辑，但毫无疑问，完整地表达了艾伦的意思。

恢复理智后，她慢慢说道：

"你就是这封信的收信人吗？"

"是的。我正是赫尔克里·波洛。"

和大部分人一样，艾伦压根儿没看波洛进来时递给她的那张参观许可上的名字。她慢慢地点了点头。

"原来就是你啊，"她说，"赫尔克里斯·波洛特。"她给他的名字加了"斯"和"特"两个音。

"天哪！"她惊呼，"厨师一定会很惊讶。"

波洛立刻说道：

"不如我们到厨房去，和你那位朋友坐在一起谈谈，你觉得怎么样？"

"当然——只要你不介意，先生。"

艾伦的声音有些迟疑。显然这是她第一次处于这种进退两难的困境，但是波洛严肃的举止让她安下心来，我们一同前往厨房，一个面容和善的大块头女人正把水壶从瓦斯炉上提下来。艾伦向她说明了情况。

"你绝对不会相信，安妮。这就是收到那封信的先生。你记得吧，我在吸墨纸盒里发现的那封。"

"你们该知道，我还什么都不知道呢，"波洛说，"或许你们能告诉我为什么这封信这么晚才寄出。"

"呃，先生，说实话，我真不知道该怎么办才好。我们俩都不知道，不是吗？"

"的确，我们实在不知如何是好。"厨师附和道。

"你瞧，先生。女主人死后，劳森小姐整理东西时，很多东西要么送人，要么就丢了。其中有个小盒子，是用来放吸墨纸的。女主人生前在床上写东西时常用它。呃，劳森小姐不想要了，就连同许多奇怪的零碎东西一并给了我，我把它们都放进抽屉，直到昨天才拿出来。我正打算取几张新的吸墨纸出来，看见里面有个类似口袋的东西，便伸手进去，才发现了这封信，上面有女主人的字迹。

"呃，就像我刚才说的，我当时的确不知道怎么处置，这确实是女主人的字迹。我看她应该是写好了信，放进口袋，准备第二天寄出，大概是忘了，她常常这样，可怜的人啊。有一次她怎么也找不到银行的股息通知单，没人知道被她收在哪儿了，最后是在书桌的分层格架最里面找到的。"

"她常乱放东西吗？"

"哦，不，先生，正相反。她总是把东西分门别类地收好，放起来，问题一半出在这儿。要是她把东西随便乱放还好找些。她把东西收拾起来，却又忘记收在哪儿了，这种事常发生。"

"比如，像鲍勃的球这样的事？"波洛微笑着问道。

这只有灵性的小家伙正一路小跳着从门外进来，非常友好地再次向我们问好。

"是的，正是，先生。鲍勃玩完球后，她都会立刻收起来，不过这倒没什么，因为放球有固定的地方——就在刚才指给你看的那个抽屉里。"

"我知道了，很抱歉打断你，请继续说。你在吸墨纸盒里发现了信？"

"是的，先生。就是这么回事，然后我就询问安妮，问她怎么做比较好，我不想把它丢到火里，也实在不能自作主张打开看，而且我和安妮都不认为这事和劳森小姐有什么关系，所以经过一番讨论,我给信封贴了张邮票,跑出去扔进了邮箱。"

波洛微微地转向我,轻声说:"你看吧。"

我实在忍不住,语气略微带着挖苦:

"真没想到啊,这么简单的解释!"

他看上去有点儿泄气,好像希望我别这么快挖苦他。

他再次转向艾伦。

"正如我朋友所说:多简单的解释啊!你们知道,当我收到这封两个月前写的信时,是多么困惑。"

"是的,可以想象,先生。我们没有考虑那么多。"

"还有——"波洛轻咳一声,"我现在也很为难。你们瞧,那封信是有关——阿伦德尔小姐希望委托我代办的一件事,是件多少有点儿私人的事。"他重重地清了清喉咙,"而现在既然阿伦德尔小姐已经去世,我着实不知道该怎么办。我不确定在这种情况下,阿伦德尔小姐是否还希望我继续履行委托?太难办了,这实在是——太难办了。"

两个女人不约而同地用一种尊敬的目光望着他。

"我应该,我想,去咨询一下阿伦德尔小姐的律师。她有律师,对吧?"

艾伦连忙回答:

"哦,是的,先生。哈彻斯特的珀维斯先生。"

"有关阿伦德尔小姐的所有事他应该都知道吧?"

"我想是,先生。从我记事起,他就在为她打理一切了。发生那次事故后,她立刻派人请他过来。"

"从楼梯上摔下来那次?"

"是的,先生。"

"现在,请告诉我事件发生的确切时间。"

厨师插话进来。

"复活节银行假日的第二天。我记得很清楚。因为她有很多客人来访,我主动把假期调到周三,那天留下来帮忙。"

波洛拿出袖珍日历。

"正是——正是,今年的复活节银行假日,我看看,是十三号。那么阿伦德尔小姐是十四号发生的意外。信上的日期是三天之后。遗憾的是没有寄出。即便如此,现在似乎也还不算太晚——"他停顿了一下,"就我猜测,呃……她委托我的那件事情,也许和你刚提到的,呃……她的客人之一有关。"

这句话像是黑暗中的一声枪响,迅速得到了反应。艾伦脸上露出心领神会的表情,她望向厨师,对方用目光给予肯定的回应。

"一定是查尔斯先生。"她说。

"如果你能告诉我都有谁在场——"波洛引导着对方。

"塔尼奥斯医生和他的妻子贝拉小姐,还有特雷萨小姐和查尔斯先生。"

"他们都是甥侄一辈的?"

"没错,先生。当然,塔尼奥斯医生并不是家族的血亲之一。事实上他是个外国人,我记得好像是希腊还是什么国家。他娶了贝拉小姐——阿伦德尔小姐妹妹的孩子,她的外甥女。查尔斯和特雷萨是兄妹。"

"啊,好的,我知道了。家族聚会。他们什么时候离开的?"

"星期三早晨,先生。因为担心阿伦德尔小姐,塔尼奥斯医生和贝拉小姐那周的周末又来了一次。"

"查尔斯先生和特雷萨小姐呢?"

"他们是下一周的周末来的,也就是她去世前的那个周末。"

我感觉，波洛的好奇心似乎永远不会得到满足。我实在看不出有任何继续追问的必要了。他之前所谓的谜团已经有了解答，在我看来，他还是早点儿不失身份地告辞为妙。

这个想法似乎通过意念传到了他脑中。

"好的，"他说，"你们提供的信息非常有帮助，我必须向珀维斯先生咨询一下，我记得你刚才说的是这个名字，对吗？十分感谢两位的帮助。"

他弯腰摸了摸鲍勃。

"勇敢的小狗啊！你很爱你的女主人。"

鲍勃亲密地回应着，似乎想要玩一会儿，跑去叼来了一块煤。结果受到责骂，煤块也被扔了。它望着我寻求同情。

"这些女人，"它好像在说，"给吃的总是很慷慨，却不怎么喜欢运动！"

第九章　重现小狗的皮球事件

"好了，波洛，"利特格林别墅的门在身后关上后，我说，"这下你该满足了吧，我希望！"

"没错，我的朋友。我满足了。"

"感谢上苍！所有的谜题终于有了答案！邪恶女仆与富有的老妇人之谜终于解开了。迟到的神秘信件和著名的小狗皮球事件也渐渐显露端倪。所有问题都令人满意且准确无误地解决了！"

波洛干咳一声，说：

"我不会用'令人满意'这个词来形容，黑斯廷斯。"

"你一分钟前才用过。"

"不，没有。我没有说事情令人满意。我说的是，就我个人而言，我的好奇心得到了满足。我终于搞明白了小狗的皮球事件的真相。"

"再单纯不过的真相！"

"远不像你想的那么单纯。"他点了几下头，然后继续说，"你瞧，有件微不足道的小事，我知道，你却毫无头绪。"

"是什么？"我多少有点儿怀疑。

"我知道有人在楼梯顶端的壁脚板上钉了一根钉子。"

我盯着他，他此刻的表情严肃极了。

"好吧，"过了一两分钟，我说，"那儿难道不应该有钉子吗?"

"黑斯廷斯,问题应该是,那儿该有钉子吗?"

"我怎么知道。也许是家务活儿的需要吧,这重要吗?"

"当然重要。我实在想不出任何一种家务活儿,需要在楼梯顶楼的壁脚板这个特定的地方钉钉子。而且还被细心地上了漆,以免被人发现。"

"你说这话是什么意思?波洛,你知道原因?"

"对我来说再简单不过了。如果你打算在楼梯顶端,离地一英尺左右的位置系一根结实的线或者铁丝,一头可以系在楼梯栏杆上,而靠墙这一头呢?你需要一个类似钉子的东西,好把另一端系上。"

"波洛!"我焦急地呼喊,"你到底是什么意思?"

"我的好朋友,我正在重现小狗的皮球事件!想听听我重现的过程吗?"

"你说。"

"很好,事情是这样的:很显然有人注意到,鲍勃有把球留在楼梯口的习惯。这样做是很危险的——很可能造成危险。"波洛停顿了一分钟,接着语调起了轻微的变化,"如果你想谋杀一个人,黑斯廷斯,你会怎么设计?"

"我——呃,真的——我不确定。伪造个不在场证据之类的吧,我猜。"

"你这种做法,我可以保证,即困难又危险。不过你到底不是个冷血、细心的杀人犯。难道你没有想到,除掉前进途中想除掉的人,最简单的办法是利用一次事故吗?事故每时每刻都在发生。而且有些时候——黑斯廷斯——可以设计!"

他停顿了一分钟,继续说:

"依我看，小狗把球留在楼梯口这个习惯，给凶手出了一个主意。阿伦德尔小姐晚上常常离开卧室在房子里四处走动——她视力不好，很有可能踩到球上摔倒，一头栽下楼梯去。但谨慎的凶手绝对不依赖于未知的可能性。在楼梯顶端拦一根线再合适不过了。这样她就会头朝下栽过去。接下来，当房子里的人匆匆忙忙跑过来时——瞧，显而易见，事故的原因是——鲍勃的球！"

"太可怕了！"我惊呼。

波洛严肃地回答：

"没错，是很可怕……同时也很不成功……尽管很有可能摔断颈椎，但阿伦德尔小姐只是受了点儿小伤。可以想象，我们这位不知名的朋友肯定很失望！阿伦德尔小姐可是个思绪敏锐的老太太。所有人都告诉她，她是因为踩到球才滑倒的，而且物证——球，就在那儿，但她回想事发时的情况，觉得事情的起因和大家说的完全不同。她并不是因为踩在球上才摔倒的。除此之外她还记起了一些别的事。她记起自己第二天凌晨五点左右听见鲍勃在门口吠叫，想要进来。

"我必须承认，这些都是猜测。但我相信，应该没错。阿伦德尔小姐当晚曾亲自把球放回抽屉里。之后鲍勃就跑出去了，一直没回来。这样一来，把球留在楼梯口的，就绝对不可能是鲍勃。"

"这都是纯粹的猜测，波洛。"我提出异议。

他驳斥道：

"并不全然如此，我的朋友。阿伦德尔小姐神志不清地胡言乱语——关于鲍勃的球和一副'半开的画'。看出问题来了吧，是吗？"

"完全没有。"

"真奇怪，连我这个外国人都明白，以你们语言的使用习惯，并不会说一幅画是半开（ajar）的。可以说门是半开（ajar）的。画被挂斜（awry）了。"

"或者直接说歪了（crooked）。"

"正如你所说，可以直接说歪了（crooked）。因此我意识到，艾伦当时误听了阿伦德尔小姐的话。她说的并不是半开（ajar）——而是一个罐子（a jar）。而在客厅里，正好摆了个引人注目的瓷罐。我观察到，罐身上画了一只狗。我一边回想这些毫无意义的胡言乱语，一边上前细细观察。那幅画是有关一只狗整夜未归的故事。你现在应该能大概明白这位头脑发热的老妇人是什么意思了吧？鲍勃就像画中的狗一样——一夜未归——所以把球留在楼梯口的，绝对不可能是它。"

我情不自禁地大叫出来，深深地感到佩服。

"波洛！你可真是个睿智的魔鬼！真好奇你是怎么想到这些事的！"

"我不是'想到这些事'的。这些事就在那儿——显而易见——人人都可以看见。好了，你应该弄清局面了吧？阿伦德尔小姐在事故之后卧床的那段时间里，变得非常多疑。她的怀疑也许是异想天开，甚至很荒谬，但总在她脑海中盘旋不去。'自从小狗的皮球那件事发生后，我越发感到怀疑和焦虑。'所以，所以她选择写信给我。不幸的是，这封信两个月后才寄到我手中。告诉我，她的信和我们发现的这些事实难道不是完美地契合了吗？"

"没错，"我承认，"的确契合。"

波洛继续说：

"还有一点值得深思。当晚劳森小姐非常害怕鲍勃在外一整晚的事传到阿伦德尔小姐耳朵里。"

"所以你认为她——"

"我认为应该重视这一事实，仔细审视。"

我花了一两分钟，把整个事件在脑海中梳理了一遍。

"好吧，"最后，我长叹一声，说道，"这真的很有趣，简直像智力特训一样。我向你脱帽致敬。这个重现过程非常精彩。这老妇人的死真让人遗憾。"

"遗憾，没错。她写信告诉我有人企图谋杀她（无论如何，那都等同于谋杀），接着没过多久，她就死了。"

"是的，"我说，"而她是自然死亡这一事实肯定让你失望极了，没错吧？快，承认吧。"

波洛耸了耸肩。

"或许你认为她被人下毒了。"我不怀好意地继续说，波洛略微泄气地摇了摇头。

"看上去似乎是这样，"他承认，"阿伦德尔小姐似乎是自然死亡。"

"所以，"我说，"咱们还是夹着尾巴赶快回伦敦吧。"

"请原谅，我的朋友，我们不回伦敦。"

"你这是什么意思，波洛。"我大声问道。

"一旦你让一只狗看见兔子，我的朋友，它会回伦敦吗？绝对不会，它会一直追到兔子洞口才罢休。"

"什么意思？"

"狗追兔子，而赫尔克里·波洛追捕凶手。目前有一个凶手——或许谋杀失败了，但仍旧是个凶手。而我，我的朋友，掘地三尺也会一路追踪到他——也有可能是她。"

他突然转进一幢房子的铁门里。

"你这是要去哪儿,波洛?"

"去掘地三尺,我的朋友。这是格兰杰医生的家,他在阿伦德尔小姐最后的岁月里一直照顾她。"

格兰杰医生六十有余,脸颊消瘦、棱角分明,下巴突出,看上去咄咄逼人。眉毛浓密,一双眼睛射出精明的光。他锐利的目光从我身上转向波洛。

"请问,有什么可以为二位效劳?"他突然问道。

波洛用最浮夸的方式开始了滔滔不绝的演讲。

"请容我表示我诚挚的歉意,格兰杰医生,实在是打扰你了。我必须直言不讳地向你坦白,我并不是来找你看病的。"

格兰杰医生冷冷地回应:

"听你这么说真令人高兴,你看上去够健康了!"

"我必须向你解释一下我此次前来拜访的目的,"波洛继续说,"事实上,我正在写一本书——有关阿伦德尔将军的晚年生活,据我所知,他去世前的那些日子是在贝辛市场度过的。"

医生看上去很惊讶。

"没错,阿伦德尔将军一直居住在这里,直到去世。就在利特格林别墅——过了银行那条街——或许,你已经去过那儿了?"波洛点头表示肯定,"但是你知道,那是在我来之前很久的事了,我一九一九年来到这里。"

"但你应该认识他女儿吧,去世没多久的阿伦德尔小姐?"

"我和艾米莉·阿伦德尔小姐很熟。"

"你瞧,得知阿伦德尔小姐去世的消息,对我来说真是个沉重的打击。"

"四月末。"

"是这样没错。你瞧,我本指望她能告诉我一些她父亲的生活细节和往事呢。"

"的确——的确。但我实在不知道我能帮上什么忙。"

波洛问道：

"阿伦德尔将军其他的子女还有在世的吗？"

"没了，全都去世了。"

"他有几个子女？"

"五个。四个女儿，一个儿子。"

"再下一代是什么情况？"

"查尔斯·阿伦德尔和他妹妹特雷萨。你可以联系他们。虽然我很怀疑那会对你有什么用处。年轻一代对他们的祖父没什么兴趣。还有塔尼奥斯夫人，不过我同样怀疑你们从她那儿能得到多少情况。"

"他们应该有些家族文件之类的东西吧——档案？"

"兴许吧。但我还是很怀疑。据我所知，阿伦德尔小姐去世后，很多东西都被清理干净或烧掉了。"

波洛发出一声痛苦的呜咽。

格兰杰好奇地望着他。

"为什么对老阿伦德尔这么感兴趣？无论从哪方面讲，我都没听说过他是个响当当的大人物。"

"我亲爱的先生。"波洛双眼射出狂热信徒般兴奋的神采，"不是有句老话说，历史对它的伟人一无所知吗？近期重见天日的一些文献完全改变了人们对于印度暴乱这段历史的看法。有一段隐藏的秘史，在这段秘史中，阿伦德尔将军扮演了至关重要的角色。这整件事简直太迷人了——太迷人了！而且我告诉你，亲爱的先生，目前人们对这个话题特别感兴趣。印度——英国对其的政策——可是当下最热门的话题。"

"嗯,"医生说,"我的确听说,老阿伦德尔将军过去常常大谈印度暴乱的事情。事实上,关于那个话题,他是人们心中最有发言权的一个人。"

"你是听谁说的?"

"一位名叫皮博迪的小姐。顺便说一句,你可以去拜访她,她可是这儿最老的住户——她知道阿伦德尔家所有的事情。聊天说闲话是她最主要的消遣。她本人也值得前去拜访——个性非常鲜明。"

"谢谢你,这真是个好主意。或许,如果不麻烦的话,你也可以顺便给我阿伦德尔先生的住址,就是阿伦德尔将军的孙子。"

"查尔斯?没错,我可以帮你联系上他。不过他是个无礼的浑球,家族历史什么的,对他来说一点儿意义也没有。"

"他很年轻吧?"

"要是和我这一把老骨头比,还能算得上年轻,"医生眨了眨眼,"三十出头。从一出生,就不停地给家族带来麻烦和负担。除了迷人的外貌之外一无是处。家族曾用船把他送去世界各地,到哪儿都没干什么好事。"

"毫无疑问,他的姑姑应该很喜欢他吧?"波洛冒了个险,继续追问。

"嗯——我不清楚。可艾米莉·阿伦德尔可不是个傻子。就我所知,他向她要钱一次都没成功过。这老妇人可是个狠角色。我欣赏她,也很尊敬她。一个真正的老战士。"

"她走得很突然吗?"

"是这样,没错。要知道,她身体不太好已经很多年了。但好几次她都化险为夷、死里逃生。"

"有些流言——不好意思我又再重复这些闲话——"波洛不

以为然地摊了摊手——"她曾和她的家人有过争执,是吗?"

"并不是真正意义上的争执,"格兰杰医生缓缓地说,"没有,据我所知,应该从没有过公开的争执。"

"请你原谅,是我太不知轻重了。"

"不,不。毕竟这些事情已经传得人尽皆知了。"

"就我听说,她并没有把遗产留给家人,是吗?"

"对,全留给了一个举止战战兢兢、一惊一乍、像母鸡一样的贴身女仆。实在是奇怪。就连我也很不理解,这很不像她的作风。"

"啊,这样啊,"波洛若有所思,"不过这也不难想象。一个老妇人,心灵脆弱,身体状况也不好,肯定会对照顾她的人非常依赖。这样,任何有点儿个性的聪明女人都可以赢得绝对的优势。"

"优势"这个词像是在愤怒的公牛面前扬起的红色旗帜。

格兰杰医生轻蔑地哼了一声:

"优势?优势?压根儿没有那样的事情!米妮·劳森对于艾米莉·阿伦德尔来说还不如一只狗呢。她们那个时代的人都这样!无论如何,依靠出卖劳力当贴身女仆谋生的人,大都是傻瓜。她们要是有大脑的话,早就找到更好的事做了。艾米莉·阿伦德尔小姐可忍受不了傻子。她一年就得换一个可怜虫。优势?没那回事!"

波洛话锋一转,避开这个险地。

"有可能,或许,"他试探地问,"劳——劳森小姐手里还有些阿伦德尔家的文件和档案之类的东西吧?"

"可能会有,"格兰杰表示同意,"通常老小姐的房间里都会藏着很多东西。我估计劳森小姐连一半还没看过呢。"

波洛起身。

"太感谢你了,格兰杰医生。你真是太善良了。"

"不用谢我,"医生说,"很遗憾没能帮上你什么忙。皮博迪小姐那儿很可能有你们想要的。她就住在莫顿庄园——离这儿一英里。"

波洛闻了闻医生桌上的一大束玫瑰。

"真香啊。"他喃喃说道。

"是的,我猜应该是,我是闻不到了。四年前一场流感让我丧失了嗅觉。对于一个当医生的人来说,是个有趣的自白,对吧?'医生生病自己医。'放屁。再也不能像以前一样享受吸烟的乐趣了。"

"的确,太不幸了。对了,你会帮我找阿伦德尔先生的地址吧?"

"是的,我可以帮你找。"他把我们送到门厅,喊了一声,"唐纳森。"

"我的工作伙伴,"他解释道,"他应该知道,他和查尔斯的妹妹特雷萨订了婚。"

他又叫了声:"唐纳森。"

一个年轻人从后面的一间屋子走出来,中等身材,外貌平庸,举止死板。和格兰杰医生形成了鲜明的对比。

后者恰好说明了格兰杰医生不想要的品质。

唐纳森医生的眼睛微微凸出,呈淡淡的蓝色,把我们上下打量了一番。他张口说话时,显得干瘪冰冷,死板极了。

"我不知道查尔斯的确切地址,"他说,"我可以给你们特雷萨·阿伦德尔小姐的住址。她应该可以帮你们联系上她哥哥。"

波洛对他说,这种帮助已经很好了。

年轻的医生在笔记本上写下地址,撕下来递给波洛。

波洛再三向两位医生致谢,道别。走出门后,我发现唐纳森医生站在门厅里盯着我们,表情显露出些许惊恐。

第十章　拜访皮博迪小姐

"真的有必要如此煞费苦心编造谎话吗,波洛?"

波洛耸了耸肩。

"既然已经打算说谎了——顺便说一句,据我观察,你本性非常抗拒说谎,而我,说起谎来完全不觉得困扰——"

"我看也是。"我插话道。

"正如我刚说的,既然已经打算说谎了,为何不把它设计得更巧妙、更浪漫、更令人信服呢?"

"你认为刚才的谎话足够让人信服?你觉得唐纳森医生相信了吗?"

"那个年轻人生性多疑。"波洛若有所思地承认。

"依我看,他是真的起了疑心。"

"我实在不明白他有什么好怀疑的。每天都有傻瓜写着其他傻瓜的传记。正如你说的,合情合理。"

"第一次听你叫自己傻瓜。"我一边说,一边咧嘴笑了起来。

"和其他人一样,我只是选择了一个角色而已,"波洛冷冰冰地说,"很遗憾你认为我这个小故事缺乏想象。我个人倒是很满意。"

我换了个话题。

"接下来我们干什么?"

"再简单不过了,我们开车去一趟莫顿庄园。"

事实证明,莫顿庄园不过是一幢丑陋的维多利亚时代的房子。一位年迈的管家颇为疑惑地出来接待我们,随即又转身回来追问"是否有预约"。

"麻烦转达皮博迪小姐,是格兰杰医生让我们来的。"波洛说。

几分钟的等待后,门开了,一个矮胖的老妇人摇摇摆摆地走进屋子。稀少的白发整齐地梳成中分发式,身着一件黑色的天鹅绒衣服,衣服上好几处的绒毛已经磨光了,脖子上系着针法精美的蕾丝,中间点缀着一颗巨大的宝石领针。

她穿过房间,仿佛近视患者似的靠近我们凝视一番。第一句话倒是语出惊人。

"有什么要卖的吗?"

"没有,夫人。"波洛说。

"真没有?"

"完全没有。"

"不卖吸尘器?"

"不卖。"

"也不卖袜子?"

"不卖。"

"也不卖地毯?"

"不卖。"

"哦,这样,"皮博迪小姐坐在一张椅子上,说道,"我想应该可以了,你们还是坐下吧。"

我们顺从地照做。

"请原谅我刚才的盘问,"皮博迪小姐表现出一丝歉意,"不得不小心。不知道来得都是些什么人。仆人们全都没用,他们压根儿不会分辨。不过也不能怪他们。有教养的谈吐、体面的衣服、像样的名字。让他们怎么分辨?自称里奇卫将军、斯科特·埃杰顿先生、达西·菲茨赫伯特船长。一个个长得都挺英俊。可还没等你反应过来,他们就在你的眼皮底下推出来一台冰激凌机。"

波洛诚恳地说:

"向你保证,我们绝对不会干那种事情。"

"就算是这样,你们也应该听听。"皮博迪小姐说。

波洛再次把精心编造的故事讲了一遍,皮博迪小姐没有插话,认真听着,小眼睛偶尔眨两下,然后问道:

"打算写一本书,哈?"

"是的。"

"用英文写?"

"当然——用英文。"

"但你是外国人,对吗?得了吧,你是个外国人,不是吗?"

"没错。"

她把目光转移到我身上。

"我猜,你是他的秘书喽?"

"呃——是。"我略有些迟疑地说。

"你能用英文高雅、体面地写作吗?"

"应该能。"

"嗯——你在哪儿上的学?"

"伊顿。"

"那你不行。"

没等我开口对就这所古老而神圣的教育殿堂如此不公的指控

提出辩驳，她已经把注意力转回波洛身上，我只好罢休。

"打算写阿伦德尔将军的一生，是吗？"

"是的，据我所知，你认识他。"

"没错，我认识约翰·阿伦德尔。他很爱喝酒。"

短暂的停歇后，皮博迪小姐饶有深意地说：

"印度暴乱，哈？要我看，都是老生常谈，不过那是你的事。"

"要知道，夫人，这种话题都有一定的风潮，目前印度话题就是大热门。"

"是这样没错。流行总是在不断反复，看看那些袖子的样式吧。"

我们尊敬地保持沉默。

"羊腿式的袖子一向很丑，"皮博迪小姐说，"不过我穿主教式总是很好看。"她把明亮的目光锁定在波洛身上，"回归正题，你想知道些什么？"

波洛摊开手。

"所有事情！家族历史、轶闻、生活琐事。"

"关于印度的事情我可什么都不知道，"皮博迪小姐说，"事实上，我压根儿没留心听。这些老家伙和他们的轶闻很招人烦。他是个很傻的人——不过我敢说将军大概就该是这个样子。我常听说，聪明才智在军队里派不上什么用场。我父亲过去常说——关照上校的夫人，尊敬上级长官，就能仕途亨通。"

为了表示对这一格言的尊重，波洛隔了一小会儿才说：

"你和阿伦德尔家很熟，对吗？"

"每一个我都认识，"皮博迪小姐说，"玛蒂尔达，年龄最大的一个。满脸雀斑，过去在教会学校教书。曾经爱上一个牧师。再就是艾米莉，骑术很好。当父亲喝醉酒时，她是家族中唯一敢去对付她父亲的人。当年那屋子常常一车一车地往外运空酒瓶子,到了晚上,她们把瓶子都埋起来。接下来该谁了,我想想,阿拉贝拉还是托马斯?应该是托马斯,我想。我常常为托马斯感到难过,只有他一个男人,四个姐妹,让他看上去成了十足的傻子。性格也变得有点儿像老太太。没人能想到他会结婚,所以当他结婚时,所有人都震惊了。"

她咯咯笑了起来——维多利亚式的、饱满、嘶哑的笑声。

很显然,皮博迪小姐乐在其中,作为观众的我们几乎被遗忘了,她完全沉浸在过去的回忆里。

"接下来是阿拉贝拉。平凡的女孩,脸像松饼一样。虽然是家族中最平庸的一个,但是嫁得不错,嫁给了一个剑桥的教授。当时那人的年龄已经不小了,估计得有六十多岁了。他曾在这儿做过一个系列讲座——记得好像是介绍现代化学的奇迹。我去听过,还记得,他说话含混不清,留着胡子,听不清楚在讲什么。他讲完后阿拉贝拉常留下来提问。当时她年龄也不小了,应该快四十了。哎,他们现在也都去世了。这倒是一桩非常圆满的婚姻,不是有句话说,娶个平庸老婆的好处在于——她不太可能轻浮招摇。接下来是阿格尼斯。最小的一个——也是最漂亮的。我们当年都觉得她很轻浮,甚至有点儿放荡!真是奇怪,以为她们姐妹如果只有一个会嫁人,一定是阿格尼斯,偏就她没嫁,战后不久就死了。"

波洛低声说:

"你刚才说,托马斯先生的婚姻非常出人意料。"

皮博迪小姐再次发出饱满、嘶哑的笑声。

"出人意料?的确是这样!短短几天时间就办了件丑事。你绝对不会想到托马斯会干这样的事情——如此安静、羞怯、不善言辞的人啊,那么深爱他的姐妹们。"

她停顿了一分钟。

"你应该能记得十九世纪九十年代末那个轰动一时的案子吧?瓦利夫人,涉嫌用砒霜毒死了自己的丈夫。这女人长得很漂亮,也的确干了件大事。最后被无罪释放。而托马斯·阿伦德尔像是失了魂一样,疯狂地收集有关这个案件的报章,把瓦利夫人的照片剪下来收集起来。你相信吗?审讯结束后,他竟然跑到伦敦,求她嫁给他!托马斯!那个文静的、整日待在家里的托马斯!看来男人真是摸不透,不是吗?总是会做出一些出人意料的事。"

"然后呢?"

"哦,她答应了。"

"他的姐妹们一定很震惊吧?"

"我看是!她们根本不接受她。不过周全地考量一番,我不觉得她们这么做有什么错。托马斯气坏了,搬去住在英吉利海峡的一个岛上,从此之后再没有人有过他的消息。我不知道那女人是不是真的毒死了她的第一任丈夫,反正她没有毒死托马斯。她去世后托马斯又活了三年。他们有一男一女两个孩子。这对孩子长得很漂亮——遗传自他们的母亲。"

"我猜他们常常来这里看他们的姑姑吧?"

"直到他们父母去世后才来。他们当时正在上学,也差不多长大成人了,时常来这儿度假。艾米莉在这世上孤身一人,他们兄妹俩,再加上贝拉·比格斯,是她仅剩的亲人。"

"比格斯?"

"阿拉贝拉的女儿。蠢姑娘一个——比特雷萨大几岁。净让自己出丑,嫁给了个叫雅各的大学毕业生,希腊人,现在是个医生。长相可怕极了——虽然我不得不承认,他风度很是迷人。话说回来,我不认为贝拉有什么可选的,她大部分时间都在为她父亲打下手,要么就是给她母亲撑毛线。这希腊人很有异国情调,让她很着迷。"

"他们的婚姻应该很美满吧?"

皮博迪小姐突然跳起来,厉声说:

"我不会肯定地评价任何婚姻!他们看上去似乎挺幸福。生了两个黄皮肤的孩子,现在一家人住在士麦那。"

"但他们现在人在英国,对吗?"

"没错,三月左右来的。我倒是希望他们早点儿回去。"

"艾米莉·阿伦德尔小姐喜欢这个外甥女吗?"

"贝拉?哦,挺喜欢的。她是个愚钝、本分的女人,一心扎在孩子和家庭琐事里。"

"她对贝拉的丈夫满意吗?"

皮博迪小姐笑了笑。

"似乎不是很满意,但我想她应该挺喜欢这家伙的,毕竟他很有头脑。你要是问我的话,这家伙把艾米莉耍得团团转,是个很贪财的人。"

波洛咳了一声。

"我听说阿伦德尔小姐死后留下一大笔遗产?"他低声问道。

皮博迪小姐在椅子里换了个舒服的姿势。

"没错,也就是因为这个,才引起了这么大的骚动!人们做梦也想不到她竟然这么富有。其实是这么回事,老阿伦德尔将军留下了一笔很可观的数目——平均分配给各个子女。其中一部分拿出去再投资,我估计那些投资应该都不错,有些莫陶德公司的原始股。托马斯和阿拉贝拉结婚时,就把属于他们的那份拿走了。剩下三姐妹一直住在这里，一个月的花费还不到共同收入的十分之一，剩下的部分就再拿去投资。玛蒂尔达去世时，她的那部分平分给了艾米莉和阿格尼斯，阿格尼斯去世时则把她的那部分全留给了艾米莉。而艾米莉一直很节俭，花得不多——所有这一切都被那个叫劳森的女人捞到手了！"

皮博迪小姐说完最后这句总结似的话，像是站在了胜利的顶峰。

"你是不是很震惊，皮博迪小姐？"

"说实话，是的！艾米莉一直公开表示，死后财产会平分给侄子侄女和外甥女。事实上遗嘱原本也是这样立的，除了留给仆人的部分，剩下的平分三份，给特雷萨、查尔斯和贝拉。艾米莉死后，正要履行遗嘱时，才发现她竟立了新遗嘱，把一切都留给了那个可怜的劳森！"

"这份新遗嘱应该是在她死前不久立的吧？"

皮博迪小姐用锐利的目光扫了波洛一眼。

"你在想她是不是受了什么不正当的影响。不，恐怕那对她没什么用。而且我也不觉得可怜虫劳森有那样的头脑和胆量干这种事。实话告诉你，她得知遗嘱内容后应该比所有人都要惊讶——起码传言是这样说的！"

波洛听到最后一句，笑了笑。

"遗嘱是在她去世前十天立的，"皮博迪小姐继续说，"律师说一切都没问题，哼——兴许吧。"

"你是说——"波洛微微向前倾。

"阴谋诡计，我就是这个意思，"皮博迪小姐说，"这当中肯定有什么见不得人的勾当。"

"你对此是怎么想的？"

"什么想法都没有！已经说了，这当中有阴谋诡计，既然如此我又怎么能知道其中的猫腻呢？我又不是律师。但你记着我说的话，这当中肯定有蹊跷。"

波洛缓缓开口说道：

"有人对遗嘱表示过质询和反对吗？"

"特雷萨应该是请过法律顾问，我记得。对她可真是大有好处！律师十次有九次都会告诉你'别申诉了！'曾有五个律师奉劝我不要再采取行动，我是怎么做的？一概不理会。照样赢了官司。他们把我安在证人席上，从伦敦找了个狡猾、傲慢的年轻小伙子，企图让我作证时自相矛盾。但他没那个本事。'你肯定没办法辨别这些皮制品，'他说，'皮子上可没有记号。'

"'是这样没错，'我回答他，'但是在内衬上有块织补过的地方，时下如果任何人能有那样的织补手艺，我就把我的雨伞吞下去。'"说完他就根本站不住脚了。

皮博迪小姐发自肺腑地笑了出来。

"我猜，"波洛谨慎地问，"劳森小姐和阿伦德尔小姐的家人之间——呃——我感觉——矛盾应该非常尖锐吧？"

"不然你想会怎么样？你也知道人性的本质。人一死，身后总是会留下麻烦事。去世的人躺在棺材里还尸骨未寒，吊丧的人就恨不得把对方的眼珠子挖出来。"

波洛长叹一声。

"太现实了。"

"这就是人性。"皮博迪小姐说，似乎很理解。

波洛换了一个话题。

"据说阿伦德尔小姐痴迷于降灵术，这是真的吗？"

皮博迪小姐慑人的目光死死盯着波洛，仔细审视。

"如果你认为,"她说,"约翰·阿伦德尔的灵魂返回人间,指引艾米莉把遗产留给米妮·劳森,而艾米莉照做了,那我可以告诉你,你大错特错了。艾米莉可不是傻子。要我说,降灵术对她来说,也只比纸牌有趣那么一点点而已。见过特里普姐妹了吗?"

"还没有。"

"如果你见过她们俩,就会意识到这东西有多蠢。真是让人恼火的蠢女人,老是给你捎来死去亲戚的消息——全是些不着调的废话。她们还深信不疑。米妮·劳森也是。呵,好吧,这可能是消磨夜晚时光的又一个好方法吧,我想。"

波洛再次调转话题。

"我猜,你认识年轻的查尔斯·阿伦德尔先生吧?他是个什么样的人?"

"不是什么好东西。长相很有魅力,总是缺钱,总是欠债。从世界各地回来时,总是一文不名。对女人倒是很有一套。"她笑道,"他这样的无赖我见多了,绝对不会被骗了!不过我不得不说,托马斯会有这样的儿子还真是奇怪,他自己保守而稳重,简直是正正直直的楷模。啊,估计是有什么不好的血统。告诉你吧,尽管我喜欢查尔斯这浑球——但他是那种会为了一两先令,毅然杀掉他奶奶的人,压根儿没有道德观念。有些人生来好像就没有,真是奇怪。"

"他妹妹呢?"

"特雷萨?"皮博迪小姐直摇头,缓缓地说,"我不知道。她是个很有异域风情的姑娘,不同于常人,和那个娘娘腔医生订了婚,或许,你已经见过他了?"

"唐纳森医生。"

"没错,据别人说,他精通专业。但在其他方面实在是个可怜虫。我要是个年轻姑娘,绝对不会喜欢这种男人。不过,特雷萨应该知道自己想要什么。她这方面经验很丰富,我敢保证。"

"唐纳森医生给阿伦德尔小姐看过病吗?"

"格兰杰医生假日外出的时候,就是他来看病。"

"但她死前最后这次应该不是他负责的吧?"

"对,我想不是。"

波洛微笑着说:

"我猜,皮博迪小姐,你根本不认为他是个称职的医生,对吗?"

"我可从没这么说过,而且你错了,在某些方面,他足够敏锐,也足够聪明——只不过我不吃这一套而已。举个例子,过去,小孩要是吃了太多青苹果,胆汁会分泌过多,看完医生回家吃几片药就没事了。如今,医生会告诉你,你的孩子酸中毒,需要严格控制饮食,然后给你一模一样的药,只不过被化学药商制造成一个个漂亮的白色小药丸,却要你三倍不止的价钱!唐纳森医生就是这一类的。告诉你,很多年轻妈妈都吃这一套,因为听起来更好。不过这并不意味着这个年轻人会长久地留在这里,医治麻疹和胆汁过多症。他的眼光锁定在伦敦,很有野心,一心想要成为专家。"

"哪方面的专家?"

"血清治疗学。我应该没有记错。就是,不管你感觉怎么样,为了预防你染上什么病,先把惹人厌的皮下注射针头插进你皮肉里再说。我可受不了这些烦人的注射。"

"唐纳森医生有用以实验的具体疾病类型吗?"

"别问我。我只知道全科医生的医务已经远远不能满足他了。

他想在伦敦起家，但那需要一大笔钱，他和教堂里的老鼠一样穷——无论那些老鼠有多穷。"

波洛小声说：

"可惜真正的才华往往受困于金钱，而有些人所有的花费还不到收入的四分之一。"

"艾米莉·阿伦德尔的花费就不到，"皮博迪小姐说，"宣读遗嘱的时候有些人非常惊讶，我指的是数目，而不是遗产的继承者。"

"她自己的家人，你觉得，听到这个数目也会惊奇吗？"

"这么说就明白了，"皮博迪小姐享受般地眯起了双眼，"我既不说是，也不说不是。我只说，当中有个人可是打了一手好算盘。"

"哪一个？"

"查尔斯少爷，他可是把自己的那份好好地算计了一番。要知道，查尔斯可不傻。"

"只是略微有点儿无赖，是吗？"

"无论怎么说，他可不是个娘娘腔的笨蛋。"皮博迪小姐狡黠地说。

她停了一分钟，问道：

"打算联系他？"

"的确有这个打算。"波洛严肃地继续说，"在我看来，他那儿很可能有些和爷爷相关的家族资料吧？"

"已经被一把火烧掉的可能性更大。那个年轻人完全不知道尊敬自己的长辈。"

"所有渠道我都得试试。"波洛简短铿锵地说。

"看来是这样。"皮博迪小姐冷漠地回应。

短暂的一瞬间，她蓝色眼睛里射出的光线似乎让波洛有些不自在。他站起身。

"我不该再占用你更多时间了，夫人。真心感激你能告诉我这么多。"

"我尽力而为，"皮博迪小姐说，"不过话题似乎扯得离印度暴乱太远了，不是吗？"

她与我们一一握手。

"书出版的时候告诉我一声，"这是她与我们分开时说的话，"我肯定会很感兴趣。"

我们最后离开时，听见的是她饱满、嘶哑的笑声。

第十一章　拜访特里普姐妹

回到车里,我问波洛:"接下来干什么?"

因为有前车之鉴,这次我没提议回城里。毕竟,如果波洛喜欢以他自己的方式行事,我有什么好反对的?

我提议喝点儿下午茶。

"茶?黑斯廷斯,真是个奇怪的提议!注意时间。"

"我注意过了——我的意思是,我刚看过表,五点半,正好是下午茶的时间。"

波洛叹了口气。

"你们英国人总要喝下午茶!不,我的朋友,咱们可没时间喝茶,我曾在礼仪手册上读到过,下午去别人家里拜访要赶在六点前,不然就是失礼。因此我们只有半个小时达成下一个目标。"

"你今天可真注重交际礼仪啊!波洛,咱们这次拜访谁?"

"特里普姐妹。"

"这次你是在写一本关于降灵术的书吗?还是依旧是刚才那本关于阿伦德尔将军生平的?"

"这次要简单些,我的朋友。但我们必须打听一下这两位女士的住处。"

路线很容易打听,但是略微有些复杂,要经过一连串的小径。特里普姐妹的住所是一座风光如画的小农庄——美丽,同时又极为老旧,好像随时都有可能坍塌。

一个十四岁左右的女孩儿为我们开门,然后尽量把身子紧贴墙壁,好让我们有足够的空间通过。

房子内部随处可见老旧的橡木梁——里面有一个大的开放式壁炉,窗户很小,小到很难看清楚外面的光景。屋内的家具都刻意做得很简单,大部分都是橡木的,木碗里放着许多水果,墙上挂着好些照片——我注意到,其中大部分都是同样的两个人摆着不同的姿势,通常是捧着一大束花或是拿着麦秆编的帽子。

为我们开门的孩子低声说了些什么就消失不见了,但可以很清楚地听见她在二楼说话的声音。

"小姐,有两位先生找你。"

一阵叽叽喳喳的女声响起,伴随着脚步声和楼梯的嘎吱声,一位女士下楼来,亲切地迎向我们。

比起四十岁的模样,她看起来更像五十有余,头发中分,梳成圣玛利亚的样式,棕色的眼睛微凸。身着一件印有枝叶图案的棉布衣服,展现出一种"独特"的华丽。

波洛向前一步,摆出自己最潇洒的举止,开始交谈。

"非常抱歉打扰你,小姐,但我目前的处境的确很难办。我来这里找一位女士,但她已经离开贝辛市场了,有人告诉我,你可能有她的地址。"

"真的?你找的人是?"

"米妮·劳森。"

"哦,米妮·劳森。当然!我们是最好的朋友。快请坐,呃——你怎么称呼?"

"帕罗提——这位是我的朋友,霍金斯上尉。"

特里普小姐听到这个介绍,变得有些忙乱。

"请坐这儿吧,不,你们请——真的,我更喜欢坐直靠背的椅子。怎么样?你们坐得还算舒适吧?我亲爱的米妮·劳森啊——哦,这位是我妹妹。"

又是一阵脚步声和嘎吱声,另一位女士加入我们,她身穿绿色的条纹衫,那件衣服更像是给十六岁的女孩子们准备的。

"这是我妹妹伊莎贝尔——这位是帕洛提先生……和……呃,霍金斯上尉。伊莎贝尔,亲爱的,他们两位是米妮·劳森的朋友。"

伊莎贝尔·特里普小姐没她姐姐那么丰满,事实上,"瘦骨嶙峋"这个词更适合她。一头金发卷成好几个杂乱的发卷,举手投足带着些孩子气,很容易就能辨认出,她就是照片中拿花的那个女人。此刻她正像个孩子般双手紧握,一副兴奋的模样。

"太让人高兴了!亲爱的米妮!你们最近见过她吗?"

"有几年没见了,"波洛解释道,"我们失去联系有一段时间了,所以当我得知老朋友遇到了天降的好事,真是既吃惊,又不禁为她高兴。"

"是的,的确。而且都是她应得的!米妮这种人现在太罕见了。那么单纯,那么热忱。"

"茱莉亚。"伊莎贝尔惊呼道。

"怎么了?"

"这太不寻常了。P。你记得吧,昨晚的占卜写板上,总是不断出现 P 这个字母。一位来自海外的访客,名字的首字母是 P。"

"的确是这样。"茱莉亚表示赞同。

两个女人既兴奋又入迷地望着波洛,大感震惊。

"占卜写板从不说谎。"茱莉亚慢慢地说。

"你对超自然之事感兴趣吗,帕洛提先生?"

"的确有过类似的经验,女士们,不过——就像任何曾在东方游历过的人一样,我不得不承认,有太多事情人们不理解,也无法用自然法则解释。"

"太对了,"茱莉亚说,"一点儿也没错。"

"东方,"伊莎贝尔喃喃地说,"神秘与玄学的故乡。"

据我所知,波洛去东方的那次旅行,只从叙利亚到伊拉克,而且只持续了短短几周时间。而照他现在描述的口吻,任谁都会相信,他人生的大部分时间都是在丛林与东方的异域集市上度过的,打交道的人都是些伊斯兰教的苦行僧、托钵僧,或是印度教的圣人。

就我到目前为止的观察,特里普姐妹是素食主义者、通神论者、英国的犹太后裔、基督科学教会的信徒、通灵者和狂热的业余摄影师。

"贝辛市场这地方,"茱莉亚叹了一口气,"有时候让人觉得简直无法居住。在这里完全找不到美——没有灵魂。人必须要有灵魂,不是吗,霍金斯上尉?"

"的确,"我略微有些尴尬,"哦,的确是这样。"

"没有远景与幻想,人类终会灭亡,"伊莎贝尔引用完这句话后,长叹一声,"我曾尝试与牧师讨论这一类事情,却痛心地发现他如此狭隘。帕洛提先生,难道你不觉得,所有死板的教条都只会让人心胸狭隘吗?"

"而一切又是那么单纯,真的,"她姐姐插话进来,"正如我们熟知的,爱与欢乐就是一切!"

"正如你所言,正如你所言,"波洛说,"真是遗憾,人们之间竟然有误解与争吵——尤其当涉及金钱的时候。"

"金钱是万恶之源。"茱莉亚叹息一声。

"我猜,刚去世的阿伦德尔小姐应该也是你们的信徒之一吧?"波洛问。

两姐妹面面相觑。

"我不确定。"伊莎贝尔说。

"我们一直都不太确定,"茱莉亚轻声说,"上一分钟她似乎还很信服,下一分钟她就能说出那么……那么亵渎的话来。"

"啊,但是你记得上次那个神奇的现象吧,"茱莉亚说,"实在太异乎寻常了。"她转向波洛,"就在阿伦德尔小姐发病那一晚,我们姐妹俩晚餐后去了她那里,四个人围坐在一起。然后,你知道,我们看见了——我们几个都看见了——阿伦德尔的头上围绕着一圈非常明显的、光环似的东西。"

"什么?"

"是真的,一种类似光雾状的东西。"她转向她姐姐,"伊莎贝尔,你当时看到的是不是也是这样?"

"没错,没错,正是这样。一团光雾逐渐在阿伦德尔小姐的头上弥漫开来,微弱发光的光晕。那是个征兆,我们现在才明白过来,预示着她即将要去另一个世界。"

"的确非同寻常,"波洛以一种颇为惊讶的语气说,"当时房间里很暗,对吧?"

"哦,没错。我们通常在黑暗中得到的反馈比较好,那天晚上很暖和,所以壁炉里没有生火。"

"一个非常有趣的灵魂出来和我们交谈,"伊莎贝尔说,"她的名字是法蒂玛,她告诉我们,她是在十字军东征的时候去世的,还留给我们一条非常美好的信息。"

"她真的和你们说话了?"

"不,并不是直接通过语言。她把那些词语一个个轻敲出来。"

爱，希望，人生。全是些美好的词语。"

"阿伦德尔小姐是在那次降灵仪式上病倒的？"

"就在那之后。仆人们拿来了三明治和葡萄酒，阿伦德尔小姐说她不太舒服，什么都不要，那是她发病初期。上天仁慈，没让她遭太多罪。"

"四天之后她就去世了，"伊莎贝尔说，"我们已经收到了她传来的信息，"茱莉亚迫不及待地说，"说她很快乐，一切都很美好，她希望爱与和平能永远伴随她挚爱的人。"

波洛轻咳一声。

"这……呃……恐怕现实不是如此吧？"

"可怜的米妮，那些亲戚对她的所作所为实在太可耻了。"伊莎贝尔说。她的脸颊因为愤怒变得通红。

"米妮是那么不谙世事，淡泊名利的一个人。"茱莉亚附和。

"这些人四处散播恶毒的谣言——说她精心策划，好让阿伦德尔小姐把这笔钱全留给她！"

"其实她才是最震惊的那个——"

"律师宣读遗嘱的时候她简直不敢相信自己的耳朵——"

"她亲口对我说的。'茱莉亚，'她说，'亲爱的，一根羽毛就能把我击倒。除了留给仆人们的一点儿遗赠，利特格林别墅和所有财产全都留给威廉米娜·劳森。'米妮当时完全吓得目瞪口呆，一句话也说不出来。当她回过神来，问有多少钱时——她大概以为也就几千英镑而已——而珀维斯先生在哼哼唧唧地说了一大堆类似动产不动产净值之类的话后，说总数应该在三十七万五千英镑左右。可怜的米妮啊，她告诉我们，她听了这话差点儿晕过去。"

"她压根儿没想到，"妹妹在一旁不停地重复，"她压根儿没想到会发生这样的事!"

"她是这么告诉你们的,对吗?"

"哦,没错,她重复了好多次。也正因为如此,阿伦德尔一家人的所作所为才显得更险恶。疏远她,怀疑她。毕竟,这是个自由的国家——"

"英国人似乎都错误地理解了这句话的含义,而在不停地错误行事。"波洛小声说。

"在我看来,每个人都有权利按自己的意愿支配遗产!阿伦德尔小姐的做法非常明智。很明显,她完全不信任她的那帮亲戚,这肯定事出有因。"

"啊?"波洛饶有兴趣地把身子凑过去,"果真如此?"

这一专注的举动像逢迎一般大大地鼓舞了伊莎贝尔。

"没错,正是如此。她的侄子,查尔斯·阿伦德尔先生,是个彻头彻尾的恶棍。这是众所周知的事!我知道好几个国家的警察都在通缉他。至于他妹妹,呃,我没怎么和她说过话,不过她看起来总是很怪异。当然,时髦得很,而且妆总是很浓。这么说一点儿也不夸张,看一眼她的红嘴唇就让我浑身难受。看上去像涂了鲜血。我怀疑她很有可能在吸毒——有时连举止都很古怪。不过,她倒和一个不错的年轻人订了婚,唐纳森医生,我估计,就连他有时看到她那模样,也会觉得恶心。当然,她有她吸引人的地方,不过我倒是希望他能早点儿醒悟,找一个喜欢乡下生活和户外活动的体面女孩结婚。"

"还有一个亲戚是什么情况?"

"哎,还是没什么两样,非常不讨人喜欢。倒不是说塔尼奥斯夫人有什么不好——她是个很漂亮的女人——就是蠢到极致,被她丈夫耍得团团转。而她丈夫是个不折不扣的土耳其人,我琢磨着——英国女孩选择嫁个土耳其人实在是太可怕了,你不觉得吗?这等于明说这姑娘没什么可挑选的余地。话说回来,塔尼奥斯夫人倒是个非常称职的母亲,就是两个孩子太不讨人喜欢了,可怜的小东西们。"

"所以总的来看,你还是觉得劳森小姐更应该接受阿伦德尔小姐的遗产,对吗?"

茱莉亚语气沉着:

"米妮·劳森是个地地道道的好女人,那么超脱名利。她好像全然没有想过钱的事,从不贪婪。"

"话虽如此,她应该也没想过拒绝这份遗产吧?"

伊莎贝尔往回缩了缩身子。

"哦,这个——论谁都很难这样做吧。"

波洛笑了笑。

"很难,应该是很难……"

"你瞧,帕洛提先生,"茱莉亚插话,"她把那当成一种信任——神圣的信任。"

"而且她非常乐意帮助塔尼奥斯夫人和她的孩子们,"伊莎贝尔接话,"她只是不想让塔尼奥斯先生掌管这笔钱。"

"她甚至还说,她可以考虑继续给特雷萨生活费。"

"就此而言,我觉得,对特雷萨来说,已经非常慷慨了——考虑到她平日里是怎么对待劳森的。"

"的确,帕洛提先生,米妮是我见过的最慷慨的人了。这当然不用我多说,你认识她,你肯定清楚!"

"没错,"波洛说,"我认识她,但我仍旧不知道——她的地址。"

"当然!我真是太傻了!需要我为你写下来吗?"

"你说我记就是了。"

波洛依旧掏出他那个笔记本。

"克兰洛伊登公寓十七号。离怀特利斯不远。请代我们向她问好,好吗?我们最近一直没有她的消息。"

波洛起身,我也跟着站起来。

"请二位接受我诚挚的谢意,"他说,"感谢你们热诚的聊天,以及如此善意地告诉我劳森的地址。"

"我猜利特格林别墅里的人应该不愿意告诉你们地址,"伊莎贝尔大声说,"一定是那个艾伦!这些仆人总是如此嫉贤妒能、鼠肚鸡肠。他们几个以前对米妮总是很刻薄。"

茱莉亚优雅地同我们握手。

"非常高兴你们来访,"她的语气彬彬有礼,"我想——"

她迅速投给妹妹一个问询的眼光。

"或许,如果不嫌弃的话——"伊莎贝尔脸颊微红,"也就是说,二位愿不愿意留下来与我们共进晚餐?很简单的餐点——一些碎生菜,配些黑面包和黄油,还有水果。"

"听起来美味极了,"波洛急匆匆地说,"但太可惜了!我和我的朋友还得赶回伦敦去。"

她们俩和我们再一次握手,又交代了一遍给劳森小姐传达的话后,我们终于全身而退。

第十二章　与波洛讨论案情

"谢天谢地，波洛，"我诚挚地说，"你把我们从那顿生胡萝卜晚餐中解救出来了！多可怕的女人啊！"

"对我来说，一块上好的牛排再完美不过了，配炸薯条，再来一瓶高级的葡萄酒。不知道在那里我们能喝到什么东西？"

"要我猜，只有水，"我一想起来还瑟瑟发抖，"在那种地方，估计只有不含酒精的苹果酒之类的吧！我敢打赌，除了花园里的厕所，肯定连浴室和清洁设施都没有！"

"女人竟然会享受那种不舒适的生活，可真奇怪，"波洛若有所思地说，"看上去并不完全是因为贫穷，不过她们已经在这种拮据的情况下竭尽所能了。"

"司机待命中，请你指示？"在从最后一条蜿蜒的小巷子开到贝辛市场的主路上，我问波洛，"接下来该访问哪一家了？还是咱们再回乔治饭店去，审一审那位上气不接下气的服务生？"

"听到我接下来要说的，你应该会很高兴，黑斯廷斯，目前咱们在贝辛市场的事情已经干得差不多了——"

"太棒了。"

"但这只是暂时的。我还会回来的！"

"还要继续追踪你那位谋杀未遂的杀人犯吗？"

"没错。"

"你在咱们刚才听到的那堆胡言乱语中有什么收获吗？"

波洛明确地说：

"的确有几点很值得注意。这幕剧中的几个角色已经逐渐浮现出来，越来越清晰了。在某种程度上，这很像旧时小说里的套路，不是吗？谦卑的贴身女仆，一度遭人鄙夷，一夜之间变得富有，扮演起慷慨贵妇人的角色。"

"这种恩惠与慷慨，我想，对那些自认为是合法继承人的亲戚们来说，一定可怕极了！"

"正如你所说，黑斯廷斯。没错，再确切不过了。"

在沉默中，车继续向前行驶。穿过贝辛市场，我们再次回到主干道。我自顾自地哼起小调："小家伙，今天可真是忙碌的一天啊。"

"你应该很享受吧，波洛？"我最后问道。

波洛语气冷淡：

"我不太明白你说'享受'的意思，黑斯廷斯。"

"好吧，"我说，"在我看来，你这假日过得可真有名无实啊！"

"你认为我不够严肃，不够认真吗？"

"哦，你绝对足够严肃认真了。可这案件似乎更像是个学术研究——你只是为了得到精神上的满足而不断探究。我的意思是——这压根儿不是真的。"

"恰恰相反，这案件真真切切地存在着。"

"我的表达有问题。我是说，如果当前我们是在协助这位老妇人，或是保护她免遭杀身之祸——这样的话，应该还有点儿意思。可事实上，我实在控制不住要这么想，她已经死了，我们还在瞎操什么心？"

"事情如果像你说的那样，我的朋友，人们就根本不用调查谋杀案了！"

"不，不，不。那是不同的。我的意思是，如果你发现了尸体……啊！真该死！我说不清楚了！"

"别自顾自地动怒了。我完全理解你在说什么。你把'尸体'和单纯的'死人'区分开来。打个比方，如果阿伦德尔小姐死于非命，而不是久病而死——你就不会如此不理解我要查明真相的动机了吧？"

"当然不会。"

"但这两者是一样的，的确有人企图谋杀她，没错吧？"

"是的，但是他们没有成功。这就是区别。"

"难道你就不好奇，究竟是谁想要对她下手？"

"呃，从某种层面上说，我好奇。"

"我们目前已经可以把范围锁定在很小的圈子里了，"波洛打趣说，"那条线——"

"那条线只是你根据壁脚板上的一根钉子推断出来的！"我打断他，"为什么，那根钉子也许已经钉在那儿很多年了！"

"不，上面的油漆是新漆的。"

"即便如此，肯定还有其他各种各样合理的解释。"

"随便说一个来听听。"

一时间我倒什么也想不出了。趁着我沉默的间隙，波洛迅速开始发表他的看法。

"没错，范围很小了。那条线只有可能是在所有人上床之后被系上的。因此我们只用考虑当晚所有住在屋里的人。也就是说，罪犯藏在这七个人当中。塔尼奥斯医生、塔尼奥斯夫人、特雷萨·阿伦德尔、查尔斯·阿伦德尔、劳森小姐、艾伦、厨师。"

"我觉得仆人们肯定可以排除。"

"他们分到了遗产,亲爱的。另外,也许有其他谋杀的原因——出于恶意,争吵,谎言,所以现在还不确定可以排除他们的嫌疑。"

"我看可能性很小。"

"是不太可能,我同意。但咱们得把所有可能性都考虑在内。"

"如果是这样,那你得锁定八个人,而不是七个。"

"怎么说?"

我预感自己又要再赢一分了。

"你必须把阿伦德尔小姐自己也包括在内。你怎么知道那根绳子不是她系在那里,去陷害某个家族成员的?"

波洛耸了耸肩。

"你这是在说傻话,我的朋友。如果陷阱是阿伦德尔小姐自己设的,她路过的时候应该会小心,不至于把自己绊倒。事实上,正是她从楼梯上摔下来的,你应该记得吧?"

我垂头丧气地放弃了这一局。

波洛继续说,语气像是在沉思:

"这一系列事件的先后顺序已经非常清晰了:摔倒,给我写信,拜访律师——但这当中有一个疑点。阿伦德尔小姐是有意把那封信收起来,犹豫是否要寄出去,还是她写好信之后,误以为自己已经寄出去了?"

"这我们很难得知,"我说,"不,我们只能猜。就我个人而言,我猜她肯定是误以为信已经寄出去了,迟迟得不到回复,她肯定很惊讶……"

我的思绪突然转到另一个方向。

"你认为那些降灵术之类的胡言乱语有价值吗?"我问,"我的意思是说，不论皮博迪小姐当时那个猜测多么荒谬，难道阿伦德尔真是在降灵仪式上得到了指示，修改遗嘱，把钱全留给那个叫劳森的女人？"

波洛怀疑地摇头。

"这很不符合我心中构建的阿伦德尔小姐的个性。"

"那两个姓特里普的女人说，劳森小姐在宣读遗嘱的时候完全震惊了。"我开始深思。

"她是这么告诉她们的，没错。"波洛同意。

"但你相信吗？"

"我的朋友——你知道，怀疑是我的天性！除非能够加以佐证或确认，否则我不会相信任何人说的任何话。"

"没错，老伙计，"我故作矫情，"多么彻底、多么值得信赖又美好的天性啊。"

"'他说''她说''他们说'——呸！有什么用？一点儿意义都没有。有可能是绝对的真理，也有可能是彻头彻尾的谎言。而我，我只看事实。"

"哪些事实？"

"阿伦德尔小姐的确从楼梯上摔了下来，这个事实无可争议。而这并不是因为她一时疏忽造成的一场意外——是有人精心策划的！"

"这一切仅有的证据只是'赫尔克里·波洛这样说'而已！"

"不对。钉子就是证据，阿伦德尔小姐写给我的信就是证据，狗在外一夜未归也是证据，阿伦德尔小姐一直念念不忘瓷罐子和鲍勃的球也是。这些都是事实。"

"请问下一个事实呢？"

"下一个事实就是我们在这种情况下通常会提出的一个问题

的答案。阿伦德尔小姐的死使谁受益？答案就是——劳森小姐。"

"那个恶毒的贴身女仆！不过话说回来，其他人在遗嘱宣读之前都认为自己是受益者，所以应该都以为只要那次事件得逞，自己一定会得到好处。"

"正是，黑斯廷斯。这就是为什么他们全都有嫌疑。还有一个不起眼的事实，劳森小姐对阿伦德尔小姐极力隐瞒鲍勃整晚都在外面这一事实。"

"你认为那很可疑？"

"一点儿也不。我只不过注意到了这一点而已。她很有可能是真心不想打扰这老妇人的清净。这是目前为止最合理的解释。"

我用余光偷瞄波洛一眼，他看上去真的很狡猾。

"皮博迪小姐说过，她觉得这遗嘱中有些'阴谋诡计'，"我说，"你觉得她说这话是什么意思？"

"这样，我想，应该只是她表达自己模糊且不成体系的猜测的一种方式而已。"

"不正当的影响，看上去似乎可以排除了，"我琢磨着，"依我看，阿伦德尔小姐太聪明了，应该不太可能相信那些降灵术之类的鬼把戏。"

"你凭什么认为降灵术是鬼把戏，黑斯廷斯？"

我瞪大眼睛，吃惊地望着他。

"我亲爱的波洛，那两个可怕的女人——"

他笑了。

"我十分同意你对特里普姐妹的评价。但是单凭她姐妹俩是基督科学教会信徒、素食主义者、通神论者和通灵者这些事实，不能全盘否定这类事情！你不能仅仅因为一个蠢女人告诉你一大堆废话，关于她从某个奸商手里买来的伪造的圣甲虫宝石，就对整个古埃及考古学产生怀疑!"

"你的意思是,你相信降灵术?"

"我对这一类话题持开放态度。我从没有亲自研究过这一类现象,但的确有很多科学家和学者宣称有很多无法解释的现象存在,我能说他们像特里普小姐一样轻信吗?"

"所以你相信她们所说的,关于阿伦德尔小姐头部围绕的光环之类的蠢话喽?"

波洛摆了摆手。

"我刚才说的是宏观层面,用来驳斥你毫无道理的怀疑态度。但我可以说,对于特里普姐妹,我已经有了一定的看法,她们让我注意的所有事我都会一一仔细查证。愚蠢的女人,我的朋友,终究是愚蠢的,无论是在谈论降灵术,还是政治,或是两性关系,或是佛教的信条。"

"可你刚才还是听得很仔细。"

"那正是我今天的主要任务——听。听每个人一一讲述这七个人——最主要的,当然,还是那五个重点怀疑对象。而且我们对这几个人的某些方面已经有所了解。拿劳森小姐来说吧,从特里普姐妹那里,我们得知她本分、无私、不谙世事,总而言之,是个人格高尚的人。从皮博迪小姐那里,我们得知她轻信、愚蠢、压根儿没有犯罪的胆识和智慧。从格兰杰医生那里,我们知道她总受压迫,地位很不牢靠,而且是只可怜虫,我记得,他的原话应该是'战战兢兢、咋咋呼呼的母鸡',从乔治饭店的侍者那里,我们得知劳森小姐就是个普通的'人',从艾伦那里,我们得知连那只狗——鲍勃,都鄙视她!你瞧,每个人看她的角度都有些许不同。其他几个人也是一样。没有一个人对查尔斯·阿伦德尔的品德予以赞扬,不过描述他时的方式略有不同。格兰杰医生称呼他时的语气带着宠溺，说他是个'无礼的浑球'。皮博迪小姐说他会为了一两便士谋杀自己的奶奶，很显然，比起'呆头呆脑的可怜虫'，她喜欢用无赖这个词形容他。特里普姐妹言语中不停暗示，他不仅很有可能犯罪，而且已经有过前科了——还不止一次。这些侧面了解到的信息很有价值，也很有趣。它们引出了下一步。"

"下一步是什么？"

"我们自己去观察，我的朋友。"

第十三章　特雷萨·阿伦德尔

第二天早晨，我们向唐纳森医生提供的地址出发。

我曾向波洛提议，先去拜访一下律师珀维斯先生可能比较好，但波洛决绝地否定了这个想法。

"不，真的，我的朋友。拜访他我们能说些什么——用什么理由继续打探消息呢？"

"你不是有各种各样现成的理由吗，波洛！你用过的那些谎话都可以当理由，不是吗？"

"正相反，我的朋友，你口中'用过的那些谎话'是行不通的。对律师行不通。我们一准会被他——用你们的话怎么说来着——扫地出门。"

"哦，好吧，"我说，"可别冒那个险！"

所以，正如我一开始所说的，我们朝着特雷萨·阿伦德尔的公寓出发。

目标公寓坐落在切尔西的某个街区，可以俯瞰整条泰晤士河。室内装潢是华丽的当代风格，反光的镀铬家具下面铺着印有几何图案的厚地毯。

等了几分钟后，一个女孩走进屋子，好奇地打量我们。

特雷萨·阿伦德尔看上去二十八九岁，身材高瘦苗条，乍一看很像一幅夸张的黑白画。她的头发乌黑——脸上堆砌着厚厚的化妆品，像死人一样惨白。眉形修得十分诡异，给人一种嘲弄和讽刺的感觉。从头到脚唯一的亮彩是她的嘴唇，像是苍白面容上张着的猩红色伤口。她本人也的确符合我们之前从别人口中得来的印象——说不出来为什么，但她举手投足间非常倦怠，显得很冷漠——虽然如此，她看上去有常人两倍的精力，似乎正等着一声鞭打，那些压抑着的、未能释放的能量就会迸发而出。

她望着波洛和我，眼神好像在冷静地质询。

因为实在厌烦没完没了地撒谎（我希望如此），波洛这次递上了自己的名片。她用手指夹住，来回翻转着。

"我想，"她说，"你是波洛先生？"

波洛鞠躬示意，举止优雅。

"乐意为你效劳，小姐。介意我占用一点儿你宝贵的时间吗？"

她好像在模仿波洛的举动，回答：

"很荣幸，波洛先生。请坐。"

波洛小心翼翼地坐在一张矮矮的方形安乐椅上，我找了张镀铬的直靠背椅子坐下。特雷萨在壁橱前面随便找了张凳子坐下。她把香烟递给我们俩，被婉拒后给自己点了一支。

"我猜，你听过我的名字，小姐？"

她点了点头。

"苏格兰场的伙计。我应该没说错，对吧？"

我猜，波洛不太喜欢她这一描述。他强调：

"我处理各式各样的犯罪，小姐。"

"真是紧张刺激啊，"特雷萨·阿伦德尔语气厌倦极了，"我想，我好像丢了一本签名册！"

"之所以前来拜访，是因为，"波洛继续说，"昨天我收到了一封来自你姑姑的信。"

她的眼睛——非常细长，形状像长杏仁一样——略微地睁开了，嘴里吐出一口烟。

"你刚才说，来自我姑姑，波洛先生？"

"正是，小姐。"

她小声说道：

"如果扫了你的兴，我很抱歉，但压根儿没有这么一个人！我的姑姑们已经大发慈悲，全部死光了。最后一位两个月前刚去世。"

"艾米莉·阿伦德尔小姐？"

"没错，艾米莉·阿伦德尔。你该不会是从尸体手里收到的信吧，对吗？波洛先生。"

"还真收到过，小姐。"

"多可怕啊！"

不过这次，她的话语中有了些新的味道——一种突然提高警觉、暗自留心的味道。

"那波洛先生，我姑姑都说了什么？"

"关于这个，小姐，目前我没办法告诉你。因为这，你瞧，或多或少，"他轻咳一声，"也是件微妙的事情。"

接下来是一两分钟的沉默，特雷萨·阿伦德尔抽着烟。终于，她开口说道：

"听起来真是神秘极了。不过，这到底和我有什么关系？"

"我希望，小姐，你能回答我几个问题。"

"问题？关于什么？"

"和家庭有关的问题。"

我注意到她的眼睛再一次睁大了。

"听起来还挺玄的!还请你给我举个例子。"

"当然。你能告诉我你哥哥查尔斯现在的住址吗?"

她的眼睛再一次眯起来,潜伏的能量似乎已经消耗殆尽,整个人好像缩回了贝壳里。

"恐怕我无能为力。我们不常联系。我想他大概已经离开英国了吧。"

"这样啊。"

波洛沉默了一两分钟。

"你要问的就是这个?"

"哦,还有些问题。一个是,对于你姑姑处置遗产的方式,你是否满意?还有就是,你和唐纳森医生订婚多久了?"

"问题的跨度可真大啊,不是吗?"

"那不好吗?"

"很好,既然我们素不相识!——我对你两个问题的答案是,这压根儿和你没关系!别多管闲事了,波洛先生。"

波洛专注地盯着她,不一会儿,他站起身,没有表现出一丝失望的迹象。

"看样子就到此为止了!啊,好吧,倒也没什么好惊讶的。小姐,请允许我赞美你如此地道的法语发音,也祝你有一个愉快的早晨。我们走,黑斯廷斯。"

刚走到门口,女孩开口了。我脑海中再次浮现出刚才那个比喻。她坐在原地一动不动,声音却像鞭子一样抽过来。

"回来!"她说。

波洛步伐缓慢地照做了,坐回原位,满脸疑问地望着她。

"我们都别装傻了,"她说,"你也许对我有用,赫尔克里·波洛先生。"

"乐意之极,小姐——我能做些什么呢?"

在吐出的两口烟雾之间,她平静、沉着地说:

"告诉我如何使那份遗嘱作废。"

"肯定要找个律师——"

"是,找个律师,或许吧——只要我能找对人。可惜我认识的律师都是些正派高尚的人!在他们眼中,那份遗嘱具有法律效力,任何想要推翻它的尝试都是徒劳。"

"但你却不这么想。"

"我相信任何事情都有办法做成——只要寡廉鲜耻、不择手段,也要舍得付出。而我,我舍得付出。"

"你就如此确信,只要我收了某人的好处,就会不顾廉耻地为其效力?"

"在我看来,大部分人都这样!也看不出为什么你会是个例外。当然,开始的时候,那些人一个个也都不停地宣扬着自己如何诚实正直。"

"正是如此,这是游戏的一部分,不是吗?但你怎么——就算我准备好,不顾廉耻地为你卖命——认为我就一定能成功?"

"我不确定。但你是个聪明人,人人都知道。你总能想出什么法子。"

"譬如?"

特雷萨耸了耸肩。

"那是你的事。把遗嘱偷出来再用个假的掉包……绑架那个姓劳森的,恐吓她,让她承认艾米莉姑姑是在她的胁迫下修改了遗嘱。或者制造一份老艾米莉临死前最新立的遗嘱。"

"你丰富的想象力简直令人叹为观止,小姐。"

"好了,你的回答是?我已经足够坦率了,如果答案是义正词严的拒绝，门就在那边。"

特雷萨·阿伦德尔大笑起来。她看了看我。

"你朋友，"她观察到，"看上去好像吓着了。是不是应该让他出去围着街区走两圈，冷静冷静？"

波洛略微有些恼怒，对我说：

"求求你，控制一下你那美好正直的天性，黑斯廷斯。请你原谅我的朋友，小姐。正如你看到的，他非常正直，不过忠心耿耿。他对我绝对忠诚。无论如何，请允许我强调一点——"他紧紧盯着特雷萨，"无论我们干什么事，都必须严格地限制在合法的范畴内。"

她轻轻抬了抬眉毛。

"法律，"波洛若有所思地说，"有很大的宽容度。"

"我明白了，"她微微一笑，"这一点我们都了解。我们是不是该讨论一下你的那份分成——如果到时候得手了的话？"

"关于这个，同样也可以商量着达成共识。只要一点儿小甜头——我只要求这些。"

"成交。"特雷萨说。

波洛微微向前倾身。

"现在，听好了，小姐。通常——一百件案子中有九十九次我是站在法律那边的。但这第一百件——嗯，这第一百件就不同了。就一点来说，这一件通常都有很丰厚的油水……但必须在暗中操作，你应该能理解——绝对隐秘地来做。我的声誉决不能受到影响，所以不得不格外谨慎。"

特雷萨·阿伦德尔点了点头。

"还有，我必须知道关于这案子的所有真相！一定要是事实！你应该知道，掌握越多的真相才能编出越真实的谎言！"

"听起来完全合理。"

"既然这样。现在请告诉我,遗嘱是哪一天立的?"

"四月二十一日。"

"之前那一份呢?"

"艾米莉姑姑五年前立的。"

"里面的条文是——"

"除了留给艾伦和厨师的那部分之外,其余所有财产由她哥哥托马斯的两个孩子和她妹妹阿拉贝拉的女儿平分。"

"是以信托金的方式留下的吗?"

"不,直接留给我们。"

"下面,请仔细考虑后再回答。你们几个全都知道那份遗嘱的这些条款吗?"

"哦,是的。查尔斯和我都知道——贝拉也是。艾米莉姑姑对此从不隐瞒。事实上,如果我们当中任何一个向她借钱的话,她通常都会说:'等我死了之后,钱就全是你们的了,有这个事实你们该知足了。'"

"如果生病或是急需用钱,她也不会借给你们吗?"

"是,我想她不会借。"特雷萨缓缓地说。

"她认为你们的钱都够用了吧?"

"她是这么认为的——没错。"

女孩的声音略带苦涩。

"而你——不够?"

特雷萨停了一两分钟才开口:

"父亲给我们兄妹俩各留了三万英镑。吃利息去做些稳妥的投资,一年也能有一千两百多英镑,这点儿收入足够维持不错的小日子。但是我——"她语气变了,挺直纤细的身板,头微微后仰,我感觉她身体里蕴藏着的所有活力都涌现出来了,"但是我想过更好的生活!我要最好的!最好的食物,最好的衣服——真正一流的东西——最美的东西——而不是那些追赶时髦的普通衣服。我要享受,要去地中海,躺在温暖的夏日海滩上度假,坐在赌桌前大把大把地挥霍,我要开舞会,开最狂野、最荒诞、最夸张的舞会。我要这日渐腐烂的世界上的一切。我不想等,我现在就要!"

她的声音激动、热情、振奋,同时也非常陶醉。

波洛专心地观察着她。

"我猜,你现在已经都得到了吧?"

"是的,赫尔克里——我都得到了!"

"那三万英镑还剩多少呢?"

她突然狂笑起来。

"两百二十一英镑,外加十四先令和七便士。这就是确切的余额。所以你明白了吧,矮个子,你只有成事了才有钱拿。不成事——没报酬。"

"如果是这样,"波洛以一种理所应当的口吻说,"一定会成。"

"你是个了不起的矮个子,赫尔克里。很高兴我们能合作。"

波洛换上一副公事公办的口吻:

"有些事情我必须搞清楚。你吸毒吗?"

"不,从来不吸。"

"酒呢?"

"喝得很多——倒不是我爱喝。我那群朋友总是喝酒,我只是陪着而已。要戒的话明天就能戒掉。"

"这很令人满意。"

她笑道：

"我绝对不会因为喝酒耽误正事，赫尔克里。"

波洛继续问：

"感情生活呢？"

"过去有很多。"

"现在呢？"

"只有雷克斯。"

"就是唐纳森医生吧。"

"没错。"

"他看上去，与你刚提到的那种生活多少有些差距。"

"哦，是差得很远。"

"而你如此在乎他。我很好奇，为什么？"

"为什么在乎他？朱丽叶为什么会爱上罗密欧呢？"

"秉承着对莎士比亚的绝对尊重，首先，他恰巧是她见到的第一个男人。"

特雷萨缓缓地说：

"雷克斯不是我遇见的第一个男人，差得远了。"她用低沉一些的声音补充道，"但我想，我感觉，他会是最后一个。"

"但他如此贫穷，小姐。"

对方点了点头。

"他，和你一样，应该也需要钱？"

"急需。哦，不，和我的理由可不一样。他不追求奢华享受，或是美，或是刺激，以及所有这一类事情。他可以一直穿同一件衣服，直到磨出洞，也可以每天愉悦地享用冷冻排骨，或是用破锡盆沐浴。如果有了钱，他会全花在试管和实验室这一类的东西上。他很有抱负，对他来说，研究就是一切，在他心中，研究最重要——比我还重要。"

"他知道阿伦德尔小姐去世后你就能继承一笔钱?"

"我告诉他的。哦!是在我们订婚之后。他并不是因为钱才娶我的,如果你是这么猜测的话。"

"婚约依旧有效?"

"当然。"

波洛没有回应。他的沉默似乎让她感到些许不安。

"当然有效,"她声音尖锐地重复,接着追问一句,"你……见过他了?"

"昨天见过,在贝辛市场。"

"为什么?你都对他说了些什么?"

"什么都没说。我只是向他询问你哥哥的地址。"

"查尔斯?"她的声音再度变得尖厉起来,"你找查尔斯到底想干什么?"

"查尔斯?谁找查尔斯?"

一个全新的声音——相当愉悦的男声。

年轻的男子面容呈古铜色,带着怡人的笑容大步迈进门。

"谁在谈论我?"他问,"在门厅就听见我的名字了,不过我可没偷听。青少年感化院对这种事情管教很严,特雷萨,亲爱的,这都是怎么一回事?快告诉我。"

第十四章　查尔斯·阿伦德尔

我必须承认，从看见查尔斯·阿伦德尔的第一眼起，我就打心眼儿里喜欢他。他是如此无忧无虑，如此快活。双眼闪烁着亲切而幽默的神采，那露齿一笑能让世界上戒备心最强的人缴械投降。

他穿过屋子，坐在一张大沙发的扶手上。

"这都是怎么一回事，小妹？"他问道。

"查尔斯，这位是赫尔克里·波洛先生。他打算……呃……帮我们做一件不正当的事情以换取一点儿好处。"

"我抗议，"波洛高声说，"不是不正当的事，应该说是无伤大雅的小骗术，好让立遗嘱人最初的意愿得以实现。我们还是这么描述好了。"

"随便你怎么说，"查尔斯欣然说，"我很好奇，特雷萨是怎么想到你的？"

"不是她，"波洛立刻回答，"是我主动找来的。"

"来提供帮助？"

"不完全是这样。我原本要找的人是你。你妹妹告诉我你出国了。"

"特雷萨是个非常谨慎的人。"查尔斯说，"她几乎从不犯错。事实上，她像魔鬼一样多疑。"

他一副宠溺的模样，满脸微笑地看着她，而她并没有回应，看上去愁云满面，若有所思。

"要我说，"查尔斯说，"我们肯定把事情弄错了吧？波洛先生不是以打击罪犯著称吗？肯定不会协助和教唆犯罪吧？"

"我们可不是罪犯。"特雷萨厉声说。

"但很乐意是，"查尔斯语气和善，"我想过伪造，也很在行。因为一张支票的小小误解，我被牛津退学了。虽然都是些小孩子的把戏——只不过在支票后面加了个零而已。然后跟艾米莉姑姑和本地银行有过一些争执。当然，是我太蠢了，我早该知道，那老女人的心思比针尖还细。不过，这些事情都是为了些小零头，五英镑、十英镑这一类的。众所周知，在临终遗嘱上做文章是件很冒险的事。首先就得把那个固执死板的艾伦搞定——用'教唆'这个词更合适些吧？无论如何，先说服她做伪证。这恐怕得下一番功夫。或许我应该直接娶了她，这样她就不能作证反对我了。"

他咧开嘴亲切地对着波洛微笑。

"我敢肯定，你一定安装了一台窃听器，而苏格兰场那些家伙现在正在那头窃听呢。"他说。

"你这样猜可真有意思。"波洛语气中带着些谴责的意味，"通常我不会纵容任何违法的事情发生。但这次，方法可不只一种——"他意味深长地止住话语。

查尔斯·阿伦德尔优雅的肩线向上耸了耸。

"我毫不怀疑，在法律允许的范畴内，也同样可以选择一些不太光明正大的做法，"他语气很快活，"你应该知道吧？"

"立遗嘱时的见证人是谁？我是说四月二十一日那天立的那份。"

"珀维斯带来了一个他的文员,还有一个见证人是园丁。"

"是当着珀维斯先生的面签署的吗?"

"没错。"

"我猜,珀维斯先生应该很受人敬仰吧?"

"珀维斯啊,珀维斯,珀维斯·查尔斯沃思律师事务所简直和英国银行一样受人敬仰,无懈可击。"

"他很不赞同那份遗嘱,"特雷萨说,"他甚至做了极不合他身份的事,劝说艾米莉姑姑不要这样决定。"

查尔斯突然开口:

"是他这么告诉你的吗,特雷萨?"

"是的,我昨天又去拜访了他一趟。"

"这么做一点儿用处也没有,亲爱的——你该知道,这样只会白白浪费六先令八便士的咨询费。"

特雷萨耸了耸肩。

波洛说:

"我要你尽可能详细地告诉我阿伦德尔小姐生前最后几周的全部信息。首先,据我了解,你、你哥哥,还有塔尼奥斯夫妇曾一起在那里过复活节,对吧?"

"是的,没错。"

"那个周末有没有发生什么值得注意的事情?"

"我想没有。"

"没有?但我记得——"

查尔斯插话。

"你可真是以自我为中心啊,特雷萨。你身上是没发生什么值得注意的事情!沉浸在爱情的美梦里!我来告诉你吧,波洛先生,特雷萨在贝辛市场有个蓝眼睛的爱人,是个当地的医生,所以她爱得死去活来，已经完全失去理智和判断能力了。事实上，尊敬的姑姑头朝下栽下了楼梯，差点儿摔死。真希望她当时一命呜呼，省了现在这些麻烦事。"

"她从楼梯上摔了下来？"

"是的，她踩到小狗的球，然后滑倒了。那个聪明的小畜生把球留在了楼梯口，结果那天夜里她一头栽了下去。"

"这是……什么时候？"

"我想想，周二，我们离开前的那晚。"

"你姑姑伤得很严重吗？"

"很不幸，她并没有伤到头。如果是的话我们就能以她神志不清的理由上诉——不管用科学术语怎么说吧。正相反，她几乎一点儿伤都没有。"

波洛冷冷地说：

"你一定很失望。"

"哈？哦，我知道你什么意思了，没错，正如你所言，非常非常失望。这些老女人，身板可真硬朗啊。"

"而你们是周三早晨离开的？"

"没错。"

"周三，十五号。你再见你姑姑是什么时候？"

"呃，不是下一周的周末，是再下一周。"

"那是……我算算，二十五号，没错吧？"

"没错，应该是那天。"

"你姑姑是——什么时间去世的？"

"那之后的再下一周的周五。"

"周一晚上开始发病的？"

"没错。"

"而你是周一早晨离开的?"

"没错。"

"她生病卧床期间,你没有回来探望探望?"

"没有,一直到周五才来。我们没想到她的病情那么严重。"

"见到她临终前最后一面了吗?"

"没有,我们到的时候她已经走了。"

波洛把视线转移到特雷萨·阿伦德尔身上。

"这几次你都和你哥哥一起?"

"是的。"

"第二周周末你们去的时候,她没有提起任何有关新遗嘱的事?"

"完全没有。"特雷萨说。

而几乎同时,查尔斯回答道:

"哦,是的,"他说,"的确提过。"

"提过?"波洛说。

"查尔斯!"特雷萨大声叫道。

查尔斯急忙避开他妹妹的目光。

他眼睛看着别处,对她说:

"小妹,你应该记得呀,我告诉过你的。艾米莉姑姑下了最后通牒。坐在那儿像个法官一样发表演说。她说,她对这几个亲戚都不满意——也就是在说贝拉、我和特雷萨。贝拉,她还算是认可,也没什么看不上的,但很不喜欢也极不信任她丈夫。支持国货一向是艾米莉姑姑的座右铭。如果贝拉从她那儿继承了一大笔钱,她确信塔尼奥斯肯定会想方设法占为己有。希腊人绝对干得出来!'她目前还是先别继承这笔钱比较好。'她这样说。接着还说把钱留给我和特雷萨都不合适,我们只会把它赌光,挥霍一空。因此，她最后决定，立一份新遗嘱，把所有财产留给劳森小姐。'她是个傻子，'艾米莉姑姑说，'但她有着最忠诚的灵魂，我完全相信她对我的忠心，她脑袋不灵是没办法的事，所以我再三斟酌，还是觉得把这件事情告诉你比较好，查尔斯，这样你就能意识到，想从我这儿弄到钱是不可能的。'她这番话真是太讨厌了。不过我的确一直在努力尝试那么做。"

"为什么你之前不告诉我？查尔斯。"特雷萨语气尖锐地质问。

波洛问：

"你是怎么回答她的，阿伦德尔先生？"

"我？"查尔斯轻描淡写地说，"哦，我只是笑了笑。跟她玩狠的可没什么用，这事不能这么办。'如你所愿，艾米莉姑姑，'我回答她，'或许对大家来说都是个打击，不过，这毕竟是你自己的钱，你想怎么处置都是你的自由。'"

"你姑姑是如何回应的？"

"哦，进展很不错——应该说，相当不错。她说：'嗯，我知道你很有风度，查尔斯。'而我说：'就得逆来顺受，能屈能伸。事实上，既然我已经完全没希望继承遗产了，你现在能不能先给我十英镑花花？'她说我是个厚脸皮，然后真给我了五英镑。"

"你非常巧妙地掩饰了自己真实的想法。"

"呃，事实上，我当时压根儿就没把这事看得太严重。"

"是吗？"

"是，我以为这老家伙在虚张声势，想吓唬吓唬我们。我当时还自以为精明地估计，要不了几周，最多一个月，她就会把那份遗嘱撕掉。艾米莉姑姑是个非常重视亲情的人。而且，我相信，她要不是死得那么突然，肯定会这么做的。"

"啊!"波洛说,"真是个有趣的想法。"

他沉默了一两分钟,说:

"当时可不可能有其他人,比如劳森小姐,听到了你们的谈话?"

"当然。我们当时说话的声音并不小。事实上,我出去的时候正好碰到劳森这只贼鸟在门外盘旋。我猜她肯定是在偷听。"

波洛饶有深意地看了特雷萨一眼。

"你对这事一无所知?"

在她回答之前,查尔斯连忙插话。

"特雷萨,老妹。我肯定告诉过你了——或多或少暗示过?"

一阵非常怪异的缄默。查尔斯目不转睛地望着特雷萨,眼神流露出过度的不安与执拗。

特雷萨缓缓地说:

"如果你告诉过我——我不认为——我会忘了,你说呢,波洛先生?"

她细长的深色眼睛转向他。

波洛的语速同样缓慢:

"是,我认为你应该不会忘了,阿伦德尔小姐。"

紧接着,他猛地转向查尔斯。

"让我弄清楚一点。阿伦德尔小姐当时跟你说的是她打算修改遗嘱,还是已经修改过了?"

查尔斯连忙回答:

"哦,很确定她已经修改过了。事实上她给我看了那份遗嘱。"

波洛身体向前倾,眼睛瞪得大大的。

"这非常关键。你说阿伦德尔小姐给你看了那份遗嘱?"

查尔斯突然像个小学生一样扭捏起来——看上去毫无防备,

波洛严肃的话语让他很不舒服。

"是的，"他说，"她拿给我看了。"

"你能发誓你所说的都是真的？"

"当然能发誓。"查尔斯紧张地望着波洛，"我实在看不出这有什么重要的。"

特雷萨唐突地活动了一下。她起身走到壁炉台边，迅速地点了一支烟。

"而你，小姐？"波洛突然转向她，"那周周末，你姑姑有没有给你交代什么重要的事？"

"应该没有。她——非常亲切，和往常一样对我的生活方式等稍稍说教了一番。不过，她看上去似乎要比平常紧张一些，不过她常常如此。"

波洛笑着说：

"小姐，我看，你似乎正专心致志地陪着你的未婚夫吧？"

特雷萨连忙反驳：

"他不在，外出了，去参加一个医学会议。"

"自从复活节的那个周末，你就再没有见过他吗？你上一次见他是什么时候？"

"是的，最后一次是在我们离开前的那天晚上，他过来吃晚餐。"

"你应该——请原谅我这么问——没有和他发生过任何争吵吧？"

"当然没有。"

"我只是在想，你们俩第二次去的时候他没在——"

查尔斯插话道：

"啊，但是你要知道，第二周的那次拜访是即兴的，并没有预先计划。只是一时冲动就去了。"

"是吗?"

"哦,实话实说吧,"特雷萨很不耐烦,"你看,贝拉和她丈夫是上一个周末去的——想利用艾米莉姑姑这次事故大做文章。我们想,他们俩应该是想抢先一步——"

"我们琢磨,"查尔斯咧嘴笑道,"我们也应该对艾米莉姑姑的状况表示一下关心,不过说真的,那个老女人才不会被这种尽义务似的关心愚弄呢,她很清楚这种关心值多少钱。艾米莉姑姑精明着呢。"

特雷萨突然笑了起来。

"很精彩的故事,不是吗?在她的钱面前,我们几个都伸着舌头,点头哈腰。"

"你堂姐和她丈夫也是这样?"

"哦,没错。贝拉一向很拮据。她企图花十几英镑就模仿我的穿着,实在是太可悲了。我看,塔尼奥斯那个男人处心积虑算计她的钱,他们生活很困难,入不敷出,还有两个孩子,想送来英国上学。"

"能告诉我他们的地址吗?"波洛问。

"他们就住在布卢姆斯伯里的杜伦酒店。"

"你堂姐,她是怎么样的一个人?"

"贝拉?她呀,枯燥无趣的一个女人,对吗,查尔斯?"

"哦,相当无趣,像只蠼螋一样。不过是个尽职尽责的母亲,我猜,蠼螋肯定也是。"

"她丈夫呢?"

"塔尼奥斯?呃,他看起来有点儿怪,不过是个地道的好人,聪明、风趣,也很有风度。"

"你也这么看吗,小姐?"

"呃,我必须承认,比起贝拉,我更喜欢他一点儿。我相信他是个非常聪明的医生,不过也没什么两样,不值得信任。"

"特雷萨,"查尔斯说,"从不信任任何人。"

他搂着她。

"连我也不信任。"

"亲爱的,任何信任你的人,都精神不正常。"特雷萨面色和善。

兄妹两人分开来,都看着波洛。

波洛鞠了一躬,向门外走去。

"我——如你所说——正在忙正事!想成事很难,不过小姐刚才说的没错,总有办法。啊,顺便问一句,如果这个劳森小姐在法庭上受到盘问,会不会吓得手足无措?"

查尔斯和特雷萨交换了一个眼神。

"我看,"查尔斯说,"只要找个咄咄逼人的律师就能让她把黑的说成白的。"

"这一点,"波洛说,"可能很有用。"

我紧随着他走出房间。他在门厅里戴上帽子,然后走向前门,快速打开,又狠狠关上,发出砰的一声。紧接着踮起脚走回客厅门前,脸不红心不跳地把耳朵贴到门缝上。无论波洛在哪个学校接受的教育,校规里肯定没有禁止偷听的制度。我害怕极了,但又无能为力,急切地给波洛打手势,但他完全不理会。

接着,特雷萨·阿伦德尔低沉有力的声音传来,就五个字:"你这个白痴!"

过道里传来一阵脚步声,波洛迅速抓住我的胳膊,打开前门出去,然后尽量不发出一丝声音,把门轻轻关上。

第十五章　劳森小姐

"波洛，"我说，"咱们非得趴在门上偷听吗？"

"冷静，我的朋友。偷听的人是我！你并没有把耳朵贴在门上偷听，恰恰相反，你笔直地站在那儿，像个士兵一样。"

"可我也一样听见了。"

"说实话，那位小姐并不是在窃窃私语。"

"因为她以为我们已经离开了。"

"是的，我们只是耍了个小手段而已。"

"我不喜欢这种做法。"

"你正直的道德观无可厚非！不过我们别再重复了，这样的谈话之前已经有过一次了。你肯定会说，游戏规则不是这样的，而我会回答你说，谋杀可不是什么游戏。"

"可是目前压根儿没有牵扯到谋杀。"

"别说得那么肯定。"

"企图谋杀，是，也许吧。但谋杀和企图谋杀不是一回事。"

"从道德层面上看没什么区别。我的意思是，你就这么确信，目前为止我们关注的这个事件只是企图谋杀而已？"

我盯着他。

"但阿伦德尔小姐是自然死亡，这无可争辩。"

"我再重复一遍——你就这么确信？"

"每个人都这么说！"

"每个人？哦，好吧，好吧！"

"医生是这么说的，"我指出，"格兰杰医生说的应该不会有错。"

"是的，应该不会。"波洛的声音听起来很不满，"但是，请你记住，黑斯廷斯，过去我们曾一次又一次掘墓验尸——而每一次，都有负责的医生信心十足地在死亡证明上签字，证明没有问题。"

"没错，可就这个案子来说，阿伦德尔小姐是因常年患病而死。"

"看上去——似乎是这样。"

波洛的声音依旧带着不满。我急切地看着他。

"波洛，"我说，"我也用'你确定吗'作为开头问一问你！你确定你没有被职业热情冲昏头脑？你希望这是一起谋杀案，所以你在推理时就默认它一定是谋杀案。"

他眉头紧锁，然后慢慢点了点头。

"你这么说的确很聪明，黑斯廷斯。你的确指出了我的弱点。调查谋杀是我的事业。我就像一个技艺精湛的外科医生，专精于——比如说——阑尾手术或其他罕见的手术。一个病人来看病，这个医生完全从自己擅长的领域出发，总是在想：'这个病人是不是也因为某种原因得了这种病呢？'而我也是一样。我常对自己说：'这有没有可能是谋杀？'而你瞧，我的朋友，这种可能性总是存在。"

"我不认为这次的事情存在任何谋杀的可能性。"我评价道。

"但她死了，黑斯廷斯！你不能否认这个事实，她死了！"

"她身体状况很差，而且已经年过七十。她的死在我看来再正常不过了。"

"那刚才特雷萨·阿伦德尔如此激烈地叫骂,说她哥哥白痴,在你看来是不是也一样很正常?"

"这和案子有什么关系?"

"很有关系!告诉我,你怎么看查尔斯·阿伦德尔刚才那番话,说他姑姑给他看了遗嘱?"

我警觉地望着他。

"你怎么看?"我反问。

凭什么老是让波洛发问。

"我觉得很有意思,的确非常有意思。特雷萨·阿伦德尔小姐的反应也一样。她刚才言行的不一致对我来说很有启发……非常有启发。"

"嗯。"我很是迷惘。

"他们之间的互动给我们开辟了两条明确的调查思路。"

"他们像是一对骗子,"我评价道,"什么事都干得出来。倒是那女孩,漂亮得让人惊讶。查尔斯也是,的确是个迷人的恶棍。"

波洛招手拦了一辆出租车。车靠边停下后,波洛把地址递给司机。

"贝斯沃特,克兰洛伊登公寓十七号。"

"所以下一个目标是劳森,"我说,"再接着——塔尼奥斯夫妇?"

"一点儿没错,黑斯廷斯。"

"这次你打算扮成什么人?"车在克兰洛伊登公寓门前停下时,我问波洛,"阿伦德尔将军的传记作家,利特格林别墅的下一个主人,或是其他更神秘、更微妙的角色?"

"我会直接以赫尔克里·波洛的身份出现。"

"太让人失望了。"我打趣道。

波洛瞥了我一眼,然后付清了出租车钱。

十七号在二层。一个鲁莽的女仆为我们开了门,带我们进屋,和特雷萨的公寓相比,这间屋子显得滑稽可笑。

特雷萨·阿伦德尔的公寓看上去空空荡荡的,而劳森小姐的则正相反,堆满了家具和杂七杂八的零碎家什,稍微一走动就有可能打翻什么。

门打开了,一个矮胖的中年妇女走进来。劳森小姐和我脑海中预想的模样很接近。一副热切的、甚至可以说有些呆傻的面孔,乱糟糟的灰色头发,一副夹鼻眼睛歪戴在鼻子上。她说起话来断断续续,像是在抽搐,有点儿上气不接下气。

"早上好——呃——我不记得——"

"威廉米娜·劳森小姐是吗?"

"没错——没错——那是我的名字……"

"我叫波洛——赫尔克里·波洛。昨天我去看了利特格林别墅。"

"哦,是吗?"

劳森小姐的嘴微微张大,她用手捋了捋乱糟糟的头发,不过没什么用。

"你请就座。"她说,"请坐在这儿,你看怎么样?哦,天哪,恐怕那张桌子挡着你了。我这里稍微有些拥挤。太麻烦了!这些小公寓!实在是太窄小了,但是地理位置在市中心!我真的很喜欢住在市中心。你呢?"

她喘了口气,坐在一张维多利亚式的椅子上,那椅子看上去极不舒适,她的眼镜依旧歪着,还是有点儿上气不接下气,一脸期待地望着波洛。

"我佯装成买家去了一趟利特格林别墅,"波洛继续说,"但我现在可以跟你说实话——这可是绝对机密——"

"哦,好的。"劳森小姐吸了一口气,很显然有些兴奋。

"绝对机密,"波洛说,"我去那儿其实另有目的……你也许知道,也许不知道,阿伦德尔小姐死前曾给我写过一封信——"

他停顿了一下,继续说道:

"我是个非常有名的私家侦探。"

劳森小姐微红的脸上交替着浮现出各式表情。我很好奇波洛究竟会认为其中哪一个与案情有关。警觉、兴奋、惊讶、迷惑……

"哦,"她顿了一下,又说了一遍,"哦。"

紧接着,她出乎意料地问了一句:

"是关于钱的事吗?"

就连波洛也有些吃惊。他试探性地问:

"你说的钱是指——"

"是的,没错。就是抽屉里少的那些钱吧?"

波洛平静地说:

"阿伦德尔小姐并没有告诉你,她写信告诉我关于那些钱的事?"

"没有,的确没有。我完全不知道——哎,的确,我不得不说,我真的很惊讶——"

"你以为她不会和任何人提起那事?"

"当然。你瞧,她当时想出了个非常好的主意——"

她又一次停下。波洛很快地接过话头:

"她很清楚是谁拿了那些钱。这是你想说的,没错吧?"

劳森小姐直点头，依旧有些喘不过气来：

"而且我压根儿没想到她会——呃，我是说——那件事在她看来，似乎是——"

波洛巧妙地在这一串不连贯的句子间隙插话道：

"是家庭内部的私事？"

"正是这样。"

"但我，"波洛说，"我专门调查家庭内部的事情。我，如你所见，处理这类事情的时候是非常谨慎的。"

劳森小姐用力点点头。

"哦！当然——这就是区别所在。你不像那些警察。"

"对，对。我完全不像警察。我要真是警察，阿伦德尔小姐就不会找我了。"

"哦，是不会。亲爱的阿伦德尔小姐是一个那么骄傲的人。当然，查尔斯以前就惹过一些麻烦事，不过都被遮掩掉了。我记得，有一次，他不得不逃到澳大利亚去！"

"的确是这样，"波洛说，"这个案子是这样的，没错吧？阿伦德尔小姐在抽屉里放了一笔钱——"

他停下话头。劳森小姐急忙应和他的话。

"没错——是从银行取出来，打算付给仆人们的工资，以及买书的钱。"

"具体丢了多少？"

"四张一英镑。不，不，我说错了，三张一英镑和两张十先令。我知道，这种事情一定要准确，非常准确。"劳森小姐热切地看着他，无意识地支了一下眼镜，结果更歪了。那双相当突出的眼睛仍锁定在他身上。

"谢谢你，劳森小姐。可以看出你有很强的直觉，很会办事。"

劳森小姐微微仰起头,笑了起来。

"毫无疑问,当下阿伦德尔小姐立刻怀疑是她的侄子查尔斯干的。"波洛说。

"没错。"

"尽管没什么确凿的证据证明到底是谁偷了那些钱?"

"哦,但肯定是查尔斯!塔尼奥斯夫人不可能干出这种事,而她丈夫是个外人,不可能知道钱放在哪儿——他们两个都不可能。我也不认为特雷萨·阿伦德尔小姐会想要干这种事。她很有钱,打扮得也总是那么漂亮。"

"也有可能是仆人之一。"波洛提议。

劳森小姐似乎被这种想法吓坏了。

"哦,不,真的,艾伦和安妮做梦都不会干这种事。她们两个都是最体面的女人,而且绝对诚实,我敢保证。"

波洛等了一两分钟。接着说:

"不知你是否能告诉我,我肯定你能,如果有人知道阿伦德尔小姐的秘密,那人肯定是你。"

劳森困惑地小声嘟囔:

"哦,我不知道,我确定……"但她看上去有些受宠若惊。

"我有直觉,你一定能够帮助我。"

"哦,我确定,只要我能,我能做到的任何事——"

波洛继续说:

"这是机密……"

劳森小姐表情变得严肃起来,"机密"这个神奇的词就像是"芝麻开门"一样的魔咒。

"你知不知道,是什么原因使得阿伦德尔小姐更改了遗嘱?"

"遗嘱——你是说她的遗嘱?"

劳森小姐看上去似乎有些吃惊。

波洛紧盯着她，说：

"她死前不久曾立了一份新遗嘱，把所有财产都留给了你，这是真的吗？"

"是的，但我什么都不知道，完全不！"劳森小姐嗓音尖厉地抗议道，"我才是最惊讶的那个！当然，这意外是极好的！阿伦德尔小姐实在是太好了。她从没有给过我任何暗示。最轻微的暗示都没有！珀维斯先生宣读遗嘱的时候我被吓坏了，不知道该往哪儿看，也不知道该哭还是该笑！我向你保证，波洛先生，那种震惊——震惊，你能体会吧？那么仁慈——阿伦德尔小姐是那么仁慈。当然，我本来期望着，或许能继承点儿什么东西——也许是一丁点儿遗产——虽然，她连留给我那点儿东西的理由都没有。我和她在一起的时间不算很长。可这……这简直……简直像个童话故事！直到现在我都无法完全相信，如果你能明白我的意思。而且有些时候，常常，我都觉得良心不安，很不自在。我是说……呃，我是说……"

她碰掉了夹鼻眼镜，弯腰捡起来，用手摸弄擦拭着，语言变得愈发不连贯，继续说道：

"有时候我觉得……呃，骨肉之亲毕竟是骨肉之亲，而阿伦德尔小姐给自己的亲人一点儿钱也没留，我也感觉不舒服。我的意思是，这样似乎不对，不是吗？所有亲人都没拿到。而且是这么一大笔钱！谁都没想到！但……呃……这的确让人很不舒服——人们到处说三道四——而我相信自己一直行得端、坐得正！就算做梦也不会以任何方式影响阿伦德尔小姐！也没那个本事。说实话，我自始至终都有点儿怕她，你知道，她总是那么尖锐，动不动就教训人。有时候甚至十分粗鲁！'别再像个彻头彻尾的白痴一样了。'她常会这么厉声呵斥我。而且说真的,毕竟我也有感情,有时候听她这么说,我真的很沮丧……到头来发现,她原来一直很喜欢我——呃,这简直是太棒了,不是吗?当然,不算上我刚说的最近那些恶意的流言,我有时候真的觉得——我的意思是,呃,对某些人来说,这真的很残酷,不是吗?"

"你是说,你宁愿放弃那笔遗产?"波洛问。

一时间,我看着劳森小姐那双呆滞、暗淡的蓝眼睛,在脑海中想象着她脸上即将要闪过的各种不同的表情。当我还在幻想的时候,刚才对面坐着的那个亲切、愚蠢的中年妇女瞬间消失不见了,取而代之的是一个精明睿智的女人。

她轻轻笑了一声。

"呃——当然,这事也可以从另一面来看……我是说,任何事情都有两面性。我的意思是,阿伦德尔小姐希望我得到那笔钱,也就是说,如果我拒绝,就会违背她的遗愿。这样也同样不对,不是吗?"

"的确是个棘手的问题。"波洛边摇头边说。

"是的,的确很棘手。我为这事情伤透了脑筋。塔尼奥斯夫人——也就是贝拉——她是那么善良的一个女人,还有那两个惹人疼爱的孩子!我是说,我敢肯定阿伦德尔小姐不会希望她——我感觉,你知道,亲爱的阿伦德尔小姐是想利用我谨慎的性格。她不想把钱直接留给贝拉,是因为她害怕那个男人会把钱都据为己有。"

"哪个男人?"

"她丈夫。波洛先生,你知道,这可怜的女孩一直活在他的掌控下。他让她做什么她都不会拒绝。我敢说,就算他让她去杀人,她也一定照做!而且她很怕他,这一点我很确定。曾有一两回,我看见她一副吓坏了的模样。这在我看来不对,波洛先生——就算是你也不能辩驳吧?"

波洛并没有回应,而是继续问道:

"塔尼奥斯医生是个什么样的人?"

"呃,"劳森小姐言辞之间透着犹豫,"他是个很讨人喜欢的人。"

"但你不信任他,对吗?"

"呃,是的,我不,不确定,"劳森小姐含糊地继续说,"不确定我会信任任何男人!总是能听到那么可怕的传闻!还有那些可怜的妻子们所遭受的事!太可怕了!当然了,塔尼奥斯医生总是装出一副很喜欢他妻子的模样,好像很疼惜她似的。他举止非常迷人。但我不信任这些外国人。他们都很狡猾!我很确定,阿伦德尔小姐一定不希望自己的钱落入他手中!"

"对特雷萨·阿伦德尔小姐和查尔斯·阿伦德尔先生来说,被剥夺继承权应该也很难接受吧。"波洛试探道。

劳森小姐的脸颊变得通红。

"我认为特雷萨已经足够有钱了!"她厉声说道,"她光在衣服裙子上就花掉好几百英镑。而她的内在——是那么肮脏!要知道,世界上有那么多善良、有教养的好女孩需要自食其力——"

波洛语气温和地帮她把句子补充完整。

"你认为让她自己去学着赚钱一点儿坏处也没有?"

劳森小姐严肃地看着他。

"应该对她很有好处,"她说,"没准儿能让她恢复理智。苦难与磨砺能教会我们很多东西。"

波洛慢慢点点头,仍旧心无旁骛地观察着她的一举一动。

"那查尔斯呢?"

"查尔斯一个子儿都不配拿,"劳森小姐声音尖厉,"阿伦德尔小姐把他从继承人中剔除出去,也有是大有原因——尤其是遭受到他恶毒的威胁之后。"

"威胁?"波洛扬起眉毛。

"是,威胁。"

"什么威胁?他什么时候威胁她的?"

"我想想,应该是……是,没错,是复活节当天。那天正好是复活节周日——所以才更不可原谅!"

"他当时怎么说的?"

"他问她要钱,而她理所应当地拒绝了!接着他说,她这么做很不明智。他说,如果她一直保持这种态度,他就……他用的是哪个短语来着—— 一个非常粗鲁的美式短语——哦,没错,他说,他会让她翘辫子!"

"他威胁说要杀了她?"

"没错。"

"那阿伦德尔小姐怎么回答的?"

"她说:'查尔斯,我相信你一定能看出来,我能把我自己照顾得很好。'"

"你当时也在房间里吗?"

"确切地说并不是在房间里。"听到问题,劳森小姐顿了一下才回答。

"这样,这样,"波洛连忙说,"那查尔斯呢,他接着说了些什么?"

"他说:'别这么肯定。'"

波洛徐徐说道:

"阿伦德尔小姐有没有认真对待那个威胁?"

"呃,这我就不知道了……关于这事,她什么都没对我说……但不管怎么样,她都没打算给他钱。"

波洛平静地说:

"当然了,阿伦德尔小姐更改遗嘱的时候你应该知道吧?"

"不,不,我刚才告诉你了,我也非常震惊,做梦都没想过——"

波洛打断了她的话。

"你可能不知道内容。但你应该知道这个事实——就是阿伦德尔小姐立了一份新遗嘱?"

"呃……我的确怀疑过……我是说,她卧床不起的时候,曾派人请来了律师——"

"的确如此。这是在她发生那次意外之后,没错吧?"

"是的,鲍勃——那只狗叫鲍勃——它把球留在楼梯顶端,而阿伦德尔小姐踩在上面滑倒了,摔下楼梯去。"

"很严重的事故。"

"哦,没错,要知道,她很有可能摔断胳膊或腿。医生是这么说的。"

"也很有可能摔死。"

"是的,没错。"

她的答案听起来很自然,也很诚恳。

波洛微笑着说:

"我想我在利特格林别墅的时候,看到鲍勃少爷了。"

"哦,是的。我想你应该看到它了。它是只可爱的小狗狗。"没什么比这种说法更让我厌烦的了。明明是只健壮的小猎犬,却被叫做小狗狗。我暗自琢磨,难怪鲍勃瞧不起劳森小姐,也从不听她的话。

"它应该很聪明吧?"波洛继续说。

"哦,是的,非常聪明。"

"看到女主人差点儿因为自己丧命,它应该很沮丧?"

劳森小姐没有回答,只是摇头叹气。

波洛问:

"你觉得,阿伦德尔小姐有没有可能受了那次事故的影响,从而更改了遗嘱?"

我们越来越惊险地接近问题的实质了,我想。但劳森小姐的回答依旧很自然。

"要知道,"她说,"我想你说的应该没错。她的确吓着了,这一点我很确定。年龄大的人从不愿想起自己死期已近。而这次事故让她开始这么想了。或许,她预感自己时日不多了。"

波洛不经意地问:

"她身体还不错,对吧?"

"哦,是的。真的很不错。"

"她的病一定复发得很突然吧?"

"哦,是很突然。让人措手不及。那天晚上正好来了几位朋友——"劳森小姐突然停住了。

"你的朋友,特里普姐妹。我见过那两位女士了,非常迷人。"

劳森小姐听到这话,脸因为愉悦而泛红,她说:

"是的,她们很讨人喜欢,不是吗?那么有教养!涉猎那么广泛!而且如此有灵性!或许,她们已经告诉你了——关于我们那次仪式?我想你应该是个怀疑论者吧——但说真的,我真希望自己能告诉你那种快乐的感觉,和自己已故的亲人交流,那种快乐的感觉简直难以言喻!"

"我相信,我相信。"

"波洛先生,你知道吗?我妈妈曾和我说过话,不止一次。知道自己最爱的人仍在思念我们,保佑我们,实在是太愉快了!"

"是的,是的,我很能理解,"波洛温柔地说,"阿伦德尔小姐也是信徒吗?"

劳森小姐的声音变得有些低沉。

"她很乐意相信,"她的语气有些不确定,"但我觉得,她对待这一类事情时,思想不像我这么开放。她很多疑,而且总是不愿相信——有一两次,她这种态度招来了最要不得的魂灵!带来了一些亵渎的信息。这,我敢肯定,都是阿伦德尔小姐的态度造成的。"

"我也认为,很有可能是因为阿伦德尔小姐。"波洛表示赞同。

"但在最后那个晚上——"劳森小姐继续说,"或许伊莎贝尔和茱莉亚已经告诉你了,出现了一个很不寻常的现象。那是神灵显形,附体还魂。你或许知道是什么意思?"

"是的,没错。我很了解。"

"你知道,它从灵媒口中以彩带的形式飘出来,然后慢慢地变成具体的形状。我真的很确信,波洛先生,她自己虽然不知道,但阿伦德尔小姐那晚充当的就是灵媒的角色。那天晚上我确实看见一条发光的彩带从阿伦德尔小姐口中飘出!接着她的头被笼罩在一团发光的薄雾中。"

"太有趣了!"

"没过多久,很不幸,阿伦德尔小姐就犯病了,我们不得不中止这次降灵仪式。"

"你们派人去请了医生,那大概是什么时候?"

"第二天一大早,第一件事情就是去请医生。"

"他当时认为病情严重吗?"

"呃,第二天晚上,他派来了一名医院的护士,不过我想,他一定希望她能撑过去。"

"你们——不好意思——你们没有通知亲戚吗?"

劳森小姐脸红了。

"当下就通知他们了。也就是说,格兰杰医生一宣布她病危,我们就通知他们了。"

"病发的原因是什么?是因为饮食的问题吗?"

"我,我不认为她吃过什么特别的东西。格兰杰医生说她一定要严格控制饮食,而她近期没有太注意。他大概认为是风寒造成的。那段时间的天气的确很多变。"

"特雷萨和查尔斯那个周末来了,对吗?"

劳森小姐嘴唇紧闭。

"来了。"

"那次拜访并不愉快。"波洛看着她的表情,猜测道。

"很不愉快。"她语气鄙夷地补充,"阿伦德尔小姐很清楚他们为什么来。"

"为什么?"波洛看着她,问道。

"钱!"劳森小姐怒气冲冲地说,"而且他们一点儿都没拿到。"

"是吗?"波洛说。

"我相信,塔尼奥斯医生来也是为了一样的目的。"她继续说。

"塔尼奥斯医生,应该不是同一个周末来的吧?"

"没错,他周日来的,只待了一个小时。"

"可怜的阿伦德尔小姐,好像每个人都在打她的钱的主意。"

波洛试探着说了一句。

"没错,无论谁遇到这种事情都会很不舒服,不是吗?"

"是的,的确会,"波洛说,"对查尔斯和特雷萨来说,当他们那个周末得知阿伦德尔小姐要废除他们的继承权,一定震惊极了!"

劳森小姐盯着他。

波洛说:

"难道不是这样吗?难道她没有向他们挑明事实?"

"至于这个,我说不上。关于这事,我什么都没听到!就我所知,当时没有任何争吵或别的不愉快。查尔斯和他妹妹离开的时候看起来都很愉快。"

"啊!可能我之前得到的信息不太准确。阿伦德尔小姐把遗嘱就存放在房子里,是吗?"

劳森小姐又一次弄掉了眼镜,然后弯下腰捡起来。

"我真不知道。不,我想应该是存放在珀维斯先生那儿。"

"遗嘱执行人是谁?"

"珀维斯先生。"

"阿伦德尔小姐死后,他有没有过来查看她的各种文件?"

"是的,有。"

波洛目光敏锐地看着她,问了一个意想不到的问题。

"你喜欢珀维斯先生吗?"

"喜欢珀维斯先生?呃,真的,这很难说,不是吗?我是说,我敢肯定他是个很聪明的人,是个非常有智慧的律师,我的意思是。但他举止非常粗鲁!我是说,当有人和你讲话时,态度总是非常不讨人喜欢,好像……呃,我真的解释不清楚我的意思……他很有修养,但同时也很粗鲁,你知道我的意思吧?"

"这种情形你的确很难办。"波洛仿佛感同身受。

"是的,确实很难。"

劳森小姐长叹一声,摇了摇头。

波洛站起来。

"非常感谢你,小姐,感谢你的善意与帮助。"

劳森小姐也站起来,声音显得有些激动。

"压根儿不用谢我,根本不用!能为你做些什么我真的很高兴,如果还有任何我能做的——"

波洛从门口回来,压低声音,说:

"我想,劳森小姐,我应该提醒你一下。查尔斯和特雷萨两兄妹正在想办法推翻遗嘱。"

劳森小姐的脸颊突然涨得通红。

"他们不能这么做,"她高声说,"我的律师这么说的。"

"啊,"波洛说,"这么说,你请了一位律师?"

"当然,我为什么不该请?"

"完全该请。这么做非常明智。祝你度过愉快的一天,小姐。"

从克兰洛伊登公寓出来,波洛深深地呼了口气。

"黑斯廷斯,我的朋友,那个女人要么就是完全像她看上去那样,要么就是个演技卓越的好演员。"

"她不相信阿伦德尔小姐是自然死亡的,这可以看出来。"我说。

波洛没有回应。他总是会根据情况装聋作哑。他伸手拦了一辆出租车。

"布卢姆斯伯里的杜伦酒店。"他把地址告诉司机。

第十六章　塔尼奥斯夫人

"有位先生找你，夫人。"

杜伦酒店的书房里，一位女士正坐在书桌前写着什么，她转过头，然后起身，表情略带怀疑地向我们走来。

塔尼奥斯夫人应该已经三十多岁了。她又高又瘦，深色头发，一双突出的眼睛看上去好像"煮熟的醋栗"，满脸担忧的神情。一顶时髦的帽子以很过时的角度戴在头顶。身着一件颜色暗淡的连衣裙。

"我想我不——"她含混不清地说。

波洛鞠了一躬。

"我刚从你表妹——特雷萨·阿伦德尔小姐那儿过来。"

"哦！特雷萨？是吗？"

"或许我们能私下聊几分钟？"

塔尼奥斯夫人一脸茫然地环望四周。波洛示意她去房间另一端那张皮沙发那里。

当我们正往那儿走时，一串尖锐的高喊声传来：

"妈妈，你要去哪儿？"

"我就在那边。宝贝，听话，继续写你的信。"

那声音来自一个七岁左右的女孩儿，瘦瘦的，看上去有些憔悴，听了她母亲的话，便又坐下，很显然是在做一项非常艰苦的工作，她嘴唇微微张开，露出一截舌头，费力地构思着。

房间的另一头很空旷。塔尼奥斯夫人坐下来，我和波洛也就坐了。她望着波洛，表情很困惑。

他开口说道：

"我来找你，是关于你刚去世不久的姨妈，艾米莉·阿伦德尔小姐。"

不知道是不是我的幻想，刹那间，我好像看见她那双突出、暗淡的双眼泛起一丝警惕。

"是吗？"

"阿伦德尔小姐，"波洛说，"曾在死前不久更改了遗嘱，新遗嘱中，所有的财产都留给了威廉米娜·劳森小姐。而我想知道的是，塔尼奥斯夫人，你的表兄妹——查尔斯·阿伦德尔先生和特雷萨·阿伦德尔小姐企图对这份遗嘱提出异议，你是否也参与其中？"

"哦！"塔尼奥斯夫人长呼一口气，"可我认为这根本不可能，不是吗？我是说，我的丈夫曾咨询过一个律师，告诫我们最好不要做这种尝试。"

"夫人，律师都很谨慎。他们的建议通常都是尽可能地避免诉讼，而且无疑，他们通常都是对的。但有些时候，冒险会有回报。我不是一名律师，所以用完全不同的角度看待这件事。阿伦德尔小姐，我是说，特雷萨·阿伦德尔小姐已经准备好抗争了。你呢？"

"我……哦！我真的不知道。"她把手指拧在一起，看上去很紧张，"我想我必须要先和我丈夫商量一下。"

"当然，在做这样的决定时，你肯定得和你的丈夫商量，征得他的同意才行。但你自己对这件事是怎么想的呢？"

"呃,真的,我不知道。"塔尼奥斯夫人看上去已经忧虑到极点,"那都取决于我丈夫了。"

"可是你自己呢,夫人,你自己怎么想的?"

塔尼奥斯眉头深锁,接着缓缓地说:

"我不太喜欢这种想法。这似乎……似乎有些太不近人情了,不是吗?"

"你这么想,夫人?"

"是的。毕竟,如果艾米莉姨妈选择这样做,不给自己的亲人留任何遗产,我想我们也必须接受。"

"这么说,你不觉得自己的权益受到侵害了?"

"哦,不,我觉得。"她的脸颊一下子红了,"我觉得这简直太不公平了!最不公平!而且太出乎意料了。这不像是艾米莉姨妈会做的事,而且对孩子们也非常不公平。"

"你觉得,这非常不像艾米莉·阿伦德尔小姐做事的方式?"

"我认为她这样做简直太不寻常了!"

"有没有可能,她这么做并非出于自愿?会不会是受到了不正当的影响?"

塔尼奥斯夫人的眉头又皱了起来,非常不情愿地说:

"可问题是,我看不出有任何人能影响艾米莉姨妈!她是个很有主见的老人。"

波洛赞同地点头。

"是,你说的没错。而且劳森小姐无论从哪个角度看都不是性格强势的人。"

"是的,她真的是个很善良的人——甚至有些傻乎乎的——但是非常非常善良。这也就是为什么我觉得——"

"觉得什么,夫人?"对方突然止住了话头,波洛便追问道。

塔尼奥斯夫人又一次紧张地掰弄着手指。她回答：

"呃，也就是说，企图推翻遗嘱这种举动非常不好。我敢肯定这不关劳森小姐的事——她绝对干不出这种阴谋诡计——"

"再一次，我很同意你的看法，夫人。"

"这也就是为什么我觉得走法律途径是——呃，是很可耻，很不正当的，而且也很贵，不是吗？"

"是会很贵，没错。"

"而且很有可能毫无用处。所以我必须要和我丈夫商量商量。他头脑比较好，更擅长处理这种事。"

波洛沉默了一两分钟，接着说道：

"你觉得修改遗嘱背后真正的原因是什么？"

塔尼奥斯夫人的脸一下子红了，她嘟囔着：

"我一点儿想法都没有。"

"夫人，刚才我已经告诉过你了，我不是律师。但你一直没有问我的身份。"

她满脸疑问地看着他。

"我是一名侦探。而且，就在艾米莉·阿伦德尔小姐去世前不久，她曾给我写过一封信。"

塔尼奥斯夫人身子向前倾，两只手用力地握在一起。

"一封信？"她打断波洛的话，"是关于我丈夫的吗？"

波洛盯着她一两分钟，接着缓缓地开口：

"很抱歉，我没有权利回答你这个问题。"

"那就肯定是关于我丈夫的。"她的声音略微提高，"她都说了些什么？我向你保证，呃——我还不知道你的名字。"

"波洛，我叫赫尔克里·波洛。"

"我向你保证，波洛先生，如果那封信中有任何说我丈夫不好的话，都是假的！而且我知道是谁怂恿艾米莉姨妈写了那封信！这也就是为什么我宁愿什么都不做，也不愿与查尔斯和特雷萨的那些下作勾当扯上任何关系！艾米莉姨妈一直对我丈夫有偏见，因为他不是英国人，因此她肯定会相信特雷萨对她说的那些谣言。但那些都不是真的，波洛先生，我向你保证！"

"妈妈——我已经写完信了。"

塔尼奥斯夫人立刻转过身，对着女孩宠溺地笑了笑，接下她递过来的信。

"真是太棒了，宝贝，太棒了，真的。还有这只米老鼠，画得真是太好了。"

"妈妈，我接下来干些什么呢？"

"想不想去买一张印着漂亮图画的明信片？给，这是钱。你去找大堂里的那位先生，然后你可以把它寄给塞利姆。"

孩子走开了，我则想起了查尔斯·阿伦德尔说过的话。塔尼奥斯夫人毫无疑问是位非常称职的妻子和母亲。她也——如他所说——有点儿像一只蠼螋。

"你只有这一个孩子吗，夫人？"

"不，还有一个小男孩，这会儿和他父亲出去了。"

"你去利特格林别墅拜访时，他们没陪你一起去吗？"

"哦，有时候去，但你瞧，我姨妈年纪已经很大了，孩子会打扰她。但她对他们真的很好，圣诞节的时候都会给他们寄很棒的礼物。"

"让我想想，你最后一次见到艾米莉·阿伦德尔小姐是什么时候？"

"我记得应该是她死前十天左右。"

"你和你丈夫，还有你的两个表亲一起去的，对吗？"

"哦,不,你说的是再之前一周的周末——复活节。"

"你和你丈夫在复活节之后的那个周末也去了?"

"是的。"

"当时阿伦德尔小姐身体和精神状况都还不错?"

"是的,看上去和往常一样。"

"她并没有卧病在床?"

"她那几天的确躺在床上,因为之前摔了一跤。但我们一去,她就下楼来了。"

"她说过任何有关新遗嘱的事吗?"

"没有,什么都没说。"

"她对你的态度也没什么变化?"

这次,塔尼奥斯夫人停顿了相当长的一段时间,然后说:

"是的。"

那一刻,估计波洛和我都确定了一件事。

塔尼奥斯夫人在说谎!

波洛稍做停顿,接着说道:

"或许我应该向你解释一下,我刚才问你阿伦德尔夫人对你的态度是不是没变。我并不是指你们夫妇。我是问你个人。"

她立刻回答。

"哦!我明白了。艾米莉姨妈对我非常好,给了我一个小小的珍珠钻石胸针,让我给两个孩子各捎了十先令零花钱。"

她似乎变得没那么拘谨了,话一下子多了起来。

"对你丈夫,她的态度也没有什么改变吗?"

刚才那种拘谨一下子又回来了,塔尼奥斯夫人避开波洛的视线,自顾自地回答:

"不,当然没有,为什么要改变?"

"但你刚才说,你表妹特雷萨·阿伦德尔一直在左右你姨妈的看法——"

"她就是这么干了!我可以肯定!"塔尼奥斯夫人急切地向前倾身,"你说的一点儿没错。的确有变化!艾米莉姨妈突然很疏远他,举止也很反常。他给她推荐了一种很特殊的开胃药——甚至不辞辛苦亲自去药店帮她配药。她感谢了他,仅此而已——而且语气相当冰冷,之后我真真切切地看见她把药倒进盥洗池里!"

她语气充满愤怒。

波洛的表现则相反,双眼闪闪发光。

"的确是很奇怪的举动。"他极力克制自己内心的兴奋,说话声音也尽量平静。

"我认为她压根儿不知道感激。"塔尼奥斯的妻子此刻语气无比激动。

"正如你说的,这些年长的女人时常怀疑外国人,"波洛说,"我想在她们的意识里,世界上只有英国医生才是真正的医生。这都是狭隘的偏见造成的。"

"是,我想应该是这样没错。"塔尼奥斯夫人的语气稍稍平缓下来。

"你们打算什么时候回士麦那,夫人?"

"几周之后吧,我丈夫——啊!我丈夫来了,我的小儿子爱德华和他一起!"

第十七章　塔尼奥斯医生

必须承认，第一眼看到塔尼奥斯医生时，我有些震惊。他在我脑海中的形象一直被各种邪恶的因素浸染着，所以我把他塑造成一个留着深色胡子的外国人，全身上下黑乎乎的，长着一张邪恶的面孔。

事实正好相反，走入我视线的，是一位棕色头发、棕色眼睛的男人，身材矮胖，看上去很愉快。他的确有胡子，不过是精心修剪过的棕色胡子，让他看上去像一个艺术家。

他的英语非常流利，音色悦耳，正好搭配他那乐观、幽默的表情。

"终于回来了，"他一边对妻子微笑，一边说道，"爱德华今天第一次坐地铁，他激动极了。之前他只坐过公共汽车。"

爱德华长得并不像他父亲，但一眼就能看出，他和他的小妹妹很像外国人，我也明白了皮博迪小姐先前的描述，说他们看上去皮肤黄黄的，的确如此。

丈夫的出现似乎让塔尼奥斯夫人很紧张。她略微有些结巴地向他介绍波洛，而我——她完全忘了我的存在。

塔尼奥斯医生一听波洛的名字，就立刻高声说：

"波洛？赫尔克里·波洛先生？久仰你的大名！什么风把你给吹来了，波洛先生？"

"是关于最近去世的那位女士，艾米莉·阿伦德尔小姐。"波洛回答。

"我妻子的姨妈？是……关于她的什么事？"

波洛缓缓答道：

"的确有些事情，和她的死有关——"

塔尼奥斯夫人突然插话：

"是关于遗嘱的事，雅各。波洛先生最近在和特雷萨还有查尔斯商量这件事。"

塔尼奥斯医生突然显得有些紧张，他找了张椅子坐下。

"啊，遗嘱！那份完全不公正的遗嘱——但这个，我想，应该和我无关。"

波洛大致讲述了与阿伦德尔两兄妹谈话的过程（我必须要说，他讲述的内容完全不真实），然后巧妙地暗示对方，有可能设法打官司使遗嘱作废。

"你的话非常有趣，波洛先生。不得不说，我非常同意你的看法。这的确可以操作。事实上，为了这事，我已经请教过一位律师了，但他不鼓励这么做。因此——"他耸了耸肩。

"律师，就像我刚才对你妻子说的，都非常谨慎。他们不喜欢抓住机遇奋力一搏。而我，我不同！不知道你怎么样？"

塔尼奥斯医生大笑起来，声音非常洪亮。

"哦，我也一定会抓住机遇！贝拉，亲爱的，我向来如此，不是吗？"

他对着她微笑，而她同样微笑着回应——只不过在我看来，那笑容更像是机械的应付。

他把注意力转回波洛身上。

"我不是律师，"他说，"但在我看来这事情再明白不过了，立新遗嘱的时候，老太太肯定神志不清，根本无法对自己的行为负责。而那个姓劳森的女人既聪明又狡猾。"

塔尼奥斯夫人听了这话，很不自在地动了动身子。波洛迅速看向她。

"你不同意？夫人。"

她的声音微弱极了：

"她总是那么和善，我也不认为她很聪明。"

"她只是对你和善，"塔尼奥斯医生说，"因为她压根儿就不怕你，亲爱的贝拉，你总是这么容易被人愚弄！"

他说这话时似乎只是打趣，一句玩笑话，可他妻子却面颊通红。

"对待我的时候就不同了，"他继续说，"她不喜欢我。对此也毫不掩饰！我给你举个例子吧。我们前去拜访时，老太太摔下了楼梯。我坚持要在周末过去，看看她情况如何。劳森小姐竭尽全力阻止我们。她没有成功，不过我能看出来，她气坏了。原因很明显，她想一个人独占老太太。"

波洛再一次转向妻子。

"你同意吗？夫人。"

她丈夫并没有给她机会回答。

"贝拉太善良了，"他说，"她不会相信任何人会有任何不良的动机。但我确定，肯定没错。再告诉你一件事，波洛先生。她是通过降灵术控制了阿伦德尔小姐！就是这么回事，你就等着看吧！"

"你这样认为？"

"我很确定，伙计。这样的事情我见多了。这东西的确能控制人，它能蛊惑人心，尤其是像阿伦德尔小姐那个年龄的人，我敢打赌,我都能猜到她是如何向阿伦德尔小姐暗示的。一些魂灵,很有可能是她死去的父亲,命令她更改遗嘱,把钱都留给那个姓劳森的女人。她当时身体很不好,很容易轻信别人——"

塔尼奥斯夫人又微微动了动。

波洛转向她。

"你认为这有可能,是吗?"

"说出来,贝拉,"塔尼奥斯医生说,"快告诉我们你的看法。"

他鼓励地看着她,她回看他的表情却相当古怪。她犹豫了一下,说道:

"这种事情我懂得不多。我想你应该是对的,雅各。"

"你就等着看吧,波洛先生,嗯?我肯定是对的。"

波洛点了点头。

"有可能,没错。"接着他问道,"据我所知,阿伦德尔小姐死前的那一周的周末,你在贝辛市场吧?"

"我们复活节去的,下一周的周末又去了一次。"

"不,不。我说的是再下一周——二十六号。我记得,你应该是星期天去的吧?"

"哦,雅各,这是真的吗?"塔尼奥斯夫人眼睛睁得大大的。

他立即转身。

"是啊,你忘了?我那天下午过去了一趟,我告诉过你。"

波洛和我都仔细观察着她的反应。她看上去紧张极了,把帽子又往后推了推。

"你肯定记得,贝拉,"她丈夫继续说,"你记性真是太差了。"

"当然记得!"她连忙道歉,脸上挂着勉强的笑容。

"是这样没错,我记性差得吓人。而且这事距离现在已经将近两个月了。"

"我想，特雷萨·阿伦德尔小姐和查尔斯·阿伦德尔先生当时也在那儿吧？"波洛说。

"或许是吧，"塔尼奥斯轻松地说，"我没看见他们。"

"你在那儿待的时间不长？"

"哦，是——大概只待了半个小时左右。"

波洛探询的视线似乎让他不太自在。

"还是实话实说比较好，"他眨了眨眼，"我去那儿是希望能借点儿钱——但没成功。我想我妻子的姨妈仍不太接受我，真是遗憾，因为我很喜欢她，是个正派的老人家。"

"我能直率地问你一个问题吗？"

或有或无，我似乎看见塔尼奥斯眼中闪过一丝恐惧。

"当然了，波洛先生。"

"你怎么看查尔斯和特雷萨两兄妹？"

听了这话，医生稍稍松了口气。

"查尔斯和特雷萨？"他深情地朝妻子笑了笑，"贝拉，亲爱的，我如果坦白说了，你应该不会介意吧？"

她摇摇头，微微地笑了笑。

"我的看法就是，他们已经堕落到骨子里了，两个都是！不过可笑的是，查尔斯是我最喜欢的一个。他虽然是个恶棍，但是个讨人喜欢的恶棍，完全没有道德观念，可他也没什么办法，有些人生来如此。"

"特雷萨呢？"

他有些犹豫。

"我不知道。她是个非常有魅力的女人，但非常冷酷，应该说。如果对她有利，她会冷血地杀掉任何人。起码我是这么想的。她妈妈曾因为谋杀罪而受审判，你或许听说过这事？"

"但最后被无罪释放了。"波洛说。

"正如你所说，最后无罪释放了，"塔尼奥斯连忙说，"但也没什么两样，这让人——不得不感到怀疑。"

"你见过和她订婚的那个年轻人吗？"

"唐纳森？是的，他来吃过晚餐。"

"你觉得他怎么样？"

"是个聪明的家伙。我想他应该能成大事——只要给他机会。想要专精于某个领域，需要花很多钱。"

"你说他聪明，指的是他的专业研究方面？"

"没错，我是这个意思。一等一好用的头脑。"他微笑着说，"不过不是什么社交好手。举手投足总是有些死板和拘谨。他和特雷萨这一对真的很有意思。完全对立的两极相互吸引。她是个交际花，他却是个隐士。"

两个孩子此时正连番用言语轰炸他们母亲。

"妈妈，我们能去吃午餐吗？我饿了。再不去就晚了。"

波洛看了看表，惊呼一声。

"太抱歉了！我耽误你们吃午餐了。"

塔尼奥斯夫人看了丈夫一眼，不太确定地说：

"或许，我们可以请你——"

波洛连忙说：

"你实在太慷慨了，夫人，但我午餐已经有约了，恐怕现在已经迟到了。"

他对塔尼奥斯夫妇和两个孩子挥手告别，我也照做。

我们在大堂耽搁了一两分钟。波洛要去打个电话，我则在行李员的柜台前等他。等待的过程中，我看见塔尼奥斯夫人来到大堂，四处巡视。她行色匆匆，好像正被什么人追捕似的，看到我,便迅速走过来。

"你的朋友……波洛先生,我猜他已经离开了?"

"不,他在电话亭。"

"哦。"

"你想和他说话?"

她点点头,举手投足间的紧张感更强烈了。

波洛从电话亭出来的时候正好看见我们俩站在那里,于是快步走过来。

"波洛先生,"她压低了音量,语气听起来很急促,"有些事情我想对你说,我必须要告诉你——"

"请说,夫人。"

"这很重要,非常重要。你知道——"

她停下了。塔尼奥斯医生带着两个孩子从书写厅里出来,走过来加入我们。

"还有什么话要和波洛先生说吗,贝拉?"

他语气和悦,脸上也挂着怡人的笑容。

"是的……"她有些吞吞吐吐,接着说,"呃,我想说的就是这些,波洛先生。希望你能转告特雷萨,无论她如何决定,我们都支持。我明白这种时候,家人必须团结起来。"

她愉快地朝我们点了点头,挽起丈夫的胳膊,朝餐厅方向走去。

我抓住波洛的肩膀。

"那根本不是她原先打算说的,波洛!"

他缓缓地摇了摇头,注视着那对离去的夫妇。

"她改变主意了。"我继续说。

"没错,我的朋友,她改变主意了。"

"为什么呢?"

"我希望我能知道。"他低声说。

"她会再找机会告诉我们的。"我满怀希望。

"我很怀疑。我有些担心,她可能不会——"

第十八章　柴火堆里的黑人

我们在离杜伦酒店不远的一间小餐馆里吃午餐。我急切地想知道波洛是如何看待阿伦德尔这一家人的。

"怎么样，波洛？"我急切地问。

波洛责备地看了我一眼，把注意力完全转移到餐单上。点完餐后，他身子后仰，靠在椅背上，把面包掰成两半，戏弄似的引用我刚才说的话：

"怎么样，黑斯廷斯？"

"现在你已经全都见过了，你是怎么想的？"

波洛不紧不慢地回答。

"说真的，我认为这几个人实在是太有趣了！真的，这个案子太迷人了！它简直是，你们英国人怎么描述来着，装满惊喜的盒子？每一次我说：'阿伦德尔小姐死前曾给我写了一封信。'总会得到一些新的反应。从劳森小姐那里我知道了丢钱的事。塔尼奥斯夫人则立刻问：'是关于我丈夫吗？'为什么是关于她丈夫？为什么阿伦德尔小姐会给我——赫尔克里·波洛——写信讲有关塔尼奥斯医生的事？"

"那个女人肯定有心事。"我说。

"没错，她肯定知道些什么。但到底是什么呢？皮博迪小姐告诉我们，查尔斯·阿伦德尔会因为两便士谋杀他奶奶，劳森小姐说，只要丈夫下命令，塔尼奥斯夫人会谋杀任何人。塔尼奥斯医生说查尔斯和特雷萨堕落到骨子里，并暗示他们的母亲曾是个杀人犯，还不假思索地说特雷萨完全有能力冷血地杀掉任何人。

"他们对彼此都各有看法，这群人！塔尼奥斯医生认为，确切地说，是他说他认为，阿伦德尔小姐肯定受到了什么不正当的影响。而在他加入谈话之前，他妻子很明显不这样认为。她从一开始就压根儿不想对遗嘱提出质疑。后来却完全改变了态度。看见了吧，黑斯廷斯——这就像是一锅煮沸的水，关键的真相随时有可能像泡泡一样浮出水面。而在深处肯定还藏着一些事！——是的，肯定还有一些重要的事隐匿着！我发誓，以赫尔克里·波洛的名义发誓！"

我情不自禁地被他的热忱感动。

过了一两分钟，我说：

"或许你是对的，但一切都还模模糊糊的——根本看不分明。"

"但我刚才说，肯定还有一些事，你也同意吧？"

"是的，"我吞吞吐吐地回答，"我相信是的。"

波洛隔着桌子凑向我，直直盯着我的双眼。

"是的，你变了。你不再摆出那副高人一等、拿人取乐的态度了，说我被职业的热情冲昏头脑。但，到底是什么说服了你？不是我精彩绝伦的推理——不，肯定不是这个！但有些事情，一些具体的事情，对你产生了影响。告诉我，伙计，到底是什么让你突然如此严肃地看待这个案子？"

"我想，"我缓缓说道，"应该是塔尼奥斯夫人。她看上去，看上去，很害怕……"

"害怕我？"

"不——不，不是你。是别的什么。一开始，她讲起话来那么安静、通情达理。谈到遗嘱时，她那愤恨的态度也很自然，完全可以理解。另一方面她似乎很抗拒采取任何行动，愿意接受事实。这一切看上去的确符合一个有教养，甚至有些漠然的女人的行为。接着，她态度有了天翻地覆的变化——她特别积极地附和塔尼奥斯医生的观点。而她之后又尾随我们来到大堂。那架势……简直有点儿偷偷摸摸——"

波洛点头，鼓励我继续。

"还有个细节，你可能没注意到——"

"所有事情我都注意到了！"

"我说的是，她丈夫最后那个周末去利特格林别墅的那次拜访，我敢发誓，她压根儿不知情，她当时完完全全大吃一惊。紧接着，她很快收到暗示，说她丈夫的确告诉过她，只是她一时忘了。我……我不喜欢她这种做法，波洛。"

"你说得再正确不过了，黑斯廷斯，这的确很关键。"

"所以我就有了那个不太好的印象。她似乎很恐惧。"

波洛慢慢点了点头。

"你也这么认为？"我问。

"是的，她的确在恐惧着什么。"他顿了一下，继续说，"而你很喜欢塔尼奥斯先生，没错吧？尽管身为岛国人的那种狭隘偏见让你一向很鄙视阿根廷人、葡萄牙人和希腊人，但你发现他如此亲切，心胸开朗，善良和蔼——和你意气相投，没错吧？"

"是的，"我承认，"我的确这么想。"

接下来是一阵沉默，我望着他，问：

"波洛，你是怎么看他的呢？"

"他让我想起了很多人，年轻英俊的诺曼·盖尔，直率、真诚的伊夫琳·霍华德，讨人喜欢的谢泼德医生，还有文静、可靠的奈顿。"

我一时间没反应过来他为什么提起之前案件中的人物。

"回想起他们的什么?"我问。

"他们的个性都很讨人喜欢……"

"我的上帝啊,波洛,你真的认为塔尼奥斯——"

"不,不,别急着下结论,黑斯廷斯。我只是在强调,单凭人们对某些人的主观看法就下结论是很不可靠的。下结论必须依据事实,而不是感觉。"

"嗯,"我说,"我们现在能依据的事实可不多。不,不,波洛,咱们别再从头争论一遍了!"

"我会尽量言简意赅,我的朋友,别这么害怕。一开始,我们很确定这起案件是谋杀未遂。你得承认,不是吗?"

"是的,"我缓缓地说,"我承认。"

目前为止我一直认为,波洛对复活节星期二那晚事件的猜想和重现有些不切实际,但我得承认,他的推论完全符合逻辑。

"很好。既然有谋杀未遂,就肯定有凶手。当晚这几个人当中,肯定有一个是凶手——就算谋杀未遂,也是蓄意谋杀。"

"同意。"

"这就是我们一开始的立足点——凶手。我们询问了几个人,也一一——用你的话说——寻根究底,目前为止我们得到了几个非常有趣的指控,很显然是在谈话时不经意吐露出来的。"

"你不认为他们只是随便说说?"

"那种情况下完全不可能!劳森小姐看似不经意地透露了查尔斯曾威胁她姑姑这一事实,也许是不经意,也许不是。塔尼奥斯医生对特雷萨的那番评论兴许完全没有恶意,或许仅仅只是一个医生真实的看法。另一方面,皮博迪小姐对于查尔斯·阿伦德尔的评价有可能非常诚恳——但,这仅仅是她的看法而已。以此类推。你们英国人有句俚语,不是吗?藏在柴火堆里的黑人。没错,这正是我们要找的。我们面前的这堆柴火里——藏着的不是黑人——而是个杀人犯。"

"我想知道的是,目前为止,你自己到底是怎么想的,波洛?"

"黑斯廷斯——黑斯廷斯——我决不允许自己仅凭'想'的——不,我说的'想'不是你用的这个字。目前,我仅仅'思考'。"

"譬如?"

"我在思考动机的问题。谋杀阿伦德尔小姐的动机最有可能是什么?显然,最明显不过的一个动机就是利益。如果阿伦德尔小姐在复活节星期二那天死了——谁会受益?"

"每个人——除了劳森小姐。"

"正是。"

"呃,不管怎么说,这个人已经自动排除了。"

"是的,"波洛若有所思地说,"似乎是这样没错。有意思的是,如果阿伦德尔小姐死于复活节星期二,这个人将一无所得;但死亡时间推迟了两周,这个人就得到了一切。"

"你在暗示什么,波洛?"我略微有些迷惑地问。

"动机和效果,我的朋友,动机和效果。"

我依旧疑惑地看着他。

他继续说:

"按照逻辑继续推理!事故发生之后——又发生了什么事?"

我讨厌波洛这种语气。不管说什么都错!所以我小心谨慎地回答:

"阿伦德尔小姐躺在床上休养。"

"正是,也有了大量的时间可以思考,接下来呢?"

"她写了封信给你。"

波洛点点头。

"没错,她写了封信给我。但是很遗憾,信没有及时寄出。"

"你怀疑信没有及时寄出是因为有人从中作梗?"

波洛眉头紧锁。

"这个,黑斯廷斯,我必须承认我不知道。我想,纵观全局推理,我大概可以确定,那封信只是单纯被放错地方,找不到了而已。我这么想——但不能确定——没有任何一个人对这封信的存在表示怀疑。继续,接下来发生了什么?"

我努力回想。

"律师来访。"我说道。

"没错。她派人请来了律师,而对方毫无疑问也赶来了。"

"然后她立了一份新遗嘱。"我继续说。

"正是。她立了一份令人完全意想不到的新遗嘱。现在,鉴于这份遗嘱,我们必须仔细回想艾伦说过的话。艾伦说,如果你还记得,劳森小姐当晚非常担心鲍勃一夜未归的消息传到阿伦德尔小姐耳朵里。"

"但——哦,我明白了——不,还是不明白。或者说,我开始意识到你暗示的事情了……"

"我真怀疑!"波洛说,"但如果你意识到了,我希望你能认识到艾伦这段话的重要性。"

"当然,当然。"我连忙说。

"然后发生了一系列事情。"波洛继续说,"查尔斯和特雷萨周末前去拜访,阿伦德尔小姐给查尔斯看了新遗嘱——或许这只是他自己的说辞。"

"你不相信他？"

"我只相信确认过的话——阿伦德尔小姐没有把遗嘱给特雷萨看。"

"因为她认为查尔斯会转告特雷萨。"

"但他没有。为什么隐瞒呢？"

"按查尔斯自己的话说，他的确告诉过她了。"

"特雷萨表达得很明确，他没有——他们之间的这个小冲突非常有趣，也很有启发性。接下来我们离开的时候，她骂他白痴。"

"我快被你绕晕了，波洛。"我惆怅地说。

"让我们继续按时间顺序说。塔尼奥斯医生周日去了利特格林别墅——这事很可能没有告诉他妻子。"

"我可以肯定，她完全不知情。"

"还是暂且用'可能'这个词吧。继续！查尔斯和特雷萨周一离开。阿伦德尔小姐当时身体和精神状况都很好。她好好地吃了一顿晚餐，然后和特里普姐妹与劳森一起在黑暗的角落里坐着。降灵仪式快结束时，她的病发作，又重新躺回床上休养，四天之后去世，劳森小姐继承了所有遗产，而我们的黑斯廷斯先生说她是自然死亡！"

"可赫尔克里·波洛毫无根据地说有人在她饭菜里下了毒！"

"我有证据，黑斯廷斯。回忆一下我们和特里普姐妹的谈话内容。劳森小姐后来在和我们的闲谈中，也提到了同样一件事。"

"你是说她晚餐吃了咖喱这件事？咖喱可以掩盖毒药的气味，你是这个意思？"

波洛缓缓说道：

"是的,或许,咖喱在其中非常重要。"

"但是,"我说,"如果你说的是对的(完全不去管医学上的证据),那就只有劳森小姐或其中一个女仆有机会下手。"

"我很怀疑。"

"难道是那两个姓特里普的女人?胡说八道。我才不相信呢!那两个人很明显是无辜的。"

波洛耸了耸肩。

"记住,黑斯廷斯,愚蠢——甚至糊涂,常常是与极度狡诈联系在一起的。而且不要忘记最初企图谋杀的那个举动,那可不是什么精巧的设计,不需要多么聪慧和睿智的头脑。那只是个再简单不过的谋杀伎俩,由鲍勃时常把球留在楼梯口这习惯联想到的。在楼梯口拴一根绳子的手法也再简单不过了——就算是个小孩也能想出来!"

我皱眉。

"你是说——"

"我是说,我们一直在寻找的东西只有一个——杀人的动机,仅此而已。"

"但下毒必须手法纯熟才能不留痕迹,"我争辩道,"普通人根本无法掌握那种手法。哦,该死的,波洛,我现在简直没办法相信这件事真的存在。你也无法确定!全是单纯的猜测。"

"你错了,我的朋友。根据我们今天早晨所有的谈话与问询,我已经掌握了一件确切的凭据。虽然还很模糊,但这个迹象绝对不会有错。只有一个问题——我害怕。"

"害怕?害怕什么?"

他严肃地说:

"害怕惊醒了睡梦中的恶犬。你常这么说,不是吗?不要吵醒睡着的恶犬！我们的凶手目前就像一只恶犬，正在太阳底下酣睡……我们不是最清楚吗，我和你，黑斯廷斯，当一个凶手的信心被干扰时，常常会狗急跳墙再杀第二个，甚至第三个人！"

"你担心这种事情会发生？"

他点头。

"是的，如果我们面前的柴火堆里真的藏着一个凶手——我很确定一定藏着，黑斯廷斯，没错，肯定藏着……"

第十九章　拜访珀维斯先生

波洛要来账单，付了钱。

"接下来我们干什么？"我问。

"我们去你今天早晨提议的那个地方。去哈彻斯特拜访珀维斯先生。我刚刚在杜伦酒店打电话就是为了这件事。"

"你打给了珀维斯先生？"

"不，打给了特雷萨·阿伦德尔，请她帮我写一封介绍信。想要成功地和这位律师打交道，我们首先要得到阿伦德尔家族的引荐。她同意亲自把信送到我公寓，现在应该已经到了。"

我们到公寓时，发现介绍信是查尔斯·阿伦德尔送来的。

"真是个不错的地方，波洛先生。"他环顾客厅后评价道。

我的视线瞬间被书桌的一个抽屉吸引住了，抽屉没有关严，被一沓纸卡住了。

用这种方式关抽屉是波洛最不可能干的事！我若有所思地看着查尔斯，我们到达之前他一直都在这里等。毫无疑问，这段时间里，他偷偷翻看了波洛的文件。真是个无耻之徒！我怒火中烧，愤慨极了。

查尔斯倒是一副很高兴的样子。

"给你，"他说着递过介绍信，"都写在这儿了，准确无误——希望你们和老珀维斯打交道时能比我们顺利。"

"我想,他肯定觉得没什么希望吧?"

"他完全不赞成……在他看来,那个姓劳森的女人完全是无辜的。"

"你和你妹妹从没有考虑过向那女人求求情?"

查尔斯咧嘴一笑。

"我考虑过——没错。但好像没什么用。我滔滔不绝地长篇大论了半天也不起作用。努力把自己塑造成一个丢了继承权的可悲败家子——并不是像人们所说的那么一无是处(我努力尝试这么暗示)——根本打动不了那个女人!你知道,她很不喜欢我!不知道为什么。"他笑了笑,"大部分她这样的老女人都很容易搞定。她们都会相信我一直被人误解,没有得到公平的机会!"

"的确是个有用的主意。"

"哦,在这之前一直都很管用。但就像我刚说的,对那个劳森一点儿用也没有。要我说,她一定是个对男性反感的人,战前肯定常常把自己用铁链子绑在栏杆上,大摇女权主义旗帜。"

"啊,这样啊,"波洛一边摇头一边说,"如果简单点儿的办法不奏效的话——"

"我们必须采取一些法律外的手法。"查尔斯欢快地说。

"啊哈,"波洛说,"现在,既然说到法律以外,年轻人,你是不是曾经威胁过你姑姑——说你会让她'翘辫子'或者类似的话?"

查尔斯一屁股坐在凳子上,脚向前伸开,难以置信地看着波洛。

"谁告诉你的?"他说。

"那不重要,到底是不是真的?"

"呃,有些部分是事实,没错。"

"来吧,让我听听完整的经过——注意,要真实的经过。"

"哦,告诉你就是了,先生。没什么特别夸张的,我一直想尝试和阿伦德尔姑姑沟通一下——你能明白我的意思吧?"

"我明白。"

"呃,事情并没有按原先计划的发展。艾米莉姑姑暗示说,任何企图骗走她钱的举动都是徒劳的!呃,听她这话我一下子没了耐心,但我还是清楚明白地告诉她了。'听着,艾米莉姑姑,'我对她说,'你惹上了一些麻烦事,要不了多久就会翘辫子!'她相当轻蔑地问我是什么意思。'就是这个意思,'我说,'你的亲戚朋友们全都张着嘴围在你身边,一个个穷得像教堂里的老鼠一样——无论教堂里的老鼠有多穷——都希望你能施舍些钱。可你呢?死守着钱,一点儿也不松手。那些被谋杀的人通常都像你这样。记住我说的,如果哪天你翘辫子了,全是你自己的错。'

"然后她透过眼镜的边缘斜眼盯着我,那眼神真讨人厌。'哦,'她的语气特别冰冷,'你这么想的,是吗?''没错,'我回答,'稍微松松手吧,这就是我给你的建议。''太感谢了,查尔斯,'她说,'感谢你善意的建议。但我想你应该知道,我能把自己照顾得很好。''那你自便吧,艾米莉姑姑。'我说。我一个劲儿地咧着嘴笑——我想她应该是看不太清楚,所以表情很严肃。'到时候别说我没提醒你。''我会记住的。'她说。"

他停了一下,说:

"这就是全部的情况。"

"所以,"波洛说,"你就拿走了在抽屉里发现的几英镑。"

查尔斯盯着他,突然狂笑起来。

"我向你致敬,"他说,"你真不愧是个名侦探!你是怎么知道的?"

"所以都是真的,是吗?"

"哦,千真万确!我当时手头实在太紧了,必须得想方设法弄点儿钱,在抽屉里发现了点儿钞票,就自己动手拿了几张。我很节制——压根儿没想到,少了这么点儿钱会被发现。就算发现了,他们没准儿也会怀疑是下人干的。"

波洛冷冷地说:

"他们如果真这么想,对下人们来说,问题可就严重了。"

查尔斯耸了耸肩。

"人不为己。"他嘟囔道。

"天诛地灭,"波洛补充道,"这是你的座右铭,是吗?"

查尔斯好奇地看着他。

"我确定老太太肯定不会发现。你到底是怎么知道的,还有关于'翘辫子'的谈话内容?"

"劳森小姐告诉我的。"

"那只狡猾的老母猫!"在我看来,他似乎有些不安,"她压根儿不喜欢我,也不喜欢特雷萨,"他随即又说,"你认为——她还有没有别的伎俩?"

"她能有什么伎俩?"

他顿了顿,"哦,不知道。她在我看来,就是个邪恶下作的老魔鬼。"随即又补充一句,"她恨透了特雷萨……"

"阿伦德尔先生,你是否知道,你姑姑去世前的那个周日,塔尼奥斯医生曾去拜访过她?"

"什么——我们在那儿的那个周日?"

"是的。你没看见他?"

"没有。下午我们俩出去散了一会儿步。估计他是那个时候来的。真奇怪,艾米莉姑姑只字未提他来的事情。谁告诉你的?"

"劳森小姐。"

"又是劳森？她简直是个情报矿。"

他顿了一下，接着说道：

"你知道，塔尼奥斯是个很不错的人。我喜欢他，总是那么愉快，满脸笑容。"

"他的确很有魅力，没错。"波洛说。

"我要是他，早在几年前就会把那个阴郁的贝拉杀了！你看她像不像那种人，好像命中注定就是个受害者？你知道，要是哪天她的尸体在马盖特或其他什么地方的水箱里被人发现，我一点儿都不会惊讶！"

"像她丈夫那么正直的医生，应该干不出你说的这种事吧。"波洛语气有些严厉。

"应该干不出来，"查尔斯想了一会儿，说，"我觉得塔尼奥斯连只苍蝇都不会伤害。他实在太善良了。"

"那你呢？如果有利可图的话，你会去杀人吗？"

查尔斯大笑起来——笑声真诚、响亮。

"是想敲诈吗，波洛先生？没有，我向你保证，我从没有往阿伦德尔姑姑的汤里放过——"他突然顿了一下，然后又继续说，"放过番木鳖碱。"

他随便摆了摆手就离开了。

"你是想恐吓他吗，波洛？"我问，"如果是，我不认为你成功了。他压根儿没流露出一丁点儿犯过罪的样子。"

"没有吗？"

"没有。他看上去很镇定。"

"他刚才说话时的那个停顿很有意思。"波洛说。

"停顿？"

"对，在他说出番木鳖碱这个词之前。好像他原本打算说的是另一个词，想了一下才改口。"

我耸了耸肩。

"他没准儿在想一种更高效、听起来更厉害的毒药。"

"有可能，有可能。我们还是先出发吧。我想，我们今晚可能要住在贝辛市场的乔治饭店了。"

十分钟后，我们驱车疾驰，穿过伦敦，再一次驶向乡下。

四点左右我们到达哈彻斯特，直接前往珀维斯先生的办公室，也就是珀维斯·查尔斯沃思律师事务所。

珀维斯先生身材高大结实，一头白发，面色红润，看上去有点儿乡村绅士的派头。他举止客气，但也很沉默。

他看了看介绍信，又隔着桌子上下打量我们。那眼神很精明，像是在搜寻什么。

"我当然听过你的名字，波洛先生。"他彬彬有礼地说，"阿伦德尔小姐和她哥哥请你协助处理这件事，但我真想不出，你能为他们做些什么。"

"我们姑且说，珀维斯先生，他们请我更详尽地调查一切相关情况，怎么样？"

律师语气相当冷淡：

"我已经从法律角度告诉过阿伦德尔小姐和她哥哥我的看法了。情况再清楚不过，容不得任何歪曲与诬告。"

"太对了，太对了，"波洛紧接着说，"但我肯定，你应该不介意把情况再重复一遍，好让我有个更清晰的视角。"

律师点点头。

"愿意为你效劳。"

波洛开始问：

"阿伦德尔小姐曾在四月十七号给你写过一封信，是这样吧？"

珀维斯翻阅了一下桌上的文件。

"是的，没错。"

"能告诉我她在信中都说了些什么吗？"

"她请我起草一份遗嘱。遗产的一小部分留给两个仆人和三到四个慈善机构。剩下的全部留给威廉米娜·劳森小姐。"

"请原谅我这么问，珀维斯先生，你难道不惊讶吗？"

"我得承认——是的，我很惊讶。"

"阿伦德尔小姐之前已经立过一份遗嘱了，是吗？"

"是的，五年前立的。"

"那份遗嘱中规定，除了一小部分遗产，其余全部留给她的甥侄们，对吗？"

"大部分财产被平分成三份，留给她哥哥托马斯的两个孩子和她妹妹阿拉贝拉·比格斯的女儿。"

"那份遗嘱去哪儿了？"

"我按照阿伦德尔小姐的要求，四月二十一号那天带去利特格林别墅给她了。"

"珀维斯先生，如果你能详细地告诉我当时发生的一切，我将不胜感激。"

律师停顿了一两分钟，接着开口，用词非常精确：

"我下午三点到达利特格林别墅，带着一个我的文员。阿伦德尔小姐在客厅接待了我。"

"在你看来，她看上去如何？"

"看起来似乎身体不错,尽管她走动的时候需要拄拐杖。这我倒能理解,她之前摔了一跤。我得说,她的健康状况总的来看还不错,不过举止稍稍有些焦虑,也有些过度兴奋。"

"劳森小姐和她在一起吗?"

"我到达的时候在一起,但她马上就离开了。"

"然后呢?"

"阿伦德尔小姐问我是否按她说的那样做了,并问我是否带来了新遗嘱,好让她签字。"

"我回答已经都照做了。我——呃——"他犹豫了一会儿,接着有些拘谨地说,"我还是都说了吧,可以说我尽了自己的本分,极力劝说阿伦德尔小姐不要这么做。我向她指出,这份新遗嘱对于她的亲人们非常不公平,毕竟,他们可是她的血肉之亲。"

"那她的回答是?"

"她问我,钱是不是她自己的,是不是她想怎么处理就能怎么处理。我当然回答是。'那很好。'她说。我提醒她,她和劳森小姐相处的时间并不长,并警告她,一旦这么做了,遗嘱就会产生法律效应。她回答我:'亲爱的朋友,我很清楚自己在做什么。'"

"你刚才说,她当时显得很激动。"

"肯定是这样,但你应该理解,波洛先生,她身体机能一切正常,完全有能力处理自己的事情。尽管我非常同情阿伦德尔小姐的家人,但我必须履行义务,在法庭上全力维护那份遗嘱。"

"完全理解,请你继续说吧。"

"阿伦德尔小姐通读了一遍之前的那份遗嘱,然后伸手要拿我起草的那份新的。我本打算先给她看草稿,但她之前一再强调,要拿我准备好正式的遗嘱带过去让她签字。里面的条款很简单。她通读一遍后，点了点头说她即刻就签。我觉得自己有义务最后一次劝说她，她耐心地听我说完，说她心意已决。我把文员和园丁叫进来，作为遗嘱签署的见证人。根据法律规定，当然，仆人们都无法承担这个角色，因为他们都是遗嘱的受益人。"

"之后呢？她有没有把遗嘱交予你保存？"

"没有，她放进书桌的抽屉里，然后锁了起来。"

"原先那份遗嘱呢？被她销毁了？"

"没有，和新的那份一起锁起来了。"

"她死后，遗嘱是在哪儿找到的？"

"在同一个抽屉里。作为遗嘱执行人，我有她的钥匙，并仔细查看了她的文件和生意上的资料。"

"两份遗嘱都在抽屉里？"

"是的，原封不动在原位。"

"你询问过她，这种令人吃惊的行为的动机吗？"

"我问了，但并没有得到真正的答案。她只是再次向我保证：'我很清楚自己在做什么。'"

"尽管如此，这个做法还是让你很惊讶，对吗？"

"很惊讶，在我看来，阿伦德尔小姐一直是个家庭观念非常强的人。"

波洛沉默了一会儿，接着问道：

"就这个问题，我猜测，你应该没有和劳森小姐交流过吧？"

"当然没有，这样的举动是非常不合时宜的。"

仅仅这种说法就让珀维斯先生相当反感。

"阿伦德尔小姐有没有提过任何事情，暗示劳森小姐本人知道这个新遗嘱对她十分有利？"

"恰恰相反。我问她劳森小姐是否知道她的这个决定，阿伦德尔小姐高声说,劳森压根儿什么都不知道。"

"我想,不让劳森小姐知道是非常明智的,我尽力向阿伦德尔小姐暗示,她似乎也很同意。"

"你为什么要强调这一点,珀维斯先生?"

珀维斯表情庄重地看了波洛一眼。

"在我看来,这种事情还是尽可能少谈论为好。而且很有可能会导致将来的失望。"

"啊,"波洛深吸一口气,"我揣测,你是不是认为,阿伦德尔小姐不久之后又会改变主意?"

律师点了点头。

"的确是这样。我推测,阿伦德尔小姐肯定是和家人产生了激烈的争执,我想,等她冷静下来,应该会后悔自己如此鲁莽的决定。"

"如果真如你推测的那样,她会怎么做呢?"

"她应该会指示我起草一份新遗嘱。"

"她大可以简单地销毁新立的那份遗嘱,这样,原先的那份不就恢复法律效力了吗?"

"这样做存在争议,你要知道,所有先前的遗嘱,都是被立遗嘱人废止了的。"

"但阿伦德尔小姐应该没有足够的法律知识意识到这一点吧,她大概以为,只要销毁新立的那份遗嘱,旧的遗嘱就恢复生效了吧。"

"这很有可能。"

"事实上,如果没有遗嘱,她死后所有财产应该是由家人继承,对吗?"

"是的,一半属于塔尼奥斯夫人,另一半由查尔斯和特雷萨平分。但实际情况是,她没有改变主意!直到她死,都没有改变。"

"但这一点,"波洛说,"正是我有疑问的地方。"

律师很不解,疑惑地看着他。

"假设,"他说,"阿伦德尔小姐在临终前希望销毁那份新遗嘱。或者假设,她以为自己已经销毁了——可事实上,她只销毁了第一份遗嘱。"

珀维斯先生摇了摇头。

"这不可能,两份遗嘱都完好无缺。"

"那假设,她销毁的那份遗嘱是伪造的——而她认为自己销毁的是原件,你应该记得,她当时病了,很容易就会被蒙骗过去。"

"你必须能拿出证据来。"律师声音非常尖锐。

"哦!毫无疑问——毫无疑问……"

"有没有——请允许我问一句——有没有任何迹象表明这种事情真的发生了?"

波洛略微有些惊讶。

"目前我无法向你说明——"

"当然,当然。"珀维斯先生表示同意的方法和波洛很像。

"但我可以告诉你,你一定要严守秘密,这中间确实有些异常!"

"真的?不会吧?"

珀维斯先生非常期待地搓着手。

"根据我想从你这儿知道的和已经得知的,"波洛继续说,"你认为,阿伦德尔小姐迟早会改变主意,宽恕自己的家人。"

"当然,这只是我的个人观点。"律师强调。

"亲爱的先生,我非常理解。我想,你不会为劳森小姐辩护吧?"

"我劝她找一位与此事完全无关的辩护律师。"珀维斯先生说。

他的语气很决绝。

波洛和他握手告别,感谢他的好意以及他提供给我们的信息。

第二十章　再访利特格林别墅

从哈彻斯特回贝辛市场的路程大约十多英里,途中我们讨论了目前的情况。

"波洛,刚才你提出那个推测,有什么根据吗?"

"你是说,阿伦德尔小姐或许误以为第二份遗嘱已经被销毁了?不,我的朋友——坦白说,没有。但这是我必须采取的手段——你必须理解——提出这样的一些猜测!珀维斯先生是个明白人。如果我不像刚才那样提出一些猜测和假设的话,他就会认为我在这起事件中什么都干不了。"

"你知道你让我想起了什么,波洛?"我说。

"不知道,我的朋友。"

"让我想起那些扔着彩色球耍杂耍的江湖艺人!一次性把所有球都扔到空中。"

"每个球代表一个我说过的谎话——是吗?"

"差不多是那个意思。"

"然后未来的某一天,你认为,我会失手,这些球则一个个掉得满地都是?"

"你不可能一直耍下去,永不失手。"我强调。

"没错,但到最后那个关键时刻,我会把球一个一个接住,鞠躬,谢幕,走下舞台。"

"想必是在观众如雷的掌声中。"

波洛狐疑地看着我。

"很有可能是那样,没错。"

"我们从珀维斯先生那儿得到的信息不多。"我巧妙地绕开刚才那个"敏感话题",评论道。

"没错,他只是确认了我们之前的想法。"

"也确认了劳森小姐所说的,自己在那老妇人死前,对新遗嘱的事一无所知这个事实。"

"哦,我可看不出他证实了这一点。"

"珀维斯劝阿伦德尔小姐别说,而阿伦德尔也回答说她压根儿没打算这么做。"

"是的,这看上去再清楚明白不过了。但有钥匙孔这个东西存在,我的朋友,还有钥匙,能打开上了锁的抽屉。"

"你真认为劳森小姐会偷听他们谈话,或是到处打探消息吗?"我非常震惊。

波洛笑了笑。

"劳森小姐——可不是什么教养很好的人,我的朋友。我们不是知道,她已经'无意听到'了一次她本不应该听的谈话吗——我指的是查尔斯和她姑姑谈论有关翘辫子的吝啬亲戚那次。"

我不得不承认,这是事实。

"所以你知道了吧,黑斯廷斯,她也同样可以'无意听到'珀维斯和阿伦德尔小姐之间的谈话。他说话的声音可不小。"

"至于四处打探消息,"波洛说,"这么做的人远比你想象的多。像劳森小姐这种怯懦又胆小的人,常常有些不太光彩的习惯,做那种事情对他们来说是一种安慰,也是消遣。"

"你说真的？波洛！"我表示异议。

他连点了好几下头。

"然而，事实正是如此，正是如此。"

到达乔治饭店，我们要了两个房间，然后闲逛着朝利特格林别墅的方向走去。

我们按响门铃，鲍勃立刻向前迎战。它一路狂叫着冲出门厅，朝前门扑过来。

"我要把你的眼睛和肝都挖出来！"它咆哮着，"我要把你撕碎！让我好好告诉你，想要进来是什么后果！等着尝尝我牙齿的厉害吧。"

在狂吠中，我们听到一声安慰小狗的低语。

"好了好了，小家伙。你可是个乖狗狗。快来这儿。"

鲍勃的项圈被人抓住，极不情愿地被关进晨间起居室。

"这些人总是这么扫兴，"它好像在抱怨，"过了这么久，我好不容易能有机会吓唬吓唬这些陌生人了。正打算把牙咬进他们的裤腿呢。没了我的保护，你最好当心。"

晨间起居室的门关上了，艾伦拉开门闩和横木，打开前门。

"哦，是你们二位啊。"她惊呼一声。

她把门完全打开，脸上洋溢着兴奋的神情。

我们进入门厅，从左边晨间起居室的门缝底下传来了鲍勃猛嗅的声音，夹杂着怒吼。它正努力"辨认"我们俩的身份。

"你可以让它出来。"我提议。

"我会的。它真的很听话，真的，但它总是叫个不停，而且总朝人猛冲过去吓唬他们。它是只非常称职的看门狗。"

她打开晨间起居室的门，鲍勃像一颗突然发射的炮弹一样冲出来。

"是谁进来了？人在哪儿？哦，在这儿啊。哎呀！我好像记得这两个——"它使劲儿嗅啊，闻啊，然后发出一阵拖长的鼻音，"当然了！我们见过面！"

"好啊，好伙计，"我说，"你怎么样啊？"

鲍勃敷衍地摇了摇尾巴。

"还过得去，感谢关心。让我再好好闻闻——"它继续开始调查，"最近肯定和一只西班牙垂耳猎犬聊过天了吧，我能闻出来，一股傻狗味儿。咦？这是什么？一只猫？太有意思了。真希望它能和你们一起来，我们能好好玩一玩。嗯，还有一只不错的牛头㹴。"

我最近的确拜访过一位很爱狗的朋友，鲍勃准确无误地一一辨认完气味后，把注意力转移到波洛身上，可是只吸了一鼻子汽油味，它一脸责备的神情，走开了。

"鲍勃。"我叫它。

它回过头看了我一眼。

"别急别急，我知道自己在干什么。去去就回。"

"希望你原谅，房子的门窗都关上了——"艾伦急匆匆地走进晨间起居室，拉开百叶窗。

"很好，好极了。"波洛一边说，一边跟着艾伦进了屋，坐下来。我正要随他进去，鲍勃不知从哪里钻了出来，叼着球，然后一路冲上楼梯，四个爪子伸开卧在最上面一层，尾巴不紧不慢地摇摆着。

"快来，"它说，"来吧，快，咱们先玩一会儿再说。"

我破案的兴趣瞬间消失了，跑去和鲍勃玩了几分钟，然后感到有些自责，又急匆匆地进入晨间起居室。

波洛和艾伦好像就阿伦德尔小姐的病与药物的话题聊得很起

劲儿。

"一些白色的小药片,先生,她过去长期服用的只有这个。每餐后吃上两三片。那是格兰杰医生的命令。哦,是的,她都按医嘱服用了,小小的那种药片。还有一种劳森小姐极力推荐的药,是些胶囊,勒夫巴罗医生的肝病胶囊。所有广告牌上都有这药的广告。"

"她也服用了?"

"是的,劳森小姐推荐她吃的,她好像觉得效果不错。"

"格兰杰医生知道吗?"

"哦,先生,他并不介意。'只要你觉得有效,就继续吃。'他曾这么对她说。然后她回答:'好吧,你大可以笑话我,可这药的确对我有用,比你拿来的那些药有用得多。'然后他大笑,说只要精神上相信药的疗效,比任何灵丹妙药都管用。"

"她还服用别的什么药吗?"

"没了。贝拉的丈夫,那个外国医生,他给她弄了一瓶,她很有礼貌地感谢对方之后,全都倒掉了,我知道得很清楚!我觉得她这样做很对。这些外国玩意儿可不能轻易尝试。"

"阿伦德尔小姐倒药的时候,塔尼奥斯夫人看见了,对吗?"

"是的,我想她应该很难过,可怜的女人。我也觉得很遗憾,毫无疑问塔尼奥斯医生是出于好意。"

"当然,毫无疑问。我想,阿伦德尔小姐死后,剩下的药应该都扔掉了吧?"

听到这个问题,艾伦稍稍有些惊讶。

"哦,当然,先生。护士扔掉了一些,劳森小姐把盥洗室的药橱里剩余的药也全都扔掉了。"

"呃——勒夫巴罗医生的肝病胶囊——是不是就放在那儿?"

"不，收在餐厅的角柜里，方便阿伦德尔小姐每餐后服用。"

"当时照顾阿伦德尔小姐的护士是哪位？能告诉我她的名字和住址吗？"

艾伦立刻把名字和地址告诉他。

波洛又继续问了一些关于阿伦德尔小姐最后那次生病的情况。

艾伦也讲得饶有趣味，详细地描述了病情、阿伦德尔小姐当时所遭受的痛苦、黄疸病发作以及最后神志不清、胡言乱语的情况。不知道波洛是否从中得到了令自己满意的信息，但可以肯定的是，他听得很专注，很有耐心，适时打断对方，提一两个相关的小问题，比如劳森小姐待在病人房间里的时间长短。他对病人的饮食情况也非常感兴趣，不时和自己过世亲戚（压根儿不存在）的饮食相互比较。

见他们聊得这么投机，我偷偷溜到门厅，鲍勃已经在楼梯顶端睡着了，下巴支在球上。

我吹了一声口哨，它立刻弹起来，恢复警觉的戒备状态。毫无疑问，这次它的尊严受到了侵犯，把球传给我的时候也拖拖拉拉的。好几次，球在正要滚下来的刹那又被它抓了回去。

"很失望，对吗？好吧，兴许这次我会把球给你。"它似乎这么说着。

当我再次回到晨间起居室的时候，波洛正问起塔尼奥斯医生的拜访，即老妇人死前的那个星期天，那次意外的拜访。

"没错，先生，查尔斯先生和特雷萨小姐出去散步了。据我所知，女主人并不知道塔尼奥斯医生要来，她当时正躺着休息，当我告诉她来访的人是谁后，她显得很惊讶。'塔尼奥斯医生？'她说，'塔尼奥斯夫人也一起来了吗？'我回答她没有，先生是自己来的,她让我转告他,她马上就下来。"

"他待的时间长吗?"

"不超过一小时,先生,他走的时候似乎不是很愉快。"

"你知不知道——呃——他这次来访的目的?"

"我说不上来,先生。"

"你没碰巧听到些什么?"

艾伦的脸突然变得通红。

"没有,我从没有,先生!我绝对不是个会趴在门上偷听的人,不管别人是不是会这么做——那些人应该放聪明一点儿!"

"哦,你误会我了。"波洛的语气听上去急切而满怀歉意,"我只是猜测,或许你端茶点进去的时候塔尼奥斯医生正好在,如果是这样的话,你肯定会不可避免地听到一些谈话内容。"

艾伦听了这话,情绪缓和了许多。

"不好意思,先生,我误解你的意思了。不,没有,塔尼奥斯医生那天并没有留下来用茶点。"

波洛抬头正视着她,眯起眼睛眨了眨。

"那么,如果我想知道他那次拜访的目的——呃,劳森小姐应该知道,是吗?"

"哼,先生,要是她不知道,那就没人知道了。"艾伦轻哼一声,轻蔑地说。

"让我想想,"波洛皱起眉头,好像在极力回想着什么,"劳森小姐的卧室——是阿伦德尔小姐隔壁的那一间吗?"

"不,先生。是最靠近楼梯口的那间,我可以带你去看看,先生。"

波洛欣然接受了这个提议。上楼梯的时候,他紧贴着墙那一侧,在正好到达楼梯顶端那一刻,他惊呼一声,弯腰去摸自己的裤腿。

"啊——好像有什么挂到我了——啊,没错,壁脚板这儿有根钉子。"

"是,是有一根,先生。我想可能是松了,我的裙子也被挂过一两次。"

"这钉子在这儿很久了吗?"

"呃,恐怕有一段时间了,先生。我第一次注意到的时候好像——女主人正躺在床上休养,就是她从楼梯上跌下来之后,先生。我曾尝试把它给拔掉,但拔不出来。"

"我想,这上面应该系过一条线吧。"

"没错,先生,我记得上面有个小线圈。但我实在想不出是用来干什么的。"

艾伦的语气没有一丝怀疑,对她来说,这只不过是房子里发生的一件琐事,压根儿不用费心加以解释!

波洛此时已经走进了最靠近楼梯顶端的那间卧室。房间大小适中,正对着门有两扇窗户,墙角摆着一张梳妆台,窗户之间立着一个大柜子,上面镶着穿衣镜。床放在右手边,正对着窗户。左手的墙边立着一个带抽屉的桃花心木大衣柜和一个大理石台面的盥洗台。

波洛若有所思地环视一圈屋内,回到了楼梯口。他沿着走廊,经过两间卧室之后,进入一间宽敞的卧房,这间是艾米莉·阿伦德尔小姐的房间。

"护士就住在隔壁的小房间里。"艾伦解释道。

波洛一边点头,一边继续琢磨着什么。

下楼的时候,他询问艾伦能否去花园逛一逛。

"哦,当然,先生,当然可以。现在花园的景色正好很不错。"

"园丁还在吗?"

"安格斯?哦,是的,安格斯还在。劳森小姐想让屋里屋外都保持得很好,认为这样比较容易卖出去。"

"她这么做很明智,让这个地方荒着可不好。"

花园宁静雅致,景色很好。宽阔的花坛里种满了羽扇豆、飞燕草和大朵大朵鲜红的罂粟。牡丹正含苞待放。我们一路闲逛,来到一个放花盆的凉棚,一个身材壮实、衣衫褴褛的老人正忙碌着,看见我们后恭敬地打了招呼。波洛走向前和他聊了起来。

提到我们之前见过查尔斯,老人瞬间放下戒备,打开了话匣子。

"他那家伙,就是那个德行!有一次他到这儿来,手里拿着半块醋栗馅饼,正是厨师翻天覆地找的那块!他痛痛快快吃完后一副若无其事的模样,没事人似的回去了,他们也只能推断是被猫偷吃了。我这辈子都没见过猫吃醋栗馅饼!哦,他就是这德行,查尔斯少爷!"

"他来这儿的时候是四月份,对吗?"

"没错,两个周末都来了。就在夫人去世之前,我记得。"

"你常见他吗?"

"没错,是不少。说实话,年轻人在这种乡下地方没什么事好做。他常去乔治饭店喝个烂醉,然后跑到我这儿来,问东问西的。"

"问有关花的事?"

"是的——花——还有杂草。"老人咯咯地笑了起来。

"杂草?"

波洛突然问道,语气急促,带着试探的意味,目光在放花的架子上搜索,最后锁定在一个锡罐上。

"他大概想知道怎么除杂草吧?"

"正是！"

"我想，这个应该就是你用的除草剂吧。"

波洛轻轻地转过罐身，仔细阅读标签。

"是这个，"安格斯回答，"这可是很厉害的东西。"

"很危险吗？"

"只要正确使用就不危险，当然，这是砒霜，有剧毒。查尔斯先生和我就这个玩意儿还开过一个玩笑呢，他说，要是到时候，他娶了个不称心的老婆，就到我这儿来要一些这玩意儿，把她毒死！我打趣道，没准人家才是那个想要先把你干掉的人呢！哈，听了这话他乐坏了！这是个好笑话，真的！"

我们也被迫附和着笑了笑，波洛撬开锡罐的盖子。

"快空了。"他喃喃说道。

老人也看了一眼。

"对啊，没想到用得这么快，看样子我得再订一些。"

"是啊，"波洛微笑着说，"就剩下的这点儿，我还指望你分给我一些，对付我老婆呢！"

我们几个又为这句玩笑大笑了一番。

"我想，你应该还没结婚吧，先生？"

"没有。"

"哈！只有没结过婚的人才开得起这种玩笑，因为他们不知道结了婚有多麻烦！"

"我很好奇，你妻子——"波洛刻意顿了一下。

"她还活着，活得好好的。"

安格斯说这话时似乎有些沮丧。

我们夸赞了一番他的劳动成果——这个可爱、雅致的花园，然后告辞。

第二十一章　药剂师；护士；医生

那罐除草剂在我脑海里勾起了一连串新的想法。对此事件调查到现在，这是第一个让我真正觉得可疑的情况。查尔斯对除草剂异乎寻常的兴趣以及老园丁发现罐子几乎空了时的讶异——这一切似乎都指向了一个明确的目标。

和以往的情况一样，当我异常激动时，波洛的态度却总是很含糊。

"即使真的有人从罐子里偷了些除草剂，也没有证据表明是查尔斯干的，黑斯廷斯。"

"可他和园丁就这个话题聊了那么多！"

"如果他真打算偷一些除草剂去下毒，和园丁大谈特谈这个话题可不是什么明智之举。"

他继续说：

"假如让你快速说出一种毒药，你最先想到的是哪种？"

"砒霜，我想。"

"没错，今天查尔斯说出'番木鳖碱'之前很明显地停顿了一下，你现在能明白一二了吧。"

"你的意思是——"

"他原本打算说的是'汤里放了砒霜'，但刻意换了一个。"

"哈！"我说，"那他为什么刻意换一种说法呢？"

"正是。为什么？告诉你吧，黑斯廷斯，这个'为什么'正是我们需要发现的，刚才在花园里，我正是为了找到答案才四处搜寻类似除草剂的东西。"

"你找到了！"

"我找到了！"

我摇了摇头。

"这样看来，情况对小查尔斯很不利。你刚才和艾伦就阿伦德尔小姐的病情聊了很久，她描述的症状符合砒霜中毒吗？"

波洛摸了摸鼻子。

"这很难说。她腹痛——呕吐。"

"这就没错了——准是砒霜！"

"嗯……我不确定。"

"那像是什么中毒？"

"说实话，我的朋友，她的症状更符合肝病，而不是中毒。就目前看，死因也很有可能是因为肝病！"

"哦，波洛，"我大叫起来，"她绝对不可能是自然死亡！一定是有人谋杀了她！"

"哦，瞧瞧，咱俩的观点好像正好对调了。"

他忽然转身走进一间药店。波洛向药剂师详细咨询了一番他说不上来的特殊毛病，然后在指导下买了一小盒助消化锭剂。药剂师把药包好，波洛接过来，正要转身出去时，他的注意力被柜台上一个包装精美的药盒吸引了，勒夫巴罗医生的肝病胶囊。

"没错，先生，这种剂型很好。"药剂师是个中年男人，看上去很爱唠叨是非。

"我记得阿伦德尔小姐过去吃的就是这种药，艾米莉·阿伦德尔。"

"没错,先生。利特格林别墅的阿伦德尔小姐。她真是个优雅的老太太,真正的老派贵族。我过去经常为她服务。"

"她服用很多种成药吗?"

"并没有,先生。我随便就可以数出好几个上了年纪的老太太,服用的药都比她多。比如劳森小姐,阿伦德尔小姐的贴身女仆,就是继承了所有遗产的那个——"

波洛点点头。

"这只是她吃的其中一种,还有很多别的。药片、锭剂、治疗胃病的片剂、助消化的混合剂和补血的混合剂。她真的很喜欢吃药。"他苦笑了一下,"真希望能多几个像她这样的人。现如今的人们和过去可不同了,不愿意吃太多药。我们倒是卖了很多日化用品,多少也能弥补一些损失。"

"阿伦德尔定期服用这种肝病胶囊吗?"

"是的,我记得,到她去世前,已经连续吃了三个月了。"

"她的一个亲戚,一位名叫塔尼奥斯的医生,曾到这里来配置混合药剂,没错吧?"

"是的,没错,娶了阿伦德尔小姐外甥女的那位希腊绅士。是的,他配置的那种药剂很有意思,我以前从没听说过。"

他的语气好像是在谈论一种罕见的万灵草药。

"先生,不同的药剂搭配,效果也截然不同。我记得,他当时调配的方法很有趣。当然了,那位绅士可是医生。非常和善的一个人——和他相处很愉快。"

"他夫人来这里买过药吗?"

"最近吗?我记不清了。哦,来过一次,来买安眠药——应该是三氯乙醛,我记得。处方上是双倍的剂量。我们处理这种麻醉型药剂时通常都比较谨慎。要知道,一般情况下,医生可不会开那么大剂量的处方。"

"处方是谁开的?"

"我记得应该是她丈夫。哦,当然了,这当然没问题——但你知道,如今我们得尤其注意,你可能不知道,一旦医生开错了处方,而我们即使只是按照处方配制,出了问题可全是我们的责任——和医生一点儿关系都没有。"

"这实在是太不公平了!"

"必须承认,那么大的剂量,当时的确让我有些提心吊胆。啊,还好,目前为止还没什么麻烦找上门——还算幸运。"

说这句话时,他投入地用指关节轻敲着柜台。

波洛决定买一盒勒夫巴罗医生的肝病胶囊。

"感谢你惠顾,先生。要多大剂量一盒的?二十五粒,五十粒,还是一百粒?"

"我想应该越大越划算吧——不过——"

"买五十粒一盒的吧,先生。阿伦德尔小姐买的就是这种。八先令六便士。"

波洛欣然接受这个提议,付了钱后接过装药的包裹。

我们便离开了药店。

"原来塔尼奥斯夫人买过安眠药,"回到街上,我惊讶地说,"那东西过量服用的话,很有可能致命,不是吗?"

"轻而易举。"

"你认为阿伦德尔小姐是不是——"

我想起了劳森小姐曾说过的话。"我敢说,就算他让她去杀人,她也一定照做!"

波洛摇了摇头。

"三氯乙醛是麻醉剂,也是安眠药。常用于减缓疼痛和助眠。

也很容易上瘾。"

"你认为塔尼奥斯夫人对这种药上瘾?"

波洛依旧令人费解地摇头。

"不,我不这么认为。但这的确很有趣,我只能想到一种合理的解释。但这就意味着——"

他突然停下,看了看手表。

"走,看我们能不能找到那个叫卡拉瑟斯的护士,阿伦德尔小姐去世前的那段时间,一直由她照顾。"

卡拉瑟斯护士是位通情达理的中年妇女。

波洛这次扮演了一个全新的角色,为了配合角色,也虚构了一个全新的亲戚。这一次,他有一位年迈的母亲,而他则苦于久久寻找不到一位合适的、体贴细心的护士。

"你能理解吗——我坦白地告诉你吧,我母亲这人真的很不好相处。我们过去也请过很多出色的护士,都是些年轻人,很有能力。但就是因为年轻,惹得我母亲很不高兴。我母亲不喜欢年轻姑娘,很瞧不起她们,常常对她们态度粗暴,她反对开窗户通风,也反对现代的卫生理念。真的很不好对付。"

他惆怅地叹气。

"我能理解,"卡拉瑟斯护士似乎感同身受,"这种情况的确难办。必须要有足够的计谋。不能让病人烦躁,要尽可能向他们让步。一旦你让他们感受到,你并不是在强迫他们,他们自然就会放松下来,变得像羊羔一样任你摆布了。"

"啊,我看你这是方面的理想人选,你很了解这些老人家。"

"我这辈子的确照顾过很多老人了。"卡拉瑟斯护士笑了起来,"耐心和幽默总是很管用。"

"的确很管用。如果我没记错的话,你照顾过阿伦德尔小姐,她可不是个好相处的老太太。"

"哦,我可不这么认为,她的确性格倔强,但我一点儿也不觉得她难对付。不过,当然了,我照顾她的时间不长,她去世那天正好是第四天。"

"就在昨天,我才和她侄女聊过天,特雷萨·阿伦德尔小姐。"

"是吗?真想不到!我常跟人们这么说——这世界实在太小了!"

"我想,你认识她吧?"

"呃,当然,在她姑姑去世和葬礼的时候她都来了。还有,当然了,她之前去利特格林别墅拜访的时候我也见过。是个很漂亮的姑娘!"

"是的,的确——但是太瘦——实在是太瘦了。"

听了这话,卡拉瑟斯护士意识到自己身材丰满,话语中有了些炫耀的意味。

"没错,"她说,"人不能太瘦。"

"可怜的女孩,"波洛继续说道,"我真为她难过,说句咱们两人之间的话,"他微微凑过去,语气故作神秘,"她姑姑的遗嘱对她来说可是个不小的打击。"

"我想也是,"卡拉瑟斯护士回应,"这遗嘱可是引来了不少闲话。"

"我简直无法想象,究竟是什么导致阿伦德尔小姐剥夺了自己亲戚的继承权。这个做法实在太不寻常了。"

"我很同意你的说法,实在太出人意料了。当然了,这种事情,人们说这背后肯定另有玄机。"

"关于阿伦德尔小姐这么做的原因,你听说过什么吗?她本人提起过吗?"

"没有,我的意思是,对我没有。"

"但是和别人说了?"

"呃,我猜她应该和劳森小姐谈论过相关话题,因为有一次我碰巧听到劳森小姐对她说:'是的,亲爱的,你知道那在律师手里。'然后阿伦德尔小姐说:'我很确定就在楼下的抽屉里。'劳森小姐回答她说:'不,你寄给珀维斯先生了,难道你不记得了?'后来病人因为恶心开始呕吐起来,我去照顾她时,劳森小姐转身走开了。我倒是常想,她们当时是不是在谈论遗嘱的事。"

"很有可能。"

卡拉瑟斯护士继续说:

"如果真是这样,那我猜,阿伦德尔小姐肯定很焦虑,想要更改遗嘱——但那时候,她病得实在太重了,可怜的人,那之后——她就什么事情都没办法思考了。"

"劳森小姐参与了护理的工作吗?"

"哦,当然没有,她态度很不好!神经兮兮的,你知道,她那样只会激怒病人。"

"这么说,所有的护理工作都是你独自完成的?实在太了不起了。"

"还有那个女仆——名字叫什么来着——艾伦,她给我帮过忙。艾伦人很不错,她熟悉病情,而且很擅长照顾老太太,我们相处得很好。事实上,格兰杰医生那个星期五本打算派一个夜班护士去的,但阿伦德尔小姐在她到达之前就去世了。"

"劳森小姐是不是也曾帮忙准备过病人的食物?"

"没有,她什么都没做。而且压根儿没什么好准备的。我好言好语地服侍老太太喝白兰地——还有白兰氏鸡精和糖浆等等。劳森小姐只会在屋子里走来走去、大呼小叫,妨碍别人干活儿。"

护士的语气充满鄙夷。

"我能看出来,"波洛微笑着说,"你觉得劳森小姐用处不大。"

"在我看来,贴身女仆一般都是些废物。要知道,她们没有受过任何正规训练。都是些业余人士。而且这些女人肯定在其他方面一事无成,不得已才做这个的。"

"在你看来,劳森小姐很喜欢阿伦德尔小姐吗?"

"看起来似乎是这样。老太太去世时,她看上去非常悲痛,完全不能接受,在我看来,表现得简直比自己亲戚死了还夸张。"卡拉瑟斯护士说完,轻哼了一声。

"那么,或许,"波洛一副颇有远见卓识的模样,点了点头,说,"阿伦德尔小姐决定把钱留给她的时候,很清楚自己在做什么。"

"她是个非常精明的老太太,"护士说,"我敢说,她很清楚自己在做些什么!"

"她提过那只狗吗,鲍勃?"

"你这么说我倒真想起来了,的确很奇怪!她神志不清的那段时间一直对它念念不忘。不停絮叨它的球和她之前摔过一跤什么的。是只好狗,鲍勃——我很喜欢狗。可怜的小家伙,自己的女主人死了,它一定很伤心。它们很神奇,不是吗?那么通人性。"

在谈论过狗通人性这一话题后,我们告辞了。

"这人肯定没有嫌疑。"我们离开的时候波洛说道。

他的语气透露出一丝失望。

在乔治饭店,我们吃了一顿糟糕的晚餐——波洛喋喋不休地抱怨,他对汤尤其不满意。

"做好一道汤那么简单,黑斯廷斯。只要生好火、架好锅——"

我好不容易才把话题从烹饪技巧方面岔开。

晚餐后,来了一位不速之客。

我们当时正坐在休息室里,因为餐厅里还有人用餐,不方便交谈——那位客人看上去似乎是个出差的商人——但他晚餐过后就离开了。我懒散地翻阅着一本过期的《养畜者》杂志,突然听到有人叫波洛的名字。

声音似乎是从外面传来的。

"他在哪儿?这里面?好的——我能找到他。"

门被粗暴地推开了,是格兰杰医生。他激动得满脸通红,眉毛直立。关上门后,他径直大步走向我们。

"哦,你躲在这儿啊!说吧,赫尔克里·波洛先生,你跑到我那里说了一堆骗人的鬼话,到底打的什么主意?"

"你要了那么多只球,这应该是其中一只吧?"我不怀好意地小声说。

波洛拿出最圆滑的腔调,说:

"亲爱的医生,你必须要容我解释——"

"容你解释?容你?该死的!我要求你解释!你是个侦探,这就是你的真面目!一个爱管闲事,四处打探情报的侦探!到我这儿来,说什么要给阿伦德尔将军写传记!全是骗人的!我真是够蠢的,竟然被你这种拙劣的谎话欺骗!"

"是谁告诉了你我的身份?"波洛问。

"谁告诉我的?皮博迪小姐。她早就看穿你那些把戏了!"

"皮博迪小姐……是啊。"波洛似乎正思考着什么,"我还以为——"

格兰杰医生气愤地打断他。

"赶快,先生,我正等着你给我一个合理的解释呢!"

"当然,我的解释再简单不过了,蓄意谋杀。"

"什么?你说什么?"

波洛平静地说:

"阿伦德尔小姐之前摔了一跤,没错吧?就在她死前不久,从楼梯上摔了下来?"

"没错,那又怎么了?她踩在那只该死的狗的皮球上滑倒了。"

波洛摇了摇头。

"不,医生。她没有。她是被系在楼梯顶端的一根线绊倒的。"

格兰杰医生瞪大了眼睛。

"那她为什么没告诉我?"他追问,"从来没和我说过这种事。"

"这似乎可以理解。设想,如果系那根绳子的是她的家人的话!"

"嗯——我明白了。"格兰杰医生冷冷地扫了波洛一眼,然后一屁股坐在椅子上,"那么,"他说,"你是怎么牵扯进来的?"

"阿伦德尔小姐曾给我写过一封信,其中强调了这件极为私密的事。很不幸,信耽搁了很久才被寄出。"

接着波洛向格兰杰医生讲述了事情的详细情况,内容当然已经被他精心编选过了,并向他解释了自己在壁脚板发现钉子的经过。

医生听的时候表情十分严肃,怒气已经全消了,"你应该能理解,我的处境的确很难办,"波洛最后解释道,"你瞧,我受雇于一个已经死去的人。虽然情况如此,我仍有绝对的义务完成委托。"

格兰杰医生眉头深锁，陷入沉思。

"究竟是谁系了那根线，你一点儿头绪都没有？"他问道。

"我没有确切的证据，但我并不是没有头绪。"

"的确是件棘手的事。"格兰杰医生面色凝重。

"是的，现在你应该能理解了吧？起初着手调查的时候，我并不确定凶手会不会再次动手。"

"嗯？这话什么意思？"

"虽然目前整个事件看起来，阿伦德尔小姐是自然死亡，但谁又能肯定呢？曾经有人企图要了她的命，我怎么能够肯定没有第二次？成功的一次！"

格兰杰医生点了点头。

"我这么问请你不要生气，格兰杰医生——你确定阿伦德尔小姐的死没有什么异常，是自然死亡吗？我今天无意中发现一些证据——"

他详细地讲述了自己与安格斯的对话，查尔斯对除草剂异常浓厚的兴趣，以及园丁惊讶地发现除草剂的瓶子已经空了这一系列事件。

格兰杰医生全神贯注地听着，当波洛说完时，他语气镇定，平静地说：

"我明白你的意思。砒霜中毒常被误诊为急性肠胃炎，并使医生签发相应的诊断证明——尤其在没有什么可疑情况的时候。一般来说，砒霜中毒的诊断非常有难度——表现出来的症状各种各样。可能是急性的、亚急性的、神经性的或慢性的，也有可能完全没有任何显性症状，中毒者有可能突然倒地不起，然后迅速死亡，也有可能出现晕厥和麻痹。症状种类很多，差异很大。"

波洛说：

"这样啊，那综合这一切考量，你怎么看？"

格兰杰医生沉默了一两分钟后，缓缓地开口：

"综合这一切考量，不带任何偏见，我仍认为，阿伦德尔小姐当时的症状并不符合砒霜中毒。我很确定，她的死因是黄疸性肝萎缩。正如你所知，我照顾阿伦德尔小姐很多年了，这病她之前就得过。这是我深思熟虑后的看法，波洛先生。"至此，这个话题只能暂时放一放了。

不知为什么，波洛把刚才从药房里买的肝药胶囊拿出来的时候，似乎带着些许歉意，比起刚才连番轰炸的提问，现在的气氛变得截然不同。

"阿伦德尔小姐生前服用这种胶囊，没错吧？"他说，"我想，应该不可能对她造成任何伤害吧？"

"这东西？一点儿害处也没有。成分里有芦荟、足叶草脂——都是些温和无害的东西，"格兰杰医生说，"她喜欢尝试这些东西，我并不介意。"

说完后他站起来。

"你本人也给她开了些药，对吗？"波洛问。

"是的——一种温和的肝病药，饭后服用。"他的眼睛闪着光，"她就算一次吃一盒也不会有事。我开的药不会让我的病人药物中毒，波洛先生。"

说完这句话，他微笑着和我们俩握手，然后离开了。

波洛把他从药房买来的药拆开，每个透明胶囊里装着四分之三的深棕色粉末。

"看上去像我之前吃过的一种晕船药。"我说。

波洛打开一个胶囊，细细检查了里面的粉末，用舌尖小心地舔了一点儿,然后做了个怪相。

"好了,"我一屁股坐在椅子上,打了个哈欠,说,"无论是勒夫巴罗医生的特效药还是格兰杰医生开的那些小药片,看样子都没什么问题!格兰杰医生也明确否定了你砒霜中毒的理论。这下子你该信服了吧,固执的波洛先生?"

"我的脑袋顽固得像花岗岩一样——你应该会这么形容吧,我猜?没错,我的脑袋就是像花岗岩一样顽固。"我的朋友若有所思地回答。

"也就是说,尽管药剂师、护士和医生都不同意你的看法,你仍相信阿伦德尔小姐是被谋杀的?"

波洛平静地说:

"我是这么认为的。不——不是认为,黑斯廷斯,我确信。"

"看来只剩一种方法来证明了。"我慢慢地说,"掘墓验尸。"

波洛点了点头。

"这就是咱下一步的计划吗?"

"我的朋友,现在起我们得谨慎行事。"

"为什么?"

"因为,"他压低声音,"我担心会造成第二起悲剧。"

"你是说——"

"我担心,黑斯廷斯,我很担心。就说到这儿打住吧。"

第二十二章　楼梯上的女人

一大早,有人送来一张手写的字条。笔迹很轻,向上歪斜,可以看出写信的人非常迟疑。

亲爱的波洛先生:
　　艾伦告诉我,你昨天曾去利特格林别墅拜访,如果你今天能抽空见我一面,我将不胜感激。

你真诚的
威廉米娜·劳森

"看样子她到贝辛市场来了。"我说。
"是的。"
"我很好奇,她这个时候来是为什么?"
波洛笑了笑。
"我不认为有什么邪恶的原因。毕竟,利特格林别墅现在是她的。"
"是的,当然是这样没错。波洛,你知道吗?我们这场游戏最糟糕的一点,就是无论谁有什么细微的举动,背后都有可能藏着邪恶的动机。"
"我的确很欣赏你那句格言,'怀疑每一个人'。"

"你目前还在怀疑每一个人吗?"

"不——目前整个事件已经进展到,我只怀疑一个特定的人。"

"谁?"

"鉴于目前这只是怀疑,没有明确的证据,我想,我应该留给你自己去推理,黑斯廷斯。不要忽视心理学,这对破案非常重要。仔细观察谋杀的特点,从中可以得出凶手特定的性格特征。这是破案过程中最重要的一条线索。"

"我连凶手是谁都不知道,怎么去考虑他的性格特征!"

"不,不,你没有认真听。只要你仔细分析谋杀的特点——谋杀从设计到实施过程中所有必要的特点——你自然就会发现凶手是谁!"

"你真的已经知道是谁了吗,波洛?"我好奇。

"不能说知道,因为我没有确凿的证据。这也就是为什么目前我不能再多说了。但我很确定——是的,我的朋友,我心里已经很确定了。"

"好吧,"我大笑着说,"小心别让他找上你了!到时候可就真成了一场悲剧!"

听了这话,波洛略微有些吃惊,他没有把这当成一句玩笑话,而是嘟囔着:"你说的对,我是得小心——尤其小心。"

"你最好穿一件铠甲,"我打趣道,"再请一个人帮你试吃,以防中毒!事实上,你最好雇一批枪手,专程保护你!"

"谢了,我选择依靠我自己的智慧。"

说完,他给劳森小姐写了张字条,说他十一点时去利特格林别墅拜访。

吃完早餐后,我们在集市广场闲逛。现在大概十点一刻,早晨炙热的阳光让人昏昏欲睡。

我正站在一家古董店的橱窗前，打量里面的一张赫波怀特风格的椅子。我的肋骨突然被人狠狠戳了一下，一个尖锐刺耳的声音说道："嗨！"

我愤愤地转过身，发现面前站着皮博迪小姐。她手里拿着一把大雨伞，伞尖很锋利（刚才攻击我的武器）。

很显然，对于自己刚才加诸在我身上的剧痛，她完全不在乎，语气显得很满意：

"哈！我就知道是你，我很少认错人。"

我冷冷地回应：

"呃——早上好。请问有什么可以帮你？"

"告诉我，你那位朋友的书写得怎么样了——关于阿伦德尔将军生平那本？"

"事实上他还没有动笔呢。"我说。

皮博迪小姐纵情笑了起来，声音不大，但得意洋洋的。她全身像果冻一样伴随着笑声颤动。笑够之后，她说：

"不，我看他压根儿就不会动笔。"

我微笑着说：

"这么说来，你看穿我们编的这个小故事了？"

"你们把我当成什么了——傻子？"皮博迪小姐质问，"我很快就看穿你那位滑头朋友想要干什么了！想要套我的话！还好，我倒是不在乎，我喜欢说。现在很难找到听众了，那天下午我过得非常愉快。"

她精明的眼睛斜瞪着我。

"到底是怎么一回事？啊？怎么一回事？"

正在我举棋不定，不知该如何回答时，波洛适时加入。他热诚地向皮博迪小姐鞠躬问好。

"早上好，小姐，见到你真是不胜荣幸。"

"早上好，"皮博迪小姐回应，"今天扮什么角色啊，波洛还是帕罗提——啊？"

"你这么快就拆穿了我的伪装，真是太聪明了。"波洛微笑着回答。

"没什么好拆穿的！像你这样的人，我们这儿还真不多，不是吗？不知道这是好是坏，难说啊。"

"小姐，我喜欢与众不同。"

"不得不说，你的愿望实现了，"皮博迪小姐没好气地说，"现在，波洛先生，你想打听的事那天我已经全部告诉你了。现在该我提问了。到底是怎么一回事？啊？怎么一回事？"

"你这不是在问一个你已经知道答案的问题吗？"

"我不确定。"她扫了波洛一眼，"遗嘱有问题？还是别的什么？打算把艾米莉挖出来？是吗？"

波洛没有回答。

皮博迪意味深长地点了点头，好像已经得到了答案。

"我常在想，"她断断续续地说，"如果真的发生了这种事会是什么样……你知道，读报纸的时候总能看见诸如此类的消息——我总好奇，贝辛市场有一天会不会发生掘墓验尸这种事……真没想到竟然会是艾米莉·阿伦德尔……"

她突然用锐利的目光盯着他。

"你要知道，她可不喜欢你们这么做，我想你应该考虑到这一点了——是吗？"

"是的，我考虑到了。"

"我想你也应该考虑到了——你可不是什么傻瓜！我看你也不是个多管闲事的人。"

波洛鞠了一躬。

"谢谢你,小姐。"

"还有,估计只要是个人就会问你——看你那胡子。为什么留这种胡子?你喜欢这种样式吗?"

我转过身去,笑得前仰后合。

"很遗憾,在英国,人们已经不再推崇胡子了。"波洛说完,偷偷地捋了捋自己毛茸茸的爱须。

"哦,明白了!真有意思,"皮博迪小姐说,"我听说过有个女人,得了甲状腺肿大,还为此自豪得不得了!简直难以置信,但这千真万确!哎,我又能多说什么呢?只要你满意上帝赐予你的,就是好事。然而事情经常恰恰相反。"她摇了摇头,叹气道。

"真没想到,这种世外桃源一样的地方,竟然会发生谋杀案。"说完这句话,她的目光突然又扫向波洛,"是谁干的?"

"你想让我在大街上高声告诉你吗?"

"我看你是不知道吧。难不成你已经知道了?哦,哎——都是遗传——遗传。我真想知道,到底是不是那个叫瓦利的女人毒死了自己的丈夫,这或许有些关系。"

"你相信遗传?"

皮博迪小姐突然说:

"我倒希望是塔尼奥斯干的。他是个外人!但希望仅仅是希望,不是现实,实在太倒霉了。好了,我该走了。看样子你们什么都不会说……顺便问一句,你这是在替谁办事?"

波洛郑重地说:

"我替死者办事,小姐。"

很遗憾地告诉各位,皮博迪小姐听到这句义正词严的回答后,第一反应是一阵尖笑。不过她很快抑制住笑声,说道:

"请原谅我的失态。这话听起来像从伊莎贝尔·特里普嘴里说出来的——仅此而已！多让人厌恶的一个女人啊！不过我看，茱莉亚更差劲儿，矫揉造作，假装一副孩子气的模样。看到这些中年妇女把自己打扮成年轻姑娘的样子我就来气！好了，再见吧。你们见过格兰杰医生了？"

"小姐，说到这儿我可要埋怨你了。你出卖了我的秘密。"

皮博迪小姐又一次爆发出她那极具特色的沙哑笑声。

"男人都大脑简单！你那套荒谬的谎话他竟然还照单全收了。我告诉他的时候他简直要气死了！走的时候还骂骂咧咧的！他正找你呢。"

"我们昨晚已经见过了。"

"哦！真希望我在场。"

"我也希望，小姐。"波洛殷勤地说。

皮博迪小姐大笑起来，摇摇晃晃地准备离开，突然又回过头对我说：

"再见了，小伙子。别犯傻买那些椅子，全都是假货。"

说完这句话，她一边咯咯笑着，一边走远了。

"她，"波洛说，"可真是位聪明的老太太。"

"即使她不喜欢你的胡子？"

"品位是一回事，"波洛冷淡地说，"头脑是另外一回事。"

我们走进店里，兴致勃勃地逛了二十分钟，但什么都没买，出来后就直接朝着利特格林别墅的方向出发。

艾伦接待了我们，带我们到客厅，她的脸看上去比之前更红了。紧接着就传来下楼的声音，劳森小姐走进客厅。她上气不接下气的，看上去有些慌张，头发用一条丝绸帕子扎了起来。

"请你原谅我这个样子就下来了，波洛先生。我正在整理那些锁着的橱柜——那么多东西。恐怕,人年龄大了都喜欢屯点儿东西,亲爱的阿伦德尔小姐也不例外。瞧瞧,我头发上沾了这么多灰。你知道,这简直太让人吃惊,她竟然会收集这么多东西,你相信吗?我收拾出来两打插针垫,千真万确,足足两打。"

"你是说,阿伦德尔小姐曾买了两打插针垫?"

"没错,把它们收起来后又忘了。当然,现在针全生锈了,太可惜了。她以前常把它们送给女仆们当圣诞礼物。"

"她很健忘——是吗?"

"哦,非常健忘。尤其在收东西这方面。你知道,就像小狗藏骨头一样。这是我们俩之间的一种说法。'别再像小狗藏骨头一样收东西了。'我过去总是这么对她说。"

说到这儿她笑了起来,然后从口袋里拿出一条小手帕,啜泣起来。

"哦,天哪,"她泪眼婆娑地说,"我竟然能在这里笑出来,实在是太糟糕了。"

"你这是太重感情了,"波洛说,"容易触景生情。"

"我母亲常这么说我,波洛先生。她总是说:'米妮,你总是感情用事。'波洛先生,太敏感真的是个缺点。尤其是当你要靠自己谋生时,就更是如此。"

"嗯,的确是这样,但这一切都已经过去了。你现在是你自己的主人。可以好好享受人生,四处去旅行,过无忧无虑的生活。"

"但愿如此吧。"劳森小姐虽是应和,语气却充满疑虑。

"肯定会如此的。说到阿伦德尔小姐健忘这事,我总算明白她写给我的那封信为什么那么久才寄到我手里。"

他向劳森小姐解释了艾伦发现信的经过。她的脸颊瞬间变得通红，高声说道：

"艾伦应该告诉我的！她一声不吭就把信寄给你了，实在是太无礼了！应该先和我商量的。我看，这简直是太无礼了！关于这封信，我从头到尾一个字都没有听说过。太不像话了！"

"哦，亲爱的小姐，我相信她这么做肯定是出于好意。"

"哼，我倒是觉得实在是太奇怪了！非常奇怪！这些仆人们经常做些奇怪的事情。艾伦应该记住，现在我才是利特格林别墅的女主人。"

她挺起身子，摆出一副了不起的模样。

"艾伦对女主人非常忠诚，没错吧？"波洛说。

"哦，事已至此，我明白没必要再追究了，但艾伦应该事先告诉我，她没有权利擅自做主！"她停下来，双颊再次变得通红。

波洛沉默了一会儿，说道：

"你今天想见我，请问有什么能为你效劳的呢？"

劳森小姐刚才那副气恼的神态瞬间烟消云散，真是来得快去得也快。她再次变得慌慌张张、语无伦次。

"呃，是这样的——你看，我不知该不该……呃，说实话，波洛先生，我是昨天回来的，艾伦告诉我你来过了，我只是好奇——呃，你好像没跟我说过你要过来——呃，这真的有点儿出人意料——我不知道你来——"

"你不知道我为什么来这儿，是吗？"波洛补充完她的话。

"我——呃——的确不知道，正是这个，我实在想不出。"

她依旧红着脸，好奇地望着他。

"必须向你坦白，"波洛说，"恐怕，我之前让你产生了一些误解。你当时猜测，阿伦德尔小姐写给我的那封信是关于被偷的那点儿钱——就当时的一切可能性来说——是查尔斯·阿伦德尔先生干的。"

劳森小姐点了点头。

"但是，你瞧，其实并不是关于这件事的……事实上，我是从你口中才第一次得知钱被偷的事情……阿伦德尔小姐写信给我，是因为她的那起事故。"

"事故？"

"是的，据我所知，她从楼梯上摔了下去。"

"哦，没错，没错——"劳森小姐看上去更迷惑了，她茫然地望着波洛，说，"但……很抱歉，肯定是我太蠢了——但她为什么写信给你呢？我记得……事实上，是你自己这么说的，你是个侦探。难道，你也同时是医生？再或许，你是个意念治疗师？"

"不，我不是医生，也不是意念治疗师。不过，和医生一样，我经常处理所谓的意外死亡事件。"

"意外死亡事件？"

"我是指所谓的意外死亡。那次阿伦德尔小姐并没有死，但那起事故完全有可能要了她的命！"

"哦，天哪，是的，医生也是这么说的，但我还是不明白——"

劳森小姐听起来依旧很迷惑。

"当时那起事故被认为是由鲍勃的球造成的，对吗？"

"是的，没错，真是如此。是因为鲍勃的球。"

"哦，不，并不是因为鲍勃的球。"

"可是，请原谅我质疑，波洛先生。我当时亲眼看见了——我们跑下楼的时候。"

"你看见了。是的，或许是这样，但这并不是事故发生的原因。劳森小姐，事故发生的原因，是当时楼梯旁边距离地板离地一英尺的地方系着一根深色的线！"

"可……可是狗不会……"

"正是，"波洛立刻接话，"狗做不到。因为它没那么聪明。如果你喜欢，也可以说，它没那么邪恶……那根线是有人拴在那儿的……"

劳森小姐的脸霎时变得惨白。她用颤抖的手捂住脸。

"哦，波洛先生，我不相信。你难道认为……但这太可怕了，太可怕了。你认为是有人故意这么干的？"

"没错，的确是有人有意为之。"

"可这简直太可怕了。简直……简直就和杀人一样。"

"要是成功的话，就会杀人！换句话说，就是蓄意谋杀！"

劳森小姐惊呼一声。

波洛不改沉重的语气，继续说：

"壁脚板上被人钉了一根钉子，这样就可以系上那条线。钉子上涂了油漆，以图不被人发现。请告诉我，你记不记得曾经闻到过不知哪儿来的油漆味？"

劳森小姐惊叫起来。

"哦，太不可思议了！谁能想到这个！当然了！我压根儿没有想到，做梦也想不到。那时，我又怎么能想到呢？不过当时我的确觉得很奇怪。"

波洛把身子向前倾。

"看来，你可以帮到我们，小姐。你又一次帮了我们大忙，实在是太棒了！"

"想起来了！哦，是这样没错，一切都符合。"

"请你快点儿告诉我。你闻到过油漆味儿，对吗？"

"是的。当然了，我当时并不知道那是什么气味。我当时还在想，天哪，是不是油漆，不，更像是地板蜡的气味。后来，我想自己一定是产生幻觉了。"

"这是什么时候的事情？"

"让我想想——什么时候？"

"是不是复活节那个周末，房子里住满客人的时候？"

"没错，就是那时候。我在尝试着回忆起具体是哪一天……让我想想，肯定不是星期天。不，也不是星期二，星期二唐纳森医生过来用晚餐。然后星期三所有人都走了。不，当然了，是星期一，复活节银行假日。我当时躺在床上怎么都睡不着，很焦虑。我一直觉得银行假日是个令人烦恼的日子！晚餐只剩下冷牛肉还够吃，我很担心阿伦德尔小姐知道了会生气。你瞧，星期六那天我订了些带骨肉，我本应该订七磅的，但我想五磅的应该足够了，要是食物不够，阿伦德尔小姐会非常生气，她总是那么好客——"

劳森小姐停下来，深呼一口气，然后连忙继续：

"我当时躺在床上，担心她明天会不会念叨这件事，一会儿想到这儿，一会儿想到那儿，一直睡不着——然后在我正要睡着的时候，突然被什么声音惊醒了——像是敲什么东西或者拍打的声音——我立刻坐起来，然后使劲儿闻。我一直很害怕失火——有时候，我觉得自己一晚上能闻见两三次失火的气味。（简直太可怕了，不是吗？如果被火困住的话？）然后就闻到了那股气味，我用力闻了几下，不像是着火时的烟味，也不是其他类似着火的气味。我对自己说，那更像是油漆或者地板蜡的气味。但是，当然了，大半夜不可能有这两种东西。但是那股气味很强烈，所以我坐起来使劲闻，然后就在镜子里看见她——"

"看见她？看见谁了？"

"你知道,我从镜子里看东西再方便不过了。我晚上关门时常留一条缝,这样如果阿伦德尔小姐叫我的话,我能听见,如果她要下楼,我也能看见她。走廊里一般总是留着一盏灯,当时,我看见一个女人跪在楼梯上——是特雷萨。她跪在楼梯顶端的第三层阶梯上,低着头,不知在干什么,我当时正想着:'简直太奇怪了,她难道生病了?'紧接着,她就站起来走开了。所以我猜测,她可能是滑了一跤,或者她当时正弯腰捡什么东西。但是,当然了,后来我也就没再多想有没有别的原因。"

"当时把你惊醒的轻敲声很有可能就是钉钉子的声音。"波洛沉思着说。

"是的,我想肯定没错。但是,波洛先生,这简直太可怕了——太可怕了!我一直以为特雷萨可能只是有点儿狂放,可从没想过她竟然能干出这种事来——"

"你确定是特雷萨?"

"哦,天哪,肯定是她。"

"会不会是塔尼奥斯夫人或者某一个女仆呢?"

"哦,不,肯定是特雷萨。"

劳森小姐一边摇头,一边喃喃自语:

"天哪。天哪。"她连着念了好几次。

波洛凝视着她,表情让人捉摸不透。

"请允许我,"他突然开口,"做一个实验,我们上楼去,尝试着重现一下当时的情景。"

"重现?哦,真的,我不知道……我是说,我不太明白——"

"我做给你看。"波洛以极具权威的态度打断了她的疑虑。

劳森小姐慌慌张张地带我们上楼。

"希望房间还算整洁,有太多东西要收拾了。一件接着一件——"她语无伦次地嘟囔着。

屋里的确很杂乱,堆着形形色色的东西,很显然是劳森小姐收拾橱柜的结果。她和往常一样,语无伦次地指出自己当时所在的位置,波洛亲自验证,从镜子里的确可以看见楼梯的一部分。

"现在,小姐,"他提议,"劳烦你到楼梯上重现一下你当时看到的状况。"

劳森小姐嘴里依旧念叨着:"哦,天哪——"然后冲出房间去扮演自己的角色。波洛则依旧充当观察者。

表演结束后,他走到楼梯顶端的平台,询问当时亮着的灯是哪一盏。

"这一盏——这边的这一盏。就在阿伦德尔小姐卧室门口。"

波洛伸手把灯泡摘下来,仔细查看。

"四十瓦,不是很亮的灯泡。"

"是不太亮,只是为了让走廊不会太暗而已。"

波洛又回到楼梯口。

"请原谅,小姐,但这灯光真的很暗,投射到镜子里的影像应该也很模糊,你应该看不太清楚,你真能肯定当时走廊里的人是特雷萨·阿伦德尔小姐,而不是另一个穿着晨衣的女人?"

劳森小姐听了这话很生气。

"不,的确不是别人,波洛先生!我绝对确定!我很清楚特雷萨的长相,绝对!哦,肯定是她没错。她穿着那件深色的晨衣,胸前戴着闪光的大胸针,上面镶着她名字的首字母——我清清楚楚地看见了。"

"这么说,你肯定是她。你看见了首字母?"

"没错,T.A.。我认识那枚胸针,特雷萨经常戴着。哦,没错,我可以发誓,那胸针一定是特雷萨的——如果必要的话我可以发誓!"

劳森小姐说这两句话的时候语气坚决笃定,与平日里的她反差很大。

波洛依旧盯着她,眼神依旧复杂,很冷漠,好像在估价——同时也有着一种怪异的决断意味。

"你愿意为此发誓,是吗?"他说。

"如果……如果有必要的话。但我想这……这有必要吗?"

波洛又看了她一眼,眼神再次做了一番估量。

"这要看掘墓验尸的结果了。"他说。

"掘……掘墓验尸?"

波洛伸手拉住她,劳森小姐过于震惊,差点儿栽下楼梯去。

"很有可能需要掘墓验尸。"他说。

"哦,但这简直,会令人非常不愉快!我的意思是,我相信家人肯定会强烈反对,绝对会强烈反对。"

"可能会反对。"

"我敢肯定,他们连听都不想听这种事!"

"啊,但是如果这是内政部的命令呢?"

"可是,波洛先生,为什么要这么做呢?我的意思是,又不是……又不是……"

"又不是什么?"

"又不是有什么事情——不对。"

"你认为没有?"

"当然没有。为什么这么问,不可能有任何不对的事情!我是说,医生和护士,以及所有的一切都已经——"

"请你镇定,不要焦急。"波洛语气平静地抚慰她。

"哦,可我控制不住!可怜的阿伦德尔小姐!她去世那天,特雷萨好像也没有来。"

"没有,她是阿伦德尔小姐发病前的那个星期一离开的,对吗?"

"一大早就走了。所以你瞧,她压根儿不可能和这事扯上关系啊!"

"希望没有吧。"波洛说。

"哦,天哪。"劳森小姐双手紧紧攥在一起,"我从没见过这么可怕的事情!真的,我简直不知道哪里是天,哪里是地了。"

波洛看了看表。

"我们得告辞了,必须赶回伦敦去。你呢,小姐,打算在这儿多留几天吗?"

"不——不会……我没有待在这里的打算。事实上,我今天就打算回去……我原本只是打算过来待一晚上,收拾收拾东西。"

"这样啊,那么,再见了,小姐。如果让你不安了,还请你原谅。"

"哦,波洛先生,让我不安?我简直快难过死了!哦,天哪——哦,天哪,这世道简直太邪恶了!多么邪恶可怕的世界啊!"

波洛坚定地紧握住她的手,试图抚慰她的悲伤。

"确实如此。你依旧打算发誓说,你在复活节银行假日那晚看见特雷萨·阿伦德尔小姐跪在楼梯上吗?"

"哦,是的,我可以发誓。"

"还有,你能否发誓,在你们四人降灵仪式那晚,看见阿伦德尔小姐头部出现了一个光环?"

劳森小姐瞠目结舌。

"哦,波洛先生,别——别拿这种事情开玩笑。"

"我并不是在开玩笑,我再严肃不过了。"

劳森小姐严肃郑重地说:

"确切地说,并不是光环,更像是显灵现象的开始,是一条由发光物质构成的飘带。我想,它正开始逐渐形成一张脸。"

"太有趣了。再见了,小姐,请你一定保密。"

"哦,当然——当然。我绝对不会说出去……"

回头看劳森小姐最后一眼时,她正站在前门凝视我们的背影,表情呆滞茫然,好像没睡醒似的。

第二十三章　塔尼奥斯医生来访

从利特格林别墅一出来，波洛的举止就发生了变化，他的表情变得凝重、笃定。

"让我们抓紧时间，黑斯廷斯，"他说，"我们必须尽快赶回伦敦。"

"我很乐意。"我快步追上他，偷偷看了看他阴沉的脸。

"你怀疑谁，波洛？"我问道，"快告诉我吧。你相信楼梯上的人是特雷萨·阿伦德尔吗？"

波洛没有回答我的问题，倒是反过来向我发问。

"刚才你有没有感觉到，回答之前先好好想一想，有没有感觉劳森小姐的陈述中，有什么地方不对劲儿？"

"你什么意思，什么地方不对劲儿？"

"我如果知道就不会问你了！"

"好吧，那是怎么个不对劲儿？"

"问题就是这个，我现在没办法确定。但是她刚才说话的时候，不知为什么，我总感觉，不太真实……好像有什么事情——很微小的一点，不太对劲儿。没错，这就是我的感觉，她说的有些事情好像不太可能……"

"她似乎很确定当时楼梯上的人就是特雷萨！"

"是的，是的。"

"可是,当时的光线那么暗,我不明白她为什么能这么确定。"

"不,不,黑斯廷斯,你并没有帮忙,我指的是某件很微小的事情。与……没错,与卧室有关的一件事。"

"与卧室有关?"我一边重复他的话,一边努力回忆当时屋里的各个细节。"不行,"我最后放弃了,"我实在无能为力。"

波洛懊恼地摇了摇头。

"你为什么又提到了降灵术那件事?"我问。

"因为很重要。"

"什么很重要?劳森小姐说的那个不断变化的发光飘带?"

"你应该记得特里普姐妹当时对降灵仪式的描述吧?"

"我记得她们说,当时看见老太太头部周围有一个光环。"我情不自禁地笑起来,"无论如何,我可不认为这老太太是个信徒!劳森小姐看样子很害怕她。这可怜的女人描述自己躺在床上无法入睡,担心得要命,生怕自己因为订的牛肉太少而惹上麻烦。她这一番话真让我为她难过。"

"是的,她当时讲得的确很生动。"

"到伦敦以后咱们有什么打算?"进入乔治饭店时,我问波洛。他找侍者要来账单。

"我们必须直接去见特雷萨·阿伦德尔。"

"去查明真相?难道她不会全盘否认吗?"

"亲爱的,跪在楼梯上可不犯罪!她当时可能正在地上捡一根能带来好运的针呢——或者诸如此类的东西!"

"那油漆味怎么解释?"

侍者带着账单过来,中止了我们的谈话。

回伦敦的路上我们没有过多交谈,我不喜欢一边开车一边聊天,而波洛忙于用围巾保护自己的胡子,以免被风吹乱,实在也无暇说话。

大约一点四十分左右，我们回到公寓。

波洛那位一丝不苟的英国式仆人乔治为我们开门。

"一位名叫塔尼奥斯的医生正在等你，先生。他大约已经等了半个小时了。"

"塔尼奥斯医生？他在哪儿？"

"在客厅，先生。还有一位女士来拜访过你，得知你不在家后，她好像非常沮丧，先生。那是在你打来电话之前，所以我不能告诉她你什么时候回伦敦。"

"描述一下那位女士的模样。"

"大约五英尺高，先生，深色头发，淡蓝色的眼睛。穿着灰色的外套和长裙，不像一般女士一样把帽子戴在右眼上方，她把帽子戴在后脑勺上。"

"是塔尼奥斯夫人。"我低声叫道。

"她看上去很紧张，先生。说有至关重要的事情，一定要尽快见到你。"

"那是几点？"

"大约十点半，先生。"

波洛摇了摇头，朝客厅走去。

"这是我们第二次错失了听听塔尼奥斯夫人要说什么的机会。你怎么看这事，黑斯廷斯？难道真是命运的安排？"

"第三次肯定走运。"我安慰他。

波洛摇摇头，表示怀疑。

"我很好奇，还会有第三次吗？走吧，去听听她丈夫有什么要说的。"

塔尼奥斯医生坐在一张安乐椅上，翻阅波洛的一本关于心理学的书，见我们进来，他立刻起身跟我们打招呼。

"不好意思，打扰你了，请一定原谅我不请自来，擅自闯入，在这儿等你。"

"一点儿也不，一点儿也不。快请坐，我给你倒一杯雪利酒。"

"谢谢。事实上，我来找你的确有一件急事，波洛先生。是关于我妻子的，我很担心她，非常担心。"

"关于你妻子？我很遗憾，到底是怎么一回事？"

塔尼奥斯说：

"你最近见过她吗？"

这看上去是个再自然不过的问题，但伴随着这个问题射来的机敏目光却不是那么自然。

波洛实事求是地回答。

"没有，自从昨天在杜伦酒店拜访二位后，再没有见过了。"

"啊——我还以为她可能会来拜访你。"

波洛正忙着倒雪利酒。他有些心不在焉地说：

"没有。你说她可能来拜访我——有什么原因吗？"

"没有，没有。"塔尼奥斯医生接过酒杯，"谢谢，非常感谢。没有，没有什么特别的原因，但是坦率地告诉你，我最近很担心我妻子的健康状况。"

"啊，她身体不好吗？"

"她的身体状况，"塔尼奥斯医生缓缓说道，"很好，真希望她的头脑也一样健康。"

"啊？"

"波洛先生，恐怕，她已经接近精神崩溃了。"

"亲爱的塔尼奥斯医生，听到这个我真难过。"

"这种情况已经持续一段时间了。最近两个月，她对我的态度发生了天翻地覆的变化。很焦躁,容易受惊吓。她还有些离奇的幻想……不只是幻想,简直是妄想。"

"真的?"

"是的。她得了被迫害妄想症,这是一种很常见的精神疾病。"

波洛发出一声同情的感叹。

"你这下明白我有多忧虑了吧!"

"当然,当然了。但我还是不太明白你为什么来找我,我能为你做些什么呢?"

塔尼奥斯医生有些尴尬。

"我只是想到,我妻子或许已经……或许打算来找你,给你说些离奇的事。她现在深信我会对她构成威胁……可能会说些类似的话。"

"可她为什么来找我呢?"

塔尼奥斯医生微笑了一下,那笑容既迷人,又真诚,还带着些许渴望。

"你是个名侦探,波洛先生。我看得出,我当时一眼就看出来了,我妻子昨天见你的时候非常仰慕你。以她目前的精神状况,见到一位像你这样的侦探,是个强有力的冲击。所以她很有可能会来找你,而且……而且会非常信赖你。这种精神病人的情感走向一般都是这样!她会对你说她最亲密的人的坏话。"

"这实在太让人伤心了。"

"是的,的确如此。我深爱我的妻子。"他的声音浸满柔情,"我一直觉得,她能和我结婚真的很勇敢。我毕竟是个外国人——为了我住到偏远的乡下,远离自己的朋友和熟悉的环境。最近几天我一直心神不宁……目前看来,也只有一个办法了……"

"是什么?"

"让她彻底得到休息和静养——这是目前最合适她的心理疗法。我知道一个很好的疗养院，顶级的设施和服务。我想带她去那里，在诺福克。找到她后，我们就立刻动身。完全休息，隔绝一切外界影响。这才是她真正需要的。我相信，只要到了那儿，有专业人士的照料，要不了一两个月她肯定能有所好转。"

"我明白了。"波洛说。

他平静地吐出这几个字，没有夹杂丝毫情绪。

塔尼奥斯医生又偷偷瞄了他一眼。

"所以，如果她来找你，请你及时通知我，我将不胜感激。"

"当然了，到时候我会打电话给你。你还住在杜伦饭店吗？"

"是的，我现在就回那儿去。"

"你确定你的妻子不在饭店吗？"

"她早饭过后就出去了。"

"没告诉你去哪儿？"

"一个字都没说。这举动真的很不像她。"

"孩子们呢？"

"被她带走了。"

"我知道了。"

塔尼奥斯医生站起来。

"非常感谢你，波洛先生。如果她告诉你，她受到恐吓和迫害之类的无稽之谈，请你务必不要理会，很不幸，那都只是她疾病的一部分。"

"非常让人伤心。"波洛同情地说。

"的确，虽然我知道，从医学上讲，这是一种广为人知的精神疾病，但看到自己最亲近的人和自己对抗，所有的感情都变成仇恨，真的忍不住感到痛心。"

"我深深地同情你。"说着,波洛和客人握了握手。

"顺便问一下——"塔尼奥斯刚走到门口,波洛把他叫住。

"请说?"

"你给你妻子开过三氯乙醛这种药吗?"

塔尼奥斯大吃一惊。

"我——应该没有——之前可能开过吧,但最近肯定没有,最近她似乎对各种安眠药都很排斥。"

"啊!我想她大概是不信任你吧?"

"波洛先生!"

塔尼奥斯医生气愤地大步走过来。

"那应该是病情的一部分吧。"波洛心平气和地说。

"没错,没错,当然了。"

"所有你给她吃的、喝的东西,她估计都很怀疑,估计是害怕你下毒吧?"

"天哪,波洛先生,你说的太对了。看样子,你应该很了解这种病吧?"

"从事我这种职业,或多或少会遇见一些。别让我耽误你了,没准儿她现在已经在饭店等你了。"

"没错,希望如此。我实在太担心了。"

他急匆匆地离开了。

波洛随即拿起电话,翻阅电话簿,要求接通一个号码。

"喂,喂,是杜伦饭店吗?请问,塔尼奥斯夫人在吗?什么?塔——尼——奥——斯。没错,对。什么?哦,我知道了。"

他放下听筒。

"塔尼奥斯夫人一大早就离开饭店了,十一点左右的时候回去,坐在出租车里,叫人把行李拿下来,然后离开了。"

"塔尼奥斯医生知道她把行李拿走了吗?"

"我想他还不知道。"

"她去哪儿了?"

"天晓得。"

"你认为她还会再来找你吗?"

"有可能,我不能肯定。"

"她也许会写信给你。"

"可能吧。"

"我们怎么办?"

波洛摇了摇头,他愁容满面,看上去非常沮丧。

"此时此刻,我们什么都做不了。抓紧时间吃个午餐,然后我们去找特雷萨·阿伦德尔。"

"你相信当时在楼梯上的人是她?"

"目前还不确定。但有一点可以肯定——劳森小姐当时没看到她的脸。她只看见一个高大的身影,穿着深色晨衣,仅此而已。"

"但她看见了胸针。"

"亲爱的朋友,胸针又不是人体的一部分!它可以与人分开——有可能丢失,有可能被人借走,甚至有可能被人偷了。"

"换句话说,你认为特雷萨·阿伦德尔是无辜的。"

"我想听听她怎么说。"

"万一塔尼奥斯夫人回来找你怎么办?"

"我来安排。"

乔治端来一份煎蛋卷。

"听着,乔治,"波洛说,"如果那位女士来了,你请她在这里等着。如果她正在等我的时候,塔尼奥斯医生来了,无论如何不要让他进来。要是他问起他妻子在不在这里,你就告诉他不在,明白了吗?"

"完全明白,先生。"

波洛端起蛋卷,大口吃起来。

"事情越来越复杂了,"他说,"我们必须格外小心。稍有疏忽,凶手就可能会再次动手。"

"如果真是这样,你肯定能抓住他。"

"很有可能,但比起抓住罪犯,必须优先考虑无辜者的生命。所以我们必须非常、非常谨慎。"

第二十四章　特雷萨的否认

见到特雷萨·阿伦德尔的时候，她正打算出门。

她真是个美人。一顶时髦别致的小帽子精巧地斜戴在右眼上方的前额处。我一眼就认出，昨天贝拉·塔尼奥斯戴的那一顶明显是这一顶的粗劣、便宜的仿制版，只不过她戴的位置，正如乔治说的，是在后脑勺上。我很清楚地记得，在那堆凌乱的头发上，她的帽子越推越靠后。

波洛彬彬有礼地说：

"小姐，请问能占用你一两分钟的时间吗？不会耽误你的事吧？"

特雷萨笑了起来。

"哦，没什么。无论什么场合，我总要迟到四十五分钟。这次迟到一个小时也没什么大碍。"

她把我们带到客厅。让我惊讶的是，唐纳森医生从窗边的椅子上站了起来。

"你应该见过波洛先生了，雷克斯，对吗？"

"在贝辛市场见过。"唐纳森生硬地说。

"你假装要写一本关于我那个酒鬼祖父的书，我知道，"特雷萨说，"雷克斯，我的宝贝，能让我们单独谈谈吗？"

"谢谢你，特雷萨，但无论如何，这次会面，我在场更合适一些。"

紧接着，两人的目光交锋。特雷萨眼神里充满了命令和强制，而唐纳森则无动于衷。她脸上瞬间闪过一丝愠怒。

"随便吧，留下好了，真该死！"

唐纳森医生似乎完全没有受到这句话的影响。

他回到窗边的椅子旁坐下，把书放在扶手上，我注意到，是本关于脑垂体的书。

特雷萨坐在她特别钟爱的矮凳上，很不耐烦地看着波洛。

"嗯，你见过珀维斯了？情况怎么样？"

波洛轻描淡写地回答：

"有——有可能，小姐。"

她若有所思地看着他，然后佯装若无其事地朝医生的方向扫了一眼，我估计，应该是在警告波洛别再说了。

"不过，我想，"波洛说，"等计划完善些，我再向你报告比较好。"

特雷萨脸上浮现出满意的笑容。

波洛继续说：

"我今天刚从贝辛市场回来，在那儿和劳森小姐谈过了。请告诉我，小姐，四月十三日当晚——就是复活节银行假日那晚，所有人都回屋睡觉以后，你是否曾跪在楼梯上？"

"亲爱的赫尔克里·波洛，真是个奇怪的问题啊，我为什么要跪在那儿？"

"小姐，问题不是'为什么要跪在那里'，是'你是否曾跪在那里'。"

"肯定没有。我认为这绝对不可能。"

"但你瞧，小姐，劳森小姐说，她看见你跪在那里了。"

特雷萨耸了耸她那迷人的肩膀。

"这重要吗?"

"非常重要。"

她盯着他,一副亲切的模样,波洛也回敬以相同的目光。

"疯了!"特雷萨说。

"你说什么?"

"肯定是疯了!"特雷萨说,"对不对,雷克斯?"

唐纳森医生轻咳一声。

"对不起,波洛先生,但你问这个问题到底意义何在?"

我的朋友两手一摊。

"再简单不过了!有人在楼梯顶端某个合适的地方钉了一根钉子,然后刷上棕色的漆,和壁脚板的颜色一模一样。"

"这是什么?新的巫术吗?"特雷萨问。

"不,小姐,比那个要简单得多。第二天晚上,也就是星期二,有人在这根钉子和楼梯扶手的栏杆中间拉了一条线,当阿伦德尔小姐走出卧室正要下楼时,脚绊了一下,结果头朝下从楼梯上摔了下去。"

特雷萨猛吸一口气。

"她是被鲍勃的球绊倒的!"

"非常遗憾,不是。"

屋里突然陷入沉默。之后,唐纳森医生沉稳、清晰的声音打破了这种宁静。

"对不起,你这么说有任何证据吗?"

"有钉子为证,阿伦德尔小姐写给我的亲笔信也是证据,最后,还有劳森小姐做目击证人。"

特雷萨插话进来。

"她说是我干的，对吗？"

波洛没有直接回答问题，只是微微点了点头。

"她，她在说谎！这事和我一点儿关系都没有！"

"那你当时为什么跪在楼梯上呢？"

"我压根儿就没有跪在楼梯上过！"

"请你自己想想，小姐。"

"我没有！在利特格林别墅住的那几晚，我从来没有在睡觉之后出过卧室。"

"可劳森小姐认出你了。"

"她看到的可能是贝拉·塔尼奥斯，或者某个女仆。"

"她说是你。"

"她是个该死的骗子！"

"她当时认出了你的晨衣，还有你戴的胸针。"

"胸针——什么胸针？"

"镶着你名字首字母的胸针。"

"我知道那枚胸针！她这谎话说得可真圆滑、真逼真啊！"

"你仍要否认她看见的是你？"

"要是我说的和她的话不相符——"

"你就是个比她更在行的骗子——哈？"

特雷萨平静地说：

"也许是吧，但这件事我可以实话实说。在楼梯上设下圈套的人不是我，我也从没有跪在那儿，不管是祈祷还是捡金子银子，或是干任何别的事情。"

"你有那枚刚才提到的胸针吗？"

"可能吧，你想看看吗？"

"如果可以的话，小姐。"

特雷萨起身出去，客厅里又陷入一阵尴尬的寂静。唐纳森医生看着波洛，好像在看一具解剖过的尸体。

特雷萨回来了。

"这就是。"

她把饰品随手扔给波洛。那东西个头挺大，很华丽。好像是镀铬或不锈钢的材质。中间镶着 T.A. 两个字母。不得不说，这枚胸针又大又显眼，在劳森小姐的镜子里很容易就能看清楚。

"我很久没戴了，已经戴腻了，"特雷萨说，"伦敦现在满大街都是这东西，连下人都人手一个。"

"但你当时买的时候应该很贵吧？"

"哦，没错。那时候这东西还很时髦，得专门定制。"

"你大概什么时候买的？"

"去年圣诞节，我记得好像是。没错，是那时候。"

"你曾借给过别人吗？"

"没有。"

"你去利特格林别墅时戴着它吗？"

"我想应该戴着，是的，戴着，我想起来了。"

"你曾把它放在什么地方过吗？还是一直都没离开过你？"

"没，没离开过。我记得我把它别在一件绿色的针织罩衫上。那件罩衫我几乎天天穿。"

"晚上呢？"

"晚上也别在罩衫上。"

"罩衫放在哪儿？"

"哦，该死的，罩衫就放在椅子上！"

"你确定没有人把胸针偷偷拿走，第二天再放回去吗？"

"如果你高兴，我在法庭上可以这么说——难不成这就是你能想出来最天衣无缝的证词？事实上我非常确定，压根儿没有人把它拿走过！肯定是有人要陷害我——但那并不是事实。"

波洛皱起眉头，接着起身小心翼翼地把胸针别在自己外套的翻领上，朝屋子另一边走过去，那里摆着一张桌子，桌子上有面镜子。他站在镜子正前方，然后缓缓地后退，远距离观察着镜子中的影像。

接着他"哼"了一声。

"我真是愚蠢至极！当然是这样！"

他回来把胸针递给特雷萨，然后鞠了一躬。

"你说的没错，小姐。胸针的确从没有离开过你！我真是蠢到家了。"

"我的确很喜欢谦虚的人。"特雷萨说着，漫不经心地把胸针别在身上。

她抬头看着他。

"还有事吗？我该走了。"

"剩下的事情我们之后再详谈。"

特雷萨正要出门，波洛平静地说：

"倒是可能会有掘墓验尸的问题，没错——"

特雷萨身体一下子僵住了，胸针掉在地上。

"你刚才说什么？"

波洛一字一句地说：

"很可能需要从墓里掘出艾米莉·阿伦德尔小姐的尸体，重新进行尸检。"

特雷萨一动不动，双手紧紧攥在一起。她用低沉、愤怒的声音说：

"这就是你的打算？没有家人的同意，你不能这么干！"

"你错了,小姐。只要有内政部的命令就可以。"

"我的上帝!"特雷萨说。

她转过身,来回快速踱步。

唐纳森开口了,语气依旧很镇定:

"我看你没必要这么不安,特雷萨。我知道,就算对一个旁观者来说,这种想法也令人很不悦,但——"

她打断他的话。

"别犯傻了,雷克斯!"

波洛问:

"这个消息让你很困扰吗,小姐?"

"当然了!太不像话了。可怜的艾米莉姑姑,究竟为什么要挖出她的尸体?"

"我想,"唐纳森说,"应该是对死因有质疑?"他用询问的目光看着波洛,然后继续说,"我承认她的死让我很惊讶。但阿伦德尔小姐的死因再正常不过了,是因为常年患病。"

"你曾经给我讲过一个兔子和肝病的实验,"特雷萨说,"详细情况我记不太清楚了,大概是,你把黄疸性肝萎缩患者的血液注射到一只兔子体内,然后再把这只兔子的血注射到另一只兔子体内,再抽取第二只兔子的血注射给一个完全健康的人,这个人最后也得了肝病。大概是这个意思。"

"我只是用这个打比方,告诉你什么是血清疗法。"唐纳森医生耐心解释。

"真可惜这故事里有那么多兔子!"特雷萨大笑起来,"我们却一只兔子也没养。"她说罢转向波洛,换了一种语气,问道:

"波洛先生,真的要掘墓验尸?"她问。

"千真万确,但——倒是有个避免走到这一步的办法,小姐。"

"那就避免！"她的声音小到近乎耳语，语气急迫，"要不惜一切代价避免！"

波洛站起来。

"这就是你的指示？"他的语气很严肃。

"这就是我的指示。"

"特雷萨——"唐纳森插话。

她猛然转向自己的未婚夫。

"闭嘴！她是我的姑姑，难道不是吗？为什么我姑姑的遗体要被挖出来？你难道不知道，如果真这么做了，报纸上会有多少惹人厌恶的流言蜚语？"她再次转向波洛。

"你必须阻止这件事！我全权委托你。你想怎么做都行，但必须阻止这件事！"

波洛规规矩矩地鞠躬。

"我会尽力而为。告辞了，小姐，告辞了，医生。"

"哦，赶紧走吧！"特雷萨大叫起来，"把圣·莱昂纳茨男爵①也带走，我再也不希望看见你们两个了。"

我们离开房间。波洛这一次并没有把耳朵贴在门缝上偷听，他只是稍稍驻足——没错，稍稍驻足。

这个举动果然不是徒劳，房间里清晰地传来特雷萨挑衅的话语：

"别那么看着我，雷克斯。"

突然间，一个声音打断她的话——"亲爱的。"

唐纳森医生一字一句，精准地回应她。

他的话非常清楚：

---

①英国著名律师，法官。

"那个人不怀好意。"

波洛咧嘴一笑,拉着我走出前门。

"我们走,圣·莱昂纳茨,"他说,"这实在太有趣了!"

个人认为,这个玩笑真的愚蠢极了。

第二十五章　我坐在椅子上回想

没错，现在没有任何疑问了，我快步追在波洛后面时心想。阿伦德尔小姐一定是被谋杀的，而且特雷萨知道。但她是凶手吗？还是有其他解释？

很明显，她在害怕——没错。但她是害怕自己的罪行被发现，还是害怕什么人？这个人会不会就是那个沉默寡言、举止拘谨的年轻医生唐纳森？

老太太难道是死于人为造成的疾病？

但有一个假设能解释得通——唐纳森的野心，他一心希望特雷萨能在艾米莉死后继承一大笔遗产。而且他的确在事故发生当晚去过利特格林别墅，很容易就可以将一扇窗户虚掩着，等到夜深人静的时候再偷偷进来，把线系在楼梯口。但这么一来，壁脚板上的钉子是谁钉的？

不，肯定是特雷萨。特雷萨和她未婚夫同谋，通力合作，整件事看样子再明朗不过了。这样的话，很有可能是特雷萨系了那根线。第一次下手，也就是失败的那次，是她的作品。第二次下手，这次成功了，是唐纳森更科学的杰作。

没错——这下子都对上了。

但这样推理还是有漏洞。特雷萨为什么刚才脱口讲出了人为使人感染肝病这件事呢？好像她根本没有意识到，自己这样说

可能会……这样看来——我感觉自己愈发困惑了,我停止思考,问道:

"我们去哪儿,波洛?"

"回我公寓去。塔尼奥斯夫人没准儿在那儿等我。"

他这句话把我的思绪带到另一个方向。

塔尼奥斯夫人!同样是个谜团!如果是唐纳森和特雷萨干的,那么塔尼奥斯夫人和她丈夫呢?那女人到底想告诉波洛什么?她丈夫又为什么急着阻止她这么做?

"波洛,"我放低姿态,问他,"我越来越糊涂了。他们不会全都参与了吧,会吗?"

"你认为这次谋杀是犯罪集团所为?家庭犯罪集团?不,这次不是。有迹象表明,这是一个人想出来的阴谋,只有一个人。从心理学角度可以很明确地知道。"

"你的意思是,要么是特雷萨,要么是唐纳森——但绝对不可能是两人合谋?他会不会以毫不相关的借口骗她钉了那根钉子?"

"亲爱的朋友,我一听到劳森小姐的讲述,脑海中立刻构思出三种可能性。一,劳森小姐所说的完全属实。二,劳森小姐出于利己的目的编造了整个故事。三,劳森小姐确实相信自己所讲的,但她的全部判断依据只有那枚胸针——正如我之前向你指出的——胸针很容易就可以和自己的所有者分开。"

"是这样没错,可特雷萨坚持胸针没有离开过她。"

"她再正确不过了。我当时忽略了一个很小、但极为重要的细节。"

"这可真不像你啊,波洛。"我一副事态严重的语气。

"不像吗?可谁都免不了有疏忽的时候。"

"肯定是年纪大了！"

"这和年纪一点儿关系也没有。"波洛没好气地说。

"好吧，到底是什么重要的细节？"走进公寓大楼时，我问他。

"我会演示给你看。"

他说完这句话，我们正好抵达公寓门口。

乔治为我们开门，听了波洛急切的问题后，否认地摇了摇头。

"没有，先生。塔尼奥斯夫人没来，也没有致电。"波洛走进客厅，来来回回地踱步。过了一小会儿，他拿起电话，打给杜伦酒店。

"是的——是的，谢谢你。啊，塔尼奥斯医生，我是赫尔克里·波洛。你妻子回来了吗？哦，还没有。天哪……你是说，她带走了行李……还有孩子们……你不知道她去哪儿了……是的，的确……哦，没问题……不知道我的专业知识能否帮助你？处理这种事情，我还算有经验……这件事情完全可以很谨慎地处理……不，当然不会……是的，当然是这样……当然——当然。这件事我会完全尊重你的意愿。"

他放下听筒，思考了一会儿。

"他不知道她去哪儿了，"他想了想，然后开口说，"我想他说的是真的。他语气里那种焦急情绪千真万确。他不想报警，这可以理解。没错，我可以理解。他也不想让我帮忙，这个，我就不太理解了……他很想找到她——但不想让我找到她……没错，他一定是不想让我找到她……他听起来很自信，相信自己能把这件事情处理好。他推测她藏不了太久，因为她身上没有多少钱，还带着孩子。是的，我估计，要不了多久他就能找到她。但是，黑斯廷斯，我想，我们必须比他更快一步。这至关重要。我想，我们必须快点儿行动。"

"她丈夫说她精神有问题，你认为是真的吗？"我问。

"我认为她处在精神过度紧绷的状态。"

"但还没到需要住进精神疗养院的程度吧？"

"肯定没有。"

"要知道，波洛，我真的不太明白到底发生了什么。"

"我这么说你别介意，黑斯廷斯，你根本一点儿头绪都没有！"

"因为这中间涉及太多的……呃，太多的枝节问题。"

"有枝节问题再自然不过了。想要理清条理，首要任务就是把主干和枝节分开。"

"告诉我，波洛，你是不是早就意识到，一共有八个嫌疑人，而不是七个？"

波洛冷冷地说：

"当特雷萨·阿伦德尔提到，她最后一次见唐纳森医生是四月十四日在利特格林别墅共进晚餐的时候，我就意识到了。"

"我还不太明白——"我打断他的话。

"不太明白什么？"

"呃，如果唐纳森一开始就打算用科学的手段谋杀阿伦德尔小姐，也就是说，用注射接种的方法，我实在不明白，他为什么还要用在楼梯口拉一根线这种拙劣的手段。"

"说真的，黑斯廷斯，有时候我真的对你一点儿耐心也没有！目前一共有两种谋杀手段，一种具有高度的科技含量，需要专业技术才能完成，是这么回事，没错吧？"

"没错。"

"另一种非常简单——妈妈的做法——就像广告里说的那样，

没错吧?"

"没错,正是如此。"

"接着动动脑子,黑斯廷斯——动动脑子。靠在椅背上,闭上眼睛,好好用用你那些小灰细胞。

我照做了。我靠在椅背上,闭上双眼,努力执行波洛的第三点指示。不幸的是,我还是没能理清多少头绪。

睁开眼睛时,我发现波洛正注视着我,他的眼神很和蔼,像一名护士注视着病床上的孩子。

"想清楚了吗?"

我极力模仿波洛刚才推理案情的方式。

"呃,"我说,"在我看来,最初在楼梯上设计那个陷阱的人,绝对不可能是那个策划出科学的谋杀手法的人。"

"完全正确。"

"我很怀疑一个受过科学训练、心思缜密的人会设计出楼梯上那种幼稚的陷阱——因为那实在是个冒失莽撞的杀人手法。"

"推理非常清晰。"

波洛这话让我壮了壮胆,继续说道:

"因此,唯一符合逻辑的解释是——这两次谋杀企图是不同的人下的手。我们需要解决的这桩谋杀案,背后有两个截然不同的人尝试过动手。"

"你难道不认为这过于巧合了吗?"

"你自己不也说过,谋杀案中总能发现巧合。"

"是的,的确是这样,我承认。"

"那不就行了。"

"你认为谁是凶手?"

"唐纳森和特雷萨·阿伦德尔。谋杀最后得以成功很显然需要一名医生参与。另一方面，我们知道特雷萨和第一次未遂的谋杀有关。我想，他们两个很有可能是单独行动的，互不相关。"

"你总是很喜欢说'我们知道'，黑斯廷斯。可以明确地告诉你，不管你到底'知道'什么，我只知道，特雷萨与这个案子无关。"

"可是有劳森小姐的话为证。"

"劳森小姐的话只是劳森小姐的话，仅此而已。"

"可是她说——"

"她说——她说……你总是轻而易举就把人们的话当作已经得到证实的事实。听着，亲爱的，我当时就告诉过你，我发现劳森小姐的话里有些不对劲儿的地方，不是吗？"

"是的，我记得你这么说过。但你并没有搞清楚是哪里出了问题。"

"嗯，我现在搞清楚了。很快我就能让你明白，我可真够蠢的，当时就应该反应过来。"他打开书桌抽屉，拿出一张卡纸，用一把小剪刀不停地剪着，并提醒我不要偷看。

"耐心，黑斯廷斯，我们马上就开始实验。"

我顺从地把目光移开。

没过一会儿，波洛满意地欢呼一声，他放下剪刀，把剪下来的卡纸碎片丢进废纸篓，朝我走过来。

"现在，请先别看。我要把一个东西别在你外套的翻领上，你继续把头转到一边去。"

我照做了。波洛心满意足地完成了这一系列工作，轻轻地拉我站起来，走进卧室。

"现在，黑斯廷斯，睁开眼睛看看镜子里的自己。你戴着一枚时髦的胸针，不是吗？上面有你名字的首字母——只不过，当然了，这枚胸针不是铬或不锈钢做的，也不是金或银制的——只是用不值钱的卡纸做的！"

我看着镜子中的自己，笑了起来。波洛的手出人意料的灵巧。我胸前别着一枚胸针，和特雷萨·阿伦德尔的那枚非常相似——用硬纸板剪成的圆形，中间写着我名字的首字母，A.H.。

"好了，"波洛说，"戴着这么精美的饰品，你是不是很满意啊？这么精巧的一枚胸针，上面还有你名字的首字母。"

"的确是件非常精美的物品。"我表示同意。

"它不会发光，也不反光，但你必须承认，站在远处一样可以从镜子里清楚地看到它，不是吗？"

"我绝对不怀疑。"

"你这么说很明智，怀疑的确不是你的强项。随随便便轻信别人倒很像是你的作风。现在，黑斯廷斯，请把外套脱下来。"

虽然有点儿摸不着头绪，我还是照做了。波洛也脱下自己的外套，穿上我的，与此同时转身稍微走远了一点儿。

"现在，"他说，"看看镜子里的胸针——胸针上你名字的首字母——在我身上变成什么了？"

他左右晃动了一下身子。我盯着他——一时没明白他的用意，然后才恍然大悟。

"我真是个十足的白痴！当然了。胸针上的字母是 H.A.，根本不是 A.H.。"

他把自己的衣服穿上，然后把我的递给我，满脸堆满笑容地看着我。

"正是如此——现在你明白劳森小姐的话有什么不对劲儿了吧。她说，她在胸针上看见了特雷萨名字的首字母。但当时她在镜子里看见的人根本不是特雷萨。所以，假如她看到了名字的首字母，那两个字母一定是颠倒的。"

"但是，"我争辩道，"或许，她当时看见镜子里的首字母，就知道是颠倒的。"

"亲爱的朋友，你不是现在才反应过来这一点吗？你要是早想到了，肯定会大叫着：'哈！波洛，你弄错了。胸针上的首字母是H.A.——不是A.H.．'可你没有。而且你比劳森小姐聪明多了。像劳森小姐那样愚钝的女人，三更半夜，突然被惊醒，睡意未消，怎么能分辨出镜子里的字母是T.A.，不是A.T.。不，这压根儿不符合劳森小姐的智商。"

"她非常确信那个人就是特雷萨。"我缓缓地说。

"你越来越接近了，我的朋友。仔细回忆一下，当时我暗示她不可能看清楼梯上那人的面孔时，她是怎么反应的？"

"我记得她硬扯到特雷萨的胸针上——完全忘记了自己刚才所说的仅仅是在镜子里看到它这一事实，完全前后矛盾。"

电话铃突然响起，波洛走过去接。

他谈论的内容无关紧要，只有寥寥几句。

"你好？是的……当然。可以，我很方便。下午吧，我想。好的，两点可以。"他放下听筒，微笑着向我走过来。

"唐纳森医生急着要和我面谈。他明天下午两点钟过来。我们又向前迈了一步，我的朋友，又迈了一步。"

第二十六章 塔尼奥斯夫人拒绝袒露实情

隔天早晨,我吃完早餐去找波洛,发现他正在写字台前忙碌着。

他朝我举了举手,算是打过招呼了,然后继续忙碌起来。很快,他叠好信纸,装进信封,再小心翼翼地封好。

"嗨,老兄,你在干什么?"我开玩笑似的说。

"难不成你把案件的始末全部写下来了,打算放进保险箱里,以防自己今天被人干掉?"

"你知道,黑斯廷斯,你这话还真沾了点儿边。"

他的语气很严肃。

"我们这位凶手现在真的很危险吗?"

"只要是凶手,就一定危险。"波洛心情沉重地说。

"让人讶异的是,人们常常忽略这个事实。"

"有什么新消息吗?"

"塔尼奥斯医生来过电话。"

"还是没有他妻子的踪影?"

"没有。"

"那应该就没什么事了。"

"难说。"

"该死的!波洛,你不会认为她已经被人杀了吧?"

波洛怀疑地摇了摇头。

"必须承认，"他小声说，"我也很想知道她在哪儿。"

"哦，算了，"我说，"她会出现的。"

"你那种振奋人心的乐观精神一向能逗我开心，黑斯廷斯！"

"天哪，波洛，你不会认为她到时候会在一个大包裹里被发现吧？或是被人分尸以后装在后备厢里？"

波洛慢慢地说：

"我发现塔尼奥斯医生焦急得有些过头了——不过也只是有些过头而已。现在首要的事情，是去找劳森小姐谈一谈。"

"你是想要向她指出关于胸针的小错误吗？"

"当然不是，这件事情还要暂时保密，时机还没到。"

"那你要跟她谈些什么？"

"亲爱的朋友，到时候你自然就知道了。"

"大概又要说谎了吧，我猜？"

"你有时候真的很讨厌，黑斯廷斯。人们听到这话会以为我真的很喜欢说谎。"

"我看你就是很喜欢。事实上，我完全确定。"

"有时候我的确很得意自己这么足智多谋。"波洛天真地承认。

我禁不住大笑一声。波洛责备地瞪了我一眼，然后我们动身向克兰洛伊登公寓出发。

客厅里还是一样拥挤，劳森小姐匆匆忙忙地进来，好像比以前更语无伦次了。

"哦，天哪，波洛先生，早上好。这么一大堆事情，不好意思，屋里乱成一团。真是的，今天早晨所有事情都乱了套。贝拉一到我这儿——"

"你刚才说什么？贝拉？"

"是的,贝拉·塔尼奥斯。她半个小时前刚到,还有孩子们,都累坏了,可怜的人啊!真的,我真不知道该怎么办。你瞧,她要离开她的丈夫。"

"离开?"

"她是这么说的。当然了,她选择这么做绝对正确,可怜的人啊。"

"她向你倾诉过了?"

"呃……不能这么说。事实上,她什么都不愿意说,只是不停重复,说她要离开他,不管说什么,她都不会再回到他身边!"

"她这么做是认真的吗?"

"当然是了!事实上,他要是个英国人的话,我可能还会劝劝她——但,他不是……而且她那副模样,看上去实在太古怪了,那么——呃,那么恐惧。他到底对她做了些什么?我知道这些土耳其人残忍起来真的很可怕。"

"塔尼奥斯医生是希腊人。"

"是,当然,那就完全是另外一回事了。我是说,他们通常是被土耳其人屠杀的那群——还是我想成亚美尼亚人了?但全都差不多,我实在不愿意想这些事情了。我认为,她不应该回到他身边,你怎么看,波洛先生?不管怎样,她说她不会回去了……她连自己在哪儿都不想让他知道。"

"这么严重吗?"

"是的,你明白,她这么做是为孩子考虑。她害怕他会把他们带回士麦那。太可怜了,她现在的处境真的很糟糕。你要知道,她身无分文——一个硬币都没有。她实在不知道该怎么办,也没地方可去。她也想尝试着自己去赚钱谋生,但说真的,你知道,波洛先生。这听起来容易做起来难,我很清楚,她要是受过什么训练,情况可能还好些。"

"她什么时候从她丈夫身边离开的?"

"昨天,昨晚住在帕丁顿附近的一个小旅馆里。她也是迫于无奈才来找我,实在没人能帮她了,可怜的人。"

"而你打算帮助她?你真是太善良了!"

"哎,你瞧,波洛先生,我真的觉得,帮助她是我的责任。不过话说回来,都不容易啊。我这间公寓只有这么点儿地方,也没有多余的房间——麻烦事又一件接着一件。"

"你可以把她安置在利特格林别墅吗?"

"我想应该可以——但你瞧,她丈夫很有可能会猜到。我暂时在皇后大道上的惠灵顿旅馆给她订了两个房间,入住时用的是'彼得夫人'这个名字。"

"我明白了。"波洛说。

他停顿了一小会儿,说:

"我想见见塔尼奥斯夫人。你瞧,她昨天去我那里拜访,但我碰巧没在。"

"哦,是吗?她没告诉我。我这就去叫她,好吗?"

"真是劳烦你了。"

劳森小姐匆匆走出房间,我们能听见她说话的声音。

"贝拉——贝拉——亲爱的,快来见见波洛先生,好吗?"

没听见塔尼奥斯夫人回应,但不一会儿,她走进客厅。

她的模样让我大为震惊:双眼四周乌青,两颊煞白,完全没了血色。但更让我吃惊的是她周身弥漫着恐惧的气息。哪怕最微小的响动也能吓着她,时刻保持警觉的姿势,听着周围的动静。

波洛用最能安抚人的方式向她问好。他走向前去和她握了握手，为她找了一把椅子，又递给她一个靠垫。他服侍着这位面色惨白、担惊受怕的女人，仿佛在服侍一位皇后。

"好了，夫人，让我们好好聊一聊吧。我想，你昨天找过我？"

她点了点头。

"非常抱歉，我当时不在家。"

"是的，是的，你当时要是在家就好了。"

"你来找我，是不是有什么事情想告诉我？"

"是的，我……我本来——"

"好了，我现在人就在这儿，你尽管吩咐。"

塔尼奥斯夫人没有回答，一动不动地坐在那里，把手指上的戒指转来转去。

"怎么了，夫人？"

她缓缓地，近乎勉强地摇了摇头。

"不，"她说，"我不敢。"

"夫人，你说你不敢？"

"不敢。我……一旦他知道了……他会……哦，我肯定会出事！"

"听着，听着，夫人，你这么说实在太荒唐了。"

"哦，不荒唐，一点儿都不荒唐。你压根儿不了解他……"

"你说他，是指你的丈夫吗，夫人？"

"是的，没错。"

波洛沉默了一两分钟，接着说道：

"你丈夫昨天来找过我，夫人。"

她的表情马上变得惊恐。

"哦，不！你应该不会告诉他——不，你当然不会了！你也没办法说。你也不知道我在哪儿。他是不是,是不是说我疯了?"

波洛谨慎地回答。

"他告诉我,你——精神高度紧张。"

她摇了摇头,不肯相信。

"不,他一定说我疯了,或者说我就要疯了!他想把我关起来,这样我永远没办法告诉别人了。"

"告诉别人……什么?"

她依旧不停地摇头,焦虑地拨弄手指,然后喃喃地说:

"我怕……"

"夫人,只要你告诉我——你就安全了!只要真相大白,你自然就安全了。"

她还是没有回应,依旧不停转动手指上的戒指。

"你自己应该很清楚这一点。"波洛的语气很温柔。

她喘了一口气。

"我怎么知道……哦,天哪,实在是太可怕了。他那么会狡辩!而且是医生!人们肯定会相信他说的,不是我,肯定会这样。我的确应该说出来,可绝对没有人会相信我。他们凭什么相信我呢?"

"你难道不愿意给我机会,让我听听看?"

她困惑地看了他一眼。

"我怎么知道?没准儿你站在他那一边。"

"我不会站在任何人一边,夫人。我——向来——都站在真相这边。"

"我不知道,"塔尼奥斯夫人的语气很绝望,"哦,我不知道。"她继续说,话渐渐多了起来。

"太可怕了——这状况已经持续很多年了。我一再目睹这种事情发生,却谁都不能说,也什么都不能做。因为我要考虑孩子们。这简直就像个噩梦。现在又发生了这种事……我绝对不会回他身边去!绝对不会让孩子们跟着他!我要躲到一个他永远找不到的地方去。米妮·劳森会帮我的。她对我那么好——那么善良。没有人比她更好了。"她停下来,迅速看了波洛一眼,然后问道:

"他都说我什么了?是不是说我在胡思乱想?"

"他告诉我,夫人,说你——说你对他的态度改变了。"

她点了点头。

"然后说我在胡思乱想。他说了,对不对?"

"坦白地告诉你,夫人,他的确这么说了。"

"你瞧,绝对是这样。他肯定会这么说。可我没有证据,压根儿没有确凿的证据。"

波洛靠在椅背上,以一种完全不同的语气继续问。

他的语气像在叙述一个事实,不夹杂一丝情感,好像在谈论一件枯燥的公事。

"你怀疑你丈夫杀了艾米莉·阿伦德尔小姐?"

她回答得非常快,仿佛是下意识地迅速给出了答案。

"我不是怀疑,我知道。"

"既然如此,夫人,你有义务说出真相。"

"嗯,可这并不容易。不,一点儿也不容易。"

"他是怎么杀死她的?"

"我知道得不是很清楚,但我肯定是他干的。"

"但你不知道他用了什么方法?"

"不知道,但他肯定干了,最后那个星期天干的。"

"星期天他去利特格林别墅拜访的时候?"

"是的。"

"但你不知道他到底做了什么?"

"不知道。"

"请原谅我这么问,夫人,你怎么能这么确定呢?"

"因为他——"她顿了一下,然后一字一句地说,"我就是确定!"

"不好意思,夫人,你应该隐瞒了一些事情。应该还有些事情你没告诉我吧?"

"是的。"

"那请说吧。"

贝拉·塔尼奥斯夫人猛地站起来。

"不。不。我不能说。孩子们,那可是他们的父亲,我不能。我就是不能说……"

"可是夫人——"

"我告诉你,我就是不能说。"

她扯起嗓子,几乎是在尖叫。门同时打开了,劳森小姐走进来,她歪着头,一副兴奋的模样。

"我能进来吗?二位谈过了?贝拉,亲爱的,你是不是应该去喝杯茶,或者喝点儿汤,或许来点儿白兰地也行?"

塔尼奥斯夫人摇了摇头。

"我没事。"她勉强地笑了笑,"我得赶快回到孩子们身边去,行李都还没打开呢。"

"可怜的小家伙们,"劳森小姐说,"我真的很喜欢小孩。"

塔尼奥斯夫人突然走到她面前。

"要是没有你,我真不知道该怎么办,"她说,"你实在——实在太善良了。"

"好了,好了,亲爱的,快别哭了,一切都会好起来的。你应该咨询我的律师——一个很不错的人,很有同情心,他会告诉你最好的离婚办法。这年头离婚没那么容易,人人都这么说,不是吗?哦,亲爱的,门铃响了,不知道谁来了。"

她匆匆离开房间。门厅里传来窸窸窣窣的说话声。没过多久,劳森小姐回到房间里。她蹑手蹑脚地进来,小心翼翼地合上门,然后兴奋地对我们耳语,模样非常夸张。

"哦,天哪,贝拉,是你丈夫。我不知道——"

塔尼奥斯夫人立刻朝房间另一边的门冲过去。劳森小姐用力点了点头。

"很好,亲爱的,你先躲在里面,我把他带进来的时候,你就趁机溜出去。"

塔尼奥斯夫人小声吩咐:

"千万别说我来过,也别说你见过我。"

"不会,不会,我当然不会说。"

塔尼奥斯夫人从门里溜出去,我和波洛连忙跟上,门的那边是一间小餐厅。

波洛穿过餐厅,走到通往门厅的门旁边,悄悄推开一条缝,仔细地听,然后朝我们招了招手。

"没问题了。劳森小姐把他带到别的房间去了。"

我们三个偷偷摸摸地穿过门厅,从大门出去,波洛尽可能不发出声响,把门合上。

塔尼奥斯夫人朝楼下跑去,被楼梯绊了一下,跌跌撞撞一把抓住扶手。波洛一只手抓住她的胳膊,帮她站稳,然后说道:

"冷静——冷静。已经没事了。"

我们到达公寓楼的前厅。

"跟我来。"塔尼奥斯夫人可怜兮兮地说,一副马上要晕厥过去的样子。

我们穿过马路,转过一个街角,来到皇后大道。惠灵顿是间很不显眼的公寓式旅馆。

一走进房间,塔尼奥斯夫人就瘫倒在一张华丽的沙发上,手按着不停狂跳的心脏。

波洛轻轻拍了拍她的肩膀,帮她平静下来。

"刚才真是太险了,没错。现在,夫人,请你仔细地听我说。"

"我不能再多说了,波洛先生。多说是不对的。你已经知道我是怎么想的,也知道我相信什么,你应该觉得足够了。"

"请你听我说,夫人。假设,这只是个假设,假设我已经知道事情的真相了。假设你想告诉的事情我早已经猜到了——可就不同了,对吗?"

她疑惑地看着他,眼神流露出痛苦。

"哦,请相信我,夫人。我并不是在骗你说些你不想说的事情,但假设我知道真相,情况就不同了,对吗?"

"我想……我想应该是。"

"好,我这么说吧。我,赫尔克里·波洛,知道真相。你现在可以不相信我,但请拿着这个。"波洛把早晨准备的那个厚厚的信封塞给她,"所有事实都在写在里面了。你读过之后,如果认可我说的,请打电话给我,纸条上有我的电话号码。"

她非常勉强地接过信封。

波洛果断地继续说:

"现在,还有一点,你必须马上离开这家旅馆。"

"为什么?"

"你到尤斯顿附近的科尼斯顿旅馆去。不要告诉任何人你在那里。"

"可是……这里……米妮·劳森肯定不会告诉我丈夫,我现在人在这里。"

"你认为她不会?"

"哦,不会——她绝对站在我这边。"

"是这样没错,可是夫人,你丈夫是个聪明人,轻而易举就可以从一个中年妇女那里套出话。你应该明白,绝对不能让你丈夫发现你的下落,这非常关键——非常关键。"

她沉默地点了点头。

波洛递给她一张纸。

"这是地址。请尽快收拾好行李,带着孩子们坐车赶去那里,明白了吗?"

她点了点头。

"我明白了。"

"你必须要考虑孩子们的安危,夫人,不是你自己。你爱你的孩子。"

他这句话正中要害。

她的双颊微微泛红,头高高地仰起,看上去好像不再是刚才那个怯懦、凄惨的女人了,而成了一位高傲的、甚至是气势十足的女人。

"那就这么安排了。"波洛说。

他和她握了握手之后,我们俩离开了,但没有走远,我们坐在一家露天咖啡店的遮阳棚下,一边喝咖啡,一边监视着旅馆的入口。大约过了五分钟,塔尼奥斯医生出现在街道上,他看都没看惠灵顿旅馆一眼,快步走过旅馆,低着头,好像在沉思,然后转了个弯,走进地铁站。

又过了十分钟左右,我们看见塔尼奥斯夫人带着两个孩子和行李下楼,坐上出租车离开了。

"好了,"波洛站起来,手里拿着账单,"我们能做的都已经做了。剩下的全是未知数。"

第二十七章　唐纳森医生来访

唐纳森两点钟准时到达。他的举止一如既往地镇定、拘谨。

他这种个性引起了我的兴趣。一开始，我认为他是个相当普通的年轻人，很好奇像特雷萨这样外向活泼、引人注目的女人究竟看中了他哪一点。但我现在渐渐明白，唐纳森可不是个无足轻重的人物，他那副学究气的外表背后，隐藏着一股力量。

相互打过招呼后，唐纳森说：

"我之所以来拜访你，是因为搞不清楚一个问题，你在这件事中到底扮演什么角色，波洛先生？"

波洛谨慎地回答：

"我想，你应该知道我是干什么的吧？"

"当然了，我得说，我费了些工夫调查你。"

"你是个小心谨慎的人，医生。"

唐纳森冷冰冰地说：

"我习惯把事情弄清楚。"

"你很有科学头脑！"

"我得说，关于你的所有报道都大同小异，很显然你在自己的职业领域是个非常聪明的人。而且有严谨诚实的声誉。"

"你过奖了。"波洛小声说。

"所以我才不太清楚你与这件事的关系。"

"可这再简单不过了!"

"我看没那么简单,"唐纳森说,"你最开始伪装成一位传记作家。"

"这只是个无伤大雅的小骗术,不是吗?我可不能以侦探的身份到处行动——况且,这么做反倒有些好处。"

"我能想到。"唐纳森的语气又一次变得冰冷,"你的下一步,"他继续说,"是拜访特雷萨·阿伦德尔小姐,并告诉她,有机会使她姨妈的遗嘱作废。"

波洛轻轻地点点头,表示同意。

"那当然完全是无稽之谈。"唐纳森的声音很尖厉,"你知道得很清楚,遗嘱具有法律效力,根本不可能作废。"

"你这样认为?"

"我不是个傻瓜,波洛先生——"

"不,唐纳森医生,你显然不是。"

"关于法律,我起码懂一些。虽然不多,但也足够了。遗嘱绝对不可能作废,为什么你当时假装说可以?肯定有你自己的原因——特雷萨·阿伦德尔小姐一时无法领会的原因。"

"你对她的反应似乎很有把握。"

年轻人的脸上掠过一丝笑容。

"我对特雷萨的了解,比她自以为的要多得多。查尔斯和她肯定希望在这件可疑的事情上寻求你的帮助,这一点我毫不怀疑。查尔斯没什么道德观念,特雷萨身上没什么好基因,成长的过程也很不幸。"

"你就这么说你的未婚妻吗——好像一只试验用的豚鼠?"

唐纳森透过夹鼻眼镜凝视着他。

"我认为这是事实,没什么否认的必要。我爱特雷萨·阿伦德尔，爱的是她这个人，不是爱那些不切实际的虚荣品格。"

"你是否知道，特雷萨·阿伦德尔小姐深爱着你，她对于金钱的热衷全是为了帮助你实现你的雄心？"

"当然知道。我刚才说过，我不是傻瓜。但我不想让特雷萨为了我沦落到被怀疑的境地。她在很多方面还只是个孩子，我完全有能力依靠自己发展事业。我并不是说不能接受那笔数目可观的遗产——完全可以接受，但那也仅仅是条捷径而已。"

"看样子，你对自己的能力非常自信？"

"这么说可能有点儿自负，但是没错，我很自信。"唐纳森镇定自若地说。

"我们继续说吧。我承认，我的确耍了个小花招，以骗取特雷萨小姐的信任。我让她误以为，我会——让我们这样说吧——为了钱，适度地耍些手段，她很轻易就相信了。"

"特雷萨相信，无论是谁，只要为了钱，什么事情都能做出来。"这位年轻的医生用一种阐述事实的平静口吻，引用了这个人尽皆知的真理。

"没错。她是这种态度，她哥哥也一样。"

"在金钱面前，查尔斯可能真的会不择手段！"

"我明白了，你对自己未来的大舅子不抱任何幻想。"

"没错，我发现他是个很有意思的研究对象。我认为，他可能有一种根深蒂固的神经性疾病——这都是题外话。回到我们正在讨论的这件事情上，我曾经问过自己，你为什么会采用目前这种行事策略，然后发现答案只有一个。显然，你怀疑查尔斯和特雷萨这两人之中，肯定有一个与阿伦德尔小姐的死有关。不，请别急着反驳我！你曾提到掘墓验尸的事，我推测，那只不过是测试特雷萨如何反应的一种手段。实际上，你没有采取过任何行动，去取得内政部签发的掘墓许可。"

"诚实地告诉你，确实如此，我没有采取过任何行动。"

唐纳森点了点头。

"我想到了。你应该考虑过阿伦德尔小姐自然死亡的可能性吧？"

"我的确考虑过了，有这种可能性——没错。"

"但你仍执意这么做？"

"非常确定。假如你遇见这样一个病例——比方说——肺结核，病人看起来像是得了肺结核，病症表现也符合肺结核的病症，血液检测也是阳性——如果是这样，你一定会认为是肺结核，对吗？"

"你是从这种角度看待这件事的？那你还在等什么？"

"等最后一项证据。"

电话铃响起，波洛打了个手势，我连忙起身跑过去接听。电话那头的人一张口我就知道是谁了。

"黑斯廷斯上尉？我是塔尼奥斯夫人。请你告诉波洛先生，他完全正确。如果他明早十点能到我这里来，我会把他想要的东西给他。"

"明天十点？"

"是的。"

"好的，我会转告他。"

波洛用眼神向我发问，我点了点头。

他转向唐纳森，态度和举止都发生了变化，变得很果敢——很笃定。

"让我表述得清楚一点，"他说，"经过诊断，我已经确定，目前我面前这个案子是谋杀案。看起来是谋杀，案情中反映出的种种特点也指向谋杀——事实上这就是谋杀！关于这一点，完全没有任何疑问。"

"可刚才听你的话，我感觉你还有一个疑问——请问问题出在什么地方？"

"疑问出在辨认凶手的身份上——但现在已经不再是疑问了！"

"真的？你已经知道谁是凶手了？"

"这么说吧，到了明天，我手里就会掌握确凿的证据。"

唐纳森抬了抬眉毛，表情略带一丝讽刺的意味。

"呵，"他说，"明天！有时候，波洛先生，明天离现在格外遥远。"

"正相反，"波洛答道，"我发现，它总是一成不变地在今天之后到来。"

唐纳森微笑着站起来。

"恐怕我耽误你太多时间了，波洛先生。"

"没关系，相互多了解总是好的。"

唐纳森医生微微鞠了一躬，走了出去。

第二十八章　又一个被害人

"他是个聪明人。"波洛若有所思地说。

"很难猜到他来这儿到底有什么目的。"

"没错。他有点儿不通人情,但是非常精明。"

"电话是塔尼奥斯夫人打来的。"

"我想也是。"

我把通话的内容重复了一遍。波洛听完点点头表示同意。

"太好了。进展一切顺利。再过二十四个小时,黑斯廷斯,我想,一切就能见分晓了。"

"我还是有点儿迷糊。我们现在怀疑的人到底是谁?"

"我还真不知道你怀疑的人是谁,黑斯廷斯!把每个人都怀疑一遍,我想的没错吧!"

"有时候我真觉得,你很喜欢把我置于这样的境地!"

"不,不,我绝对不会用这种方式拿你取乐的。"

"真不应该提醒你这个想法。"

波洛摇了摇头,好像有点儿心不在焉。我仔细观察他的表情。

"出了什么事吗?"

"我的朋友,每次案件快结束的时候,我总是很紧张。要是出了什么差错——"

"会出差错吗?"

"我不这么想。"他停了一下,皱起眉头,"我想,我已经做了万全的准备,应对突发状况。"

"既然这样,让我们先把案子放一边,去看场戏,怎么样?"

"我的朋友,黑斯廷斯,这可真是个好主意!"

晚上整体来说还算愉快,除了我犯的一个小错:不应该带波洛去看犯罪侦探戏。各位读者朋友,在这里我要给大家一条忠告。绝对不要带一个士兵去看有关战争的戏剧,不要带一个水手去看有关航海的戏剧,不要带一个苏格兰人去看苏格兰话剧,不要带一个侦探去看悬疑类的戏剧——不要带一个演员看任何戏剧!他们像潮水一样涌出的批评声会毁掉所有的好戏。波洛从头到尾一直批评剧中漏洞百出的心理学设定,破案英雄缺乏规律性和正确方法的破案手段简直要把他气疯了。一直到演出结束我们俩分手的时候,他仍在念叨,整个案件明明用不了第一幕的一半时间就可以说清楚。

"可如果真是这样,波洛,整出戏就不用演了。"我指出。

波洛也不得不承认,事实的确如此。

第二天早晨刚过九点,我走进波洛公寓的客厅,他正坐在餐桌前——像往常一样,用刀子整整齐齐地拆信。

电话铃响了,我接起来。

听筒里传来一个女人重重的喘气声:

"是波洛先生吗?哦,是你啊,黑斯廷斯上尉。"

紧接着是一连串啜泣和喘息的声音。

"是劳森小姐吗?"我问。

"是,是我,发生了一件可怕的事!"

我紧紧握住听筒。

"发生了什么?"

"她离开惠灵顿旅馆了,你知道——我是说贝拉。我昨天下午晚些时候去找她,他们说她已经走了。连一句话都没给我留!太奇怪了!这让我觉得,没准儿塔尼奥斯医生是对的。他说起她时总是满怀爱意,而且她离开了,他是那么沮丧,现在看来,他说的应该是真的。"

"到底发生了什么事,劳森小姐?是不是塔尼奥斯夫人在没告诉你的情况下,离开了旅馆?"

"哦,不,不是这件事!哦,天哪,不。如果真的只有这件事的话,就真的太好了。不过我的确觉得很奇怪,你知道。塔尼奥斯医生说,他担心她不太——不太——你能明白我的意思吗?他说那种病的名字叫,被迫害妄想症。"

"是的。"这女人太啰唆了!"但到底发生了什么?"

"哦,天哪——太可怕了。她睡觉的时候死了。服用了过量的安眠药。留下那两个可怜的孩子!这简直太令人伤心了!我听说以后,什么事都做不了,只能一直哭。"

"你是怎么知道的?快点儿告诉我详细的经过。"

我用余光瞥了波洛一眼,他放下手中的信,认真地听我们俩的对话。我并不打算把听筒给他,要是让他接了电话,劳森小姐很可能又把痛苦的情绪再表达一遍。

"他们打电话给我。从那家旅馆,名字是科尼斯顿。他们好像在她包里找到了我的名字和地址。哦,天哪,波洛先生——我是说,黑斯廷斯上尉,这难道不可怕吗?这两个可怜的孩子从此以后就没有妈妈了!"

"仔细听好,"我说,"你能确定是个意外吗?他们认为不是自杀吗?"

"哦，黑斯廷斯，多可怕的想法啊！哦，天哪，我不知道，我想应该确定吧。你难道认为是自杀？那简直太可怕了。她是很焦虑没错，可她根本没必要自杀。我的意思是，钱这方面她一点儿困难也不会有，我准备和她平分呢——我真是这么打算的。我确定，亲爱的阿伦德尔小姐肯定也希望我这么做！想到她就这么结束了自己的生命，实在是太可怕了——或许她没有……旅馆的人好像认为是个意外？"

"她吃了什么？"

"某种安眠药。佛罗拿，我想。不，是三氯乙醛。没错，就是这个，三氯乙醛。哦，天哪，黑斯廷斯上尉，你不是认为——"

我顾不得礼节，猛地挂上电话，看向波洛。

"塔尼奥斯夫人——"

他抬手示意我不用说了。

"是的，是的，我知道你要说什么。她死了，对吗？"

"是的，安眠药过量，是三氯乙醛。"

波洛站起来。

"我们走，黑斯廷斯，必须马上赶过去。"

"你昨晚——担心的是不是这件事？你当时说，每次案件即将结束的时候，你总是很紧张？"

"我害怕会再死一个人——是的。"

波洛绷着脸，表情非常沉重。去往尤斯顿的路上，我们几乎没怎么说话，波洛只是摇了一两次头。

我小心翼翼地问他：

"你认为不是？有可能是只是个意外吗？"

"不会，黑斯廷斯——绝对不会。绝对不可能是个意外。"

"凶手到底是怎么发现她在那里的？"

波洛摇了摇头，没有回答。

科尼斯顿旅馆距离尤斯顿车站很近，看上去很简陋。波洛拿着名片，一路态度强硬地冲进经理办公室。

事情的过程非常简单。

她自称彼得夫人，带着两个孩子，十二点半左右入住。中午一点钟，三人一起吃了午餐。

四点左右，有个男人到前台给她捎了张字条，由饭店的服务人员送上去给她。没过几分钟，她带着两个孩子和一个行李箱下楼，把孩子们托付给来访的那个男人。彼得夫人到经理办公室解释说，她只需要一间房间就够了。

她看上去并没有特别沮丧或不安，相反，她非常冷静沉着，七点半左右吃过晚餐就回房间了。

早晨女仆叫她起床的时候，发现她已经死了。

来过一位医生，宣布她已经死了几个小时了。床边的桌子上有个空杯子。很明显，她服了安眠药，不小心搞错了剂量。医生说，三氯乙醛是一种非常不稳定的药。没有自杀的迹象。没有留下遗书。他们在寻找她亲属的联系方式的时候，在包里发现了劳森小姐的名字和地址，并已经打电话通知她了。

波洛问，她有没有留下信件或文件一类的东西。比如，带走孩子的那个男人当时送来的那封。

没有发现任何文件或书信类的东西，不过他们发现壁炉里有一堆烧干净的纸灰。

波洛若有所思地点了点头。

就目前已知的情况来看，化名彼得的塔尼奥斯夫人并没有访客，也没有人去过她的房间——除了那个带走孩子的男人。

我向行李员打听那人的长相,但他描述得很含糊。那个人中等身材——他记得好像是金色的头发——像军人一样的体格——很难准确描绘出那个人的外貌。但他可以肯定,那人没有胡子。

"不是塔尼奥斯医生。"我对波洛耳语。

"亲爱的黑斯廷斯!你真以为,塔尼奥斯夫人费了那么大工夫带着孩子离开了他们的父亲,竟然会顺从地把孩子交还到他手上,还一声不吭,完全不反抗吗?嗯,那根本不可能!"

"那是谁?"

"很显然,是塔尼奥斯夫人绝对信任的人,或是被'第三者'派来的,而塔尼奥斯夫人对这个'第三者'绝对信任。"

"中等身高的男人。"我琢磨着。

"不必费力气想那个人的外貌了,黑斯廷斯。我可以肯定,带走孩子的那个人是个无关紧要的角色,真正的牵线人肯定在幕后!"

"那张字条是不是这个'第三者'写的?"

"没错。"

"是塔尼奥斯夫人绝对信任的人?"

"很显然。"

"她把那张字条烧掉了?"

"是的,'第三者'让她这么做的。"

"那你写给她的那封分析整个案件始末的信怎么样了?"

波洛的表情异常冷峻。

"那个,应该也一起烧掉了。但那不重要!"

"不重要?"

"对。你要知道——所有的东西都在赫尔克里·波洛的脑袋里。"

他一把抓住我的胳膊。

"走,黑斯廷斯,让我们离开这里。我们现在应该担心的不是死去的人,而是活着的人,还有他们等着我去对付呢。"

第二十九章　利特格林别墅里的审讯

时间是第二天上午十一点。

七个人聚集在利特格林别墅里。

赫尔克里·波洛站在壁炉旁边。查尔斯和特雷萨坐在沙发上，查尔斯坐在扶手上，一只手搂着特雷萨的肩膀。塔尼奥斯医生坐在一把祖父椅上，他两眼通红，胳膊上绑着一条黑纱。

圆桌旁的直背椅子上坐着房子的女主人，劳森小姐。她，和塔尼奥斯医生一样，眼睛红红的，头发比以往更乱了。唐纳森医生坐在波洛正对面，面无表情。

看着这一张张面孔，我兴趣大增。

作为波洛的助手，在过去一起办案的经历中，我曾多次面对这样的场面：一小群人，外表看起来都很有教养，戴着道貌岸然的假面具。我曾见过波洛撕下其中一个的假面具，露出面具背后真实的面孔——凶手的面孔！

没错，毫无疑问。这些人当中，肯定有一个是凶手！可究竟是哪一个？即便到现在，我还不太确定。

波洛清了清喉咙——这是他略微有些夸张的习惯——然后开始说话。

"女士们，先生们。我们今天聚集在这里，是为了调查艾米莉·阿伦德尔小姐五月一日死亡的原因。一共有四种可能性——

她可能是自然死亡，也可能是死于偶然的事故，有可能是自杀，或者最后这种——她被某个自己认识或不认识的人谋杀了。

"她去世的时候并没有对案子进行调查，是因为大家一致认为她是自然死亡，并且她的医生，格兰杰先生签发了自然死亡的医学证明。

"在这种情况下，下葬后发现死因有问题，一般需要掘墓重新验尸，但我不主张这么做是出于几个原因，最主要的一个，是我的委托人绝对不会喜欢这么做。"

唐纳森医生打断他，问：

"你的委托人？"

"我的委托人就是艾米莉·阿伦德尔小姐，我全权受她委托，她最不愿看到的事情就是家丑外扬。"

我省略了波洛接下去十分钟的讲话，因为牵扯到太多不必要的重复。他谈到自己收到的那封信，并拿出来大声宣读，然后一步一步说明了自己在贝辛市场调查的步骤，发现了造成那次意外事故的手段。

他稍做停顿，又清了清嗓子，说道：

"现在，让我带领诸位在我寻找真相的路途上走一遍，让你们看看整个案件的真实面目。

"首先，我们有必要设想一下阿伦德尔小姐当时到底想到了什么。关于这一点，我想，再简单不过了。她从楼梯上摔了下去，大家都认为是她不小心踩到小狗的球，然后滑倒了，但她自己知道得最清楚。躺在床上的时候，她用清晰敏捷的头脑把整件事回忆了一遍，然后得出了一个非常明确的结论。有人蓄意要伤害她——没准儿想杀了她。

"得出这个结论以后，她开始考虑这个人究竟是谁。当时屋子里一共有七个人——四个客人,她的贴身女仆劳森小姐,还有两个仆人。这七个人中,只有一个可以被完全排除在外——因为这个人不会因此得到任何好处。她也没有真正怀疑过两个仆人,这两个人跟随她很多年了,她知道她们对自己忠心耿耿。现在还剩下四个人,三个是她的家人,还有一个是姻亲。她一死,这四个人全部都会受益,三个直接受益,一个间接受益。

"因为她的家庭责任感很重,所以这种处境对她来说非常棘手,而她尤其不愿家里的这种丑事传出去。但另一方面,她也绝对不会乖乖屈服于这个企图谋杀她的人!

"因此,她决定写信给我。她还采取了进一步的对策。我想,这个对策主要基于两个动机。其一,我想,是她对所有家人的怨恨!她怀疑他们每一个,决定不惜一切代价打倒他们!其二,也是更合理的一个动机,是她希望保护自己,并想出办法来实现这个愿望。正如诸位所知,她写信给她的律师珀维斯先生,指示他起草一份新遗嘱,这份遗嘱只对屋子里的一个人有利,因为她深信,这个人绝对不可能与这件事有关。

"现在我可以说,从她信中的内容和她接下去采取的行动来看,我确定,阿伦德尔小姐从开始不明确地怀疑四个人,转向明确地怀疑其中一个。她写给我那封信的主旨是必须自始至终坚持保密处理,因为这件事涉及她家庭的荣誉。

"从她那种维多利亚时代的思维方式出发,我想这应该意味着,这个人和她同姓——而且应该是男人。

"如果她怀疑的人是塔尼奥斯夫人,她会更急于保证自己的安全,而不是尽力保全家族的荣誉,对特雷萨·阿伦德尔小姐,她的想法也应该差不多。但如果是查尔斯,情况就不一样了,事情若是落在查尔斯头上,她对家族荣誉的担忧会格外强烈。

"查尔斯姓阿伦德尔,是这个家族血脉的继承人!她怀疑他的理由也非常明确。对于查尔斯,她从一开始就没抱过什么幻想,因为他以前屡次使家族蒙羞,这也就意味着,她心里很清楚,他不仅仅有犯罪的可能,而且是个真正的罪犯!他过去曾在支票上伪造过她的签名。伪造——再进一步——谋杀也绝对不在话下!

"而且,就在发生那次事故的两天前,她曾和他有过一次很有意思的谈话。他向她要钱,被她拒绝后,马上借机说——哦,语气非常轻松——说她马上就要翘辫子了。她则回答他说,她能照顾好自己!从我们听到的版本来看,她侄子听了这话,回应她说:'别那么肯定。'紧接着两天后,那桩邪恶的'事故'就发生了。

"不难想象,阿伦德尔小姐躺在床上思考过事情的始末后,肯定会得出这样的结论:查尔斯·阿伦德尔企图要她的命。

"事情发生的顺序非常清楚。与查尔斯谈话,紧接着发生事故,然后悲痛地给我写信,再给律师写信。事故发生后的那个星期二,也就是四月二十一日,珀维斯先生把遗嘱带过来,她签了字。

"查尔斯和特雷萨周末过来拜访,为了保护自己的安全,阿伦德尔小姐采取了必要的措施,她告诉查尔斯自己写了一份新遗嘱。她不但告诉他了,还真的拿给他看了!这在我看来,是个绝妙的策略。她通过这样做,向打算谋杀她的凶手表明,杀了自己不会带给他任何好处!

"她以为查尔斯会把这个消息传达给他妹妹,可他并没有这么做。为什么不?我想,他有个很好的理由——他觉得心虚!他以为阿伦德尔小姐是因为他的所作所为修改了遗嘱。可他为什么心虚呢？是因为他真的尝试过谋杀？还是仅仅因为他偷了点儿小钱？所以，无论他犯下的是严重的罪行，还是个微不足道的小过错，他最终都选择闭口不谈。他保持沉默，希望姑姑有一天能心软，改变主意。

"我认为，就阿伦德尔小姐当时的心理状况而言，我的设想应该八九不离十。下一步，我决定验证一下，她的怀疑到底是否正确。

"和她一样，我怀疑的对象范围也很小——准确地说，一共七个人。查尔斯和特雷萨两兄妹、塔尼奥斯夫妇、两个仆人和劳森小姐。还有第八个人也必须纳入考虑——那就是唐纳森。事故发生当晚，他来这里吃了晚餐，直到最近我才知道他当天来过。

"在我看来，这七个人可以很容易被划分成两个类别。其中六个人会从阿伦德尔小姐的死中或多或少地得到些好处。如果凶手在这六个人当中，那作案的动机再明显不过了，就是为了得利。第二类只包括一个人——劳森小姐。阿伦德尔小姐的死不会带给劳森任何好处，但正是因为那次事故，她最后成了唯一的受益人！

"这就意味着，如果是劳森小姐策划了这场所谓的事故——"

"我从没有做过这种事！"劳森小姐打断他的话，"真是无耻！站在那儿说出这样的话！"

"请耐心一点儿，小姐。暂时先别打断我。"波洛说。

劳森小姐生气地昂起头。

"我坚持我的抗议！无耻，就是这样！太无耻了！"

波洛充耳不闻，继续说：

"我刚才说，如果劳森小姐策划了这场事故，那她是出于一个截然不同的原因——就是，她想通过这场事故，让阿伦德尔小姐自己怀疑自己的家人，从而疏远他们。这的确是一种可能性！我仔细查询是否有证据可以证明这一点，或者证明我的假设是错的，然后发现了一个非常确凿的事实：如果劳森小姐想让阿伦德尔小姐怀疑自己的家人，她会一再强调那只狗——鲍勃——整晚未归的事。事实正相反，她竭尽所能不让阿伦德尔小姐知道这件事。因此，我推断，劳森小姐肯定是无辜的。"

听了这话，劳森小姐厉声说道：

"当然是这样！"

"接下来，我仔细考虑了阿伦德尔小姐的死。一般情况下，若是谋杀的第一次尝试没成功，肯定会有第二次。我认为，第一次尝试后仅仅过了两星期，阿伦德尔小姐就死了，实在事有蹊跷，于是我展开了调查。

"格兰杰医生认为他的病人的死因完全没有异常，这给我的推断带来了一定程度的打击。但是，仔细调查过阿伦德尔小姐发病前一晚发生的事后，我发现了至关重要的一件事。茱莉亚·特里普小姐提到，当时阿伦德尔小姐头部出现一道光环，她妹妹也证实了这种说法。当然了，这有可能是她们编造出来的——出于一种对神灵满怀敬意的浪漫情怀——但我认为，她们提到这件事绝非偶然。在询问劳森小姐时，她也提供给我一条有趣的信息。她提到，当时那条发光的飘带是从阿伦德尔小姐嘴里飘出来的，然后逐渐形成光雾，围绕着她的头部。

"很显然，虽然两个目击者的描述略有不同，但具体的事实却是一样的。揭开降灵术这种迷信的幌子，事情的真相其实是：阿伦德尔小姐当时呼出的是磷光！"

唐纳森医生在椅子上微微动了动身子。

波洛向他点了点头。

"没错,你现在明白了吧。含磷光的物质不多,我要找的就是最常见、最普通的那种。给你们读一段,是我从一篇关于磷中毒的文章中节选出来的。

"'在身体产生异状以前,中毒者的呼吸会发出磷光。'这正是劳森小姐和特里普姐妹当时在黑暗中看见的——阿伦德尔小姐的呼吸中有磷光——即'一团光雾'。我接着往下读。'黄疸的症状开始显现,中毒者全身不仅受到磷中毒的影响,还会伴随血液系统中过量的胆汁分泌物滞留,此时磷中毒与某些肝病的病症没有显著不同——比如黄疸性肝萎缩。'

"意识到其中的巧妙之处了吧?阿伦德尔小姐患肝病已经很多年了,而磷中毒的病症看上去只会像肝病发作。没什么新鲜的,也没什么好大惊小怪的。

"哦!凶手计划得非常周全!外国产的火柴里就有磷——杀虫剂里也有吧?非常容易取得,而且只需要很小的剂量就能致命。医药计量一般为百分之一格令到三十分之一格令[①]。

"就是这样!整件事情一下子变得多清楚啊,再清楚不过了!显然,医生被凶手误导了,尤其当我发现格兰杰医生嗅觉有问题时,就更肯定了。磷中毒最显著的一个特征是:中毒者的呼吸中有大蒜的气味。所以他当时完全没有怀疑,他为什么要怀疑呢?当时的情形丝毫没有可疑之处,而唯一有可能让他产生怀疑的线索,他也没听到——就算听到了,他也会把它归为迷信的胡言乱语。

"自此,根据劳森小姐和特里普姐妹提供的证据,我确信,阿伦德尔小姐死于谋杀。问题依旧是:凶手是谁?我首先排除了

---

① 格令,一种重量单位,最初英国规定一颗大麦粒的重量为一格令。一格令为五千七百六十分之一磅。

两个仆人——她们俩的心智不足以设计这样的杀人手法。劳森小姐也被我排除了,因为如果她真的与谋杀有关,就绝对不会肆无忌惮地谈论自己看到的那个发光的'灵体'。查尔斯·阿伦德尔也被我排除了,因为他知道,也明确地看过那份遗嘱,他很清楚他姑姑一死,自己就什么也得不到了。

"还剩他妹妹特雷萨和塔尼奥斯夫妇,还要加上唐纳森医生,因为我发现,他在小狗的皮球事件发生当晚曾来利特格林别墅吃过饭。

"自此,没有更多证据帮助我推理了。我不得不转而研究心理学分析罪案的特征和凶手的个性!两次谋杀的尝试大致相同,都非常容易操作,都设计巧妙,凶手很狡猾,下手利落。完成这两次尝试都需要具备一定的知识,但也不用太多。磷中毒的相关知识很容易就可以学到,而磷这种物质,正如我刚才说的,非常容易取得,尤其在国外。

"我首先考虑两位男士。他们都是医生,而且都很聪明。他们当中任意一个都可以想到,磷在当下这种特殊的情况下很适用,但小狗的皮球事件似乎与男性行事的心理特征不符,在我看来,皮球事件十有八九是女人的主意。

"我又考虑了特雷萨·阿伦德尔。她的确有凶手的潜质,大胆、无情,也足够果敢,不会过于谨慎。她的生活方式一向自私、贪婪,总是想方设法得到自己想要的一切,而如今,她急需钱——为了她自己,也为了她深爱的男人。而且从她的举止来看,她知道自己的姑姑是被谋杀的。"

"她和她哥哥之间发生过一件非常有趣的事。我推测,他们两人互相怀疑对方是凶手。查尔斯处心积虑让她说出她知道新遗嘱的存在,为什么?因为他明白,她只要知道新遗嘱的存在,自然不会被怀疑是凶手。而反观特雷萨,当查尔斯说他看到了那份新遗嘱,她压根儿不相信!她认为这只不过是他的一个笨拙的伎俩,想洗清自己身上的嫌疑。

"还有很关键的一点,查尔斯在描述毒药的种类时,刻意避免使用'砒霜'这个词,之后我发现,他向园丁详细询问过某种除草剂的功效,他心里打了什么主意显而易见。"

查尔斯动了动身子。

"我的确想过,"他说,"但——呃,我想我大概是没那个胆量。"

波洛对他点点头。

"没错,你的心理还没强大到敢于杀人的程度。你犯过的罪都是些懦弱的小把戏,要么偷,要么伪造——没错,这是最容易的办法——但是杀人——不会!要动手杀人,一定是被某个念头迷住了心智。"

他又恢复刚才那种演讲似的语气。

"根据我的判断,特雷萨·阿伦德尔有足够的心智完成这样的计划,但必须同时考虑其他一些事实。她从没受过什么挫折,生活富足,而且一向只为自己考虑,这种类型的人绝对不会杀人。除非突然被激怒。但——有一点我可以肯定——从罐子里偷走除草剂的人是特雷萨·阿伦德尔。"

特雷萨突然开口:

"我实话实说吧,我的确想过杀了她,当时在利特格林别墅的时候,我也的确偷了些除草剂。但我下不了手!我太喜欢生活了,喜欢活着。我实在无法对任何人做出这种事,夺走他们的生命……我也许是个自私自利的坏人,但有些事情我做不来!我没办法杀死一个活生生的、还在呼吸的人!"

波洛点点头。

"你的确做不到,这是事实。而且你也不像你自己描述的那么坏,小姐。你只是年轻,过于放纵自己了。"

他继续说:

"接下来就剩塔尼奥斯夫人了。我从看见她的第一眼起,就感觉到她的恐惧,她看出来我意识到这一点后,很快利用我一时的疏忽,装出一副害怕自己丈夫的模样,十分令人信服。没过多久她就改变了策略。她的表演非常巧妙——但没能瞒过我的眼睛。一个女人可以因为自己的丈夫感到害怕,也可以害怕自己的丈夫——但绝对不可能是两者兼具。她选择扮演后一种——她伪装得很到位——在饭店里的时候,甚至追到大堂找我,假装有什么事情想告诉我,而且她很确定,她丈夫一定会跟出来,他出现的时候,她佯装出一副不敢在他面前说话的模样。

"我当下就意识到,她并不害怕她丈夫,她厌恶他。我立刻把所有事情联系在一起,确定她就是我要找的人。我面前的并不是个自我放纵的女人,而是个走投无路的女人。因为相貌平平,所以日子过得单调乏味,没办法吸引自己真正喜欢的男人,最后为了避免变成一个老小姐,单身一辈子,她选择接受一个她不喜欢的男人。我能感觉到她对生活强烈的不满,住在士麦那,被放逐出她热爱的生活和热爱的一切。接着她有了两个孩子,她把所有的热情都投在他们身上。

"她丈夫对她一心一意,可她却越来越厌恶他。他用她的钱投机做生意,结果赔光了——这更加重了她的厌恶情绪。

"只有一件事能让她灰暗的生活重现光彩,就是期待着艾米莉姑姑去世。艾米莉姑姑只要一死,她就能拥有金钱和独立,能按自己的心愿教育自己的子女——请记住一点,子女的教育对她来说非常重要,她可是个教授的女儿!

"她可能在来英国之前就已经把犯罪手法计划好了,或是已经萌生了这个打算。她曾在父亲的实验室里当过助手,所以有一些化学知识,她了解阿伦德尔小姐疾病的特性,也很清楚,用磷下毒绝对能完美地实现她杀人的目的。

"接着,当她来到利特格林别墅的时候,一个更简单的办法送上门来。小狗的皮球——在楼梯顶端拉一根线或是绳子。只有女人才能想出来的主意,即天真又巧妙。

"她尝试了——结果失败了。我认为,她当时不知道阿伦德尔小姐已经意识到那不是一起单纯的事故。阿伦德尔小姐的怀疑完全指向查尔斯,对于贝拉,我怀疑阿伦德尔小姐的态度应该丝毫没有变化。于是,这位沉默寡言、闷闷不乐、野心勃勃的女人悄悄把自己原先的计划付诸实施,她发现了一种完美的下毒媒介,阿伦德尔小姐每顿饭后习惯服用一种成药胶囊。只要打开一颗胶囊,把里面的药粉换成磷粉,再放回原处就大功告成了,小孩儿都能做到。

"她把这颗胶囊和其他的放在一起,阿伦德尔小姐迟早会吃下去,完全不会有人怀疑。就算有人怀疑,那时她也早就不在贝辛市场了。

"她还准备了一个备用方案,她伪造丈夫的处方,从药剂师那里开了双倍剂量的三氯乙醛。她准备那东西的用途我很清楚——带在身边,以防出什么差错。

"正如我刚才所说,从看见塔尼奥斯夫人的第一眼起,我就知道她是我要找的人,但是我没有足够的证据证明这一点。我必须小心谨慎,一旦塔尼奥斯察觉到我在怀疑她,我怕她会再动手杀人。进一步说,我相信,她肯定已经有过再杀人的念头了。她一生中最大的心愿就是能摆脱自己的丈夫。

"首次谋杀的结果让她大失所望。钱,那些令人沉醉的钱,全部落到了劳森小姐手里!这对她实在是个不小的打击,但她非常精明,立刻行动起来,开始在劳森小姐的良心上下功夫,我推测,劳森小姐的良心当时已经非常不安了。"

突然爆出一阵啜泣声,劳森小姐拿出手帕,掩面大哭起来。

"这太可怕了,"她呜咽道,"我真是缺德!太缺德了!你瞧,我当时非常好奇遗嘱的内容——我是说,我很好奇阿伦德尔小姐为什么要重立一份新遗嘱。然后有一天,当阿伦德尔小姐休息的时候,我想办法打开了她书桌的抽屉。然后我发现,她把所有遗产全部留给了我!当然了,我当时做梦也没有想到会有这么多。几千英镑——我原以为,顶多也就这么多。而且有什么不可以的?要知道,她的亲戚们从来没有真正照顾过她!然后没过多久,当她卧病在床的时候,让我把遗嘱拿给她。我能猜到——我可以肯定——她一定是想毁了它……然后我就干了件缺德的事。我告诉她,她已经把遗嘱寄给珀维斯先生了。可怜的人,她总是那么健忘,压根儿记不得自己做过的事情。她相信了我的话,让我一定要写信把遗嘱要过来,我说我会的。

"哦,天哪——哦,天哪——她的病越来越严重,什么事情都想不起来了。然后她就死了。宣读遗嘱的时候,我一听有那么多钱,吓坏了。三十七万五千英镑。我做梦都没想到会有这么多钱,否则我绝对不会这么做的。

"我感觉那些钱好像被我侵吞了一样——完全不知道该怎么办。那一天,贝拉过来找我,我告诉她,我愿意把钱分给她一半。我确信自己只要这么做,就一定能重新快乐起来。"

"你们明白了吧?"波洛说,"塔尼奥斯夫人一步一步达成了自己的目的。这也就是为什么她反对一切对遗嘱提出质疑的行为。她有她自己的计划,而她最不想做的,就是和劳森小姐作对。当然,她曾假装附和自己丈夫的想法,但她明确地表达了自己真正的感受。

"她当时有两个目标,一是带着孩子们离开塔尼奥斯医生,二是拿到她的那笔钱。这样一来,她就能过上自己梦寐以求的生活——带着孩子们搬到英国,富裕、满足地生活。

"日子一天一天过去,她再也无法掩饰自己对丈夫的不满了。事实上,她根本没打算掩饰。而他呢,可怜的男人,那么伤心,那么不安。她对他的态度一定让他很困惑。是的,这完全符合逻辑。她一直扮演着一个生活在恐惧之中的女人。如果我对死因产生了怀疑——她知道我肯定会怀疑——她希望我怀疑凶手是她丈夫。我非常确定,她心里早已计划好,随时有可能再一次杀人。我知道她手里有大量的三氯乙醛,足够置人于死地。我害怕她毒死自己的丈夫,然后捏造他畏罪自杀的假象。

"但我仍旧没有掌握足够的证据!正在无比绝望、一筹莫展的时候,我终于得到了最关键的证据!劳森小姐告诉我,她看见特雷萨·阿伦德尔复活节星期一那天晚上跪在楼梯上。我很快意识到,当时那种情况下,劳森小姐根本没办法清楚地看到特雷萨的样貌。但她对此非常肯定。在我的一再追问下,她提到了那枚镶着特雷萨名字首字母的胸针——T.A.。

"在我的要求下,特雷萨小姐给我看了那枚胸针,同时也强烈否认了自己曾在那个时候去过楼梯。起初我以为,可能有人借了她的胸针,但当我看到镜子中胸针的影像时,马上就弄清了真相。劳森小姐刚被惊醒,睡眼惺忪地看到一个模糊的身影,胸针上T.A.两个首字母闪闪发光,她立刻断定是特雷萨。

"但如果当时她在镜子中看到的首字母是T.A.——那实际的首字母其实应该是A.T.。因为镜中的影像与现实正好相反。

"当然了！塔尼奥斯夫人的母亲是阿拉贝拉·阿伦德尔，贝拉就是阿拉贝拉的缩写。A代表阿拉贝拉，T代表塔尼奥斯。塔尼奥斯夫人拥有一枚和特雷萨类似的胸针一点儿也不奇怪，这种样式的胸针去年圣诞节时还很少见，到了今年春天就遍地都是了，而且我观察到，塔尼奥斯夫人总是极尽所能地模仿她妹妹特雷萨的穿着打扮。

"在我看来，无论如何，案件有了确凿的证据。

"接下来——我该怎么办？向内政部申请掘墓验尸？这肯定没问题。验尸结果也许可以证明阿伦德尔小姐死于磷中毒，但还是有不确定性，尸体已经被埋葬两个月了，我知道磷中毒有时候不会造成任何机能损伤，对尸体做体表检查也很难得到切实的证明。再者，我有办法证明塔尼奥斯夫人购买过磷吗？我非常怀疑，因为她很有可能是从国外买的。

"在这个关键时刻，塔尼奥斯夫人迈出了关键性的一步。她离开了她丈夫，投身到劳森小姐怜悯的关照之下，并且明确地指控自己的丈夫就是凶手。

"除非我立刻采取措施，否则我深信，他会是她的下一个受害者。于是我采取行动，假借保护她的安全，把他们两人隔离开来，她无法反对我这个安排。其实，我当时心里真正考虑的是她丈夫的安全。接下来——接下来——"波洛停顿了一下——非常漫长的一次停顿。他的脸色变得无比苍白。

"但那只是个暂时的措施，我必须确保凶手不能再次杀人，我必须确保无辜的人的生命安全。

"所以我写了一封信，里面详细地记述了我对案情的所有判断，把它交给了塔尼奥斯夫人。"

一阵漫长的沉默。

塔尼奥斯医生号啕大哭起来：

"哦，我的上帝，这就是她自杀的原因。"

波洛语气轻柔：

"这难道不是最好的办法吗？她也是这么想的。你要清楚，必须考虑孩子们。"

塔尼奥斯医生把脸埋进双手。

波洛走到他身边，把手放在他肩膀上。

"我不得不这么做。相信我，这是必要的。不然还会有无辜的人丧命。你是下一个——如果情况真的走到某一步，再下一个可能就是劳森小姐，以此类推。"

他说完这句就沉默了。

塔尼奥斯医生泣不成声，断断续续地说：

"有一天晚上，她想让我——吃一颗安眠药……当时她的神情很奇怪——我把药偷偷丢掉了，就是从那时候起，我开始怀疑她精神有问题……"

"继续这么想吧，在某些层面上，你这么想的确是对的，但在法律的层面上不对，她很清楚自己行动的意义……"

塔尼奥斯医生仿佛在自言自语：

"她对我实在太好了——自始至终都是。"

对于一个主动招供的女凶手，这真是一句奇怪的墓志铭！

第三十章　写在最后

能说的没多少了。

事情过去不久，特雷萨就和她的医生爱人结婚了。现在，他们俩和我很熟络，我也逐渐学会了正确评价唐纳森——他能清晰地洞察事物，内心蕴藏着一股强大的力量，而且很有人情味。他的举止倒没什么改变，还是一如既往地镇定、拘谨，特雷萨经常当着他的面模仿他。而她，我想，应该感到前所未有的幸福，完全着迷于自己丈夫的事业。他已经靠自己的努力声名远扬，成了内分泌领域的权威。

劳森小姐因为良心受到了强烈的谴责，连一便士都不好意思要了，好不容易才劝她收下一部分遗产。珀维斯先生在征得所有人的同意后，给出了一个解决办法，把阿伦德尔小姐的全部财产平分给劳森小姐、阿伦德尔兄妹，以及塔尼奥斯的两个孩子。

查尔斯没用一年的时间就把自己的那份遗产挥霍干净了，据我所知，他现在应该在英属哥伦比亚。

顺便提两件事情。

有一天，我和波洛刚从利特格林别墅的大门出来，皮博迪小姐拦住我们。"你可真是个精明的家伙啊，不是吗？想方设法，还真把所有事情都遮掩得密不透风！没有掘墓验尸，所有事情都处理得很体面。"

"阿伦德尔小姐的死因看样子毫无疑问,是黄疸性肝萎缩。"波洛和颜悦色地说。

"非常令人满意,"皮博迪小姐说,"我听说,贝拉·塔尼奥斯死于安眠药过量。"

"是的,非常令人痛心。"

"她是个苦命的女人——总想得到不属于自己的东西。人一旦有了这种想法,都会变得有些奇怪。我过去曾有个厨房女仆,和贝拉一样是个平凡的女孩儿,心里总是不满,后来竟然开始写匿名信,真是古怪。哎,算了,我敢说,现在这样,已经是最好的结果了。"

"但愿如此,夫人。但愿如此。"

"好了,"皮博迪小姐准备继续散步,"最后跟你说一句,不得不承认,你把事情掩盖的很好,干得漂亮。"说罢便离开了。

我身后突然传来一声可怜的"汪!"

我转身打开大门。

"快来吧,老伙计。"

鲍勃一路小跳着冲过来,嘴里叼着球。

"带着玩具去散步可不行。"

鲍勃叹了口气,转过身,磨磨蹭蹭地把球推到门里。它焦虑地看着球滚进院子,然后走过来。

它抬起头来,好像在说:

"只要你这么说,主人,我不带它也没关系。"

我深吸了一口气。

"说真的,波洛,能再拥有一只狗可真好。"

"战利品,"波洛说,"但我得提醒你,我的朋友,劳森小姐当时把鲍勃送给了我,不是你。"

"或许吧,"我说,"但你又不会养狗,波洛。你压根儿不懂狗的心里在想什么!可我和鲍勃现在'情投意合',鲍勃,是不是?"

"汪。"鲍勃欢快地叫了一声,表示同意。

Dumb Witness
Copyright © 1937 Agatha Christie Limited. All rights reserved.
Letter for Chinese Reader, New Star Edition by Mathew Prichard © 2013 Mathew Prichard.
Translation © 2023 arranged by New Star Press, Agatha Christie Limited. All rights reserved.
www.agathachristie.com
The Poirot icon is a trademark, and AGATHA CHRISTIE, POIROT, *Agatha Christie*® and the AC Monogram Logo are registered trade marks of Agatha Christie Limited in the UK and elsewhere. All rights reserved.
Published by agreement with ACL.
Simplified Chinese edition copyright: 2023 New Star Press Co., Ltd.

图书在版编目（CIP）数据

沉默的证人 /（英）阿加莎·克里斯蒂著；苏国梁译 . —— 北京：新星出版社，2023.6
（阿加莎·克里斯蒂侦探小说全集：精装典藏版）
ISBN 978-7-5133-4914-7

Ⅰ . ①沉… Ⅱ . ①阿… ②苏… Ⅲ . ①侦探小说 – 英国 – 现代 Ⅳ . ① I561.45

中国国家版本馆 CIP 数据核字 (2023) 第 054529 号

午夜文库
谢刚 主持